Der böse Augustin

Impressum

2. Auflage 2022

© 2021 Bildung & Geschichte(n), Ried im Traunkreis

Lektorat: Textservice Stroblmayr
Gestaltung: Bildung & Geschichte(n)
Coverbild: Shutterstock

ISBN: 9783754637869

www.bildung-und-geschichten.at

Herstellung und Druck über tolino media GmbH & Co. KG, München.
Printed in Germany

Livia Keltis

Der böse Augustin

Historischer Kriminalroman

BILDUNG &
GESCHICHTE(N)

Dramatis Personae

Ilse Kramer: Händlerin, Hausfrau und Mutter, die sich für alles verantwortlich sieht.

Lorenz Mittenauer: Der neue Hohenfelder-Kaplan, der nach einem Leben voller Abenteuer Ruhe und Frieden sucht, aber nicht findet.

Christoph von Hohenfeld: Ilses Schwager und Hausgenosse, der ein noch abenteuerlicheres Leben als sein neuer Kaplan hatte.

Wolfgang Tätzgern: Ilses Bruder. Ein ehrbarer Stadtrichter, dem alles lieber wäre, als gegen seine Familie zu ermitteln.

Kunigunde Tätzgern: Seine Gemahlin. Als Seifensiederin unentbehrlich für tollpatschige Schwägerinnen und reinliche Kaplane.

Sigmund Tätzgern: Ilses Bruder. Noch jemand, um den sie sich Sorgen macht.

Katharina Tätzgern: Seine Gemahlin. Würde mit ihrem Bier sicher reich werden, wenn der Adel endlich Steuern zahlen würde.

SEBASTIAN VON HOHENFELD UND BARNABAS KRAMER: Buben in genau dem Alter, in dem Buben immer Probleme machen.

GISO UND ANNA KRAMER: Nicht ganz Bruder und Schwester. Würden lieber heute als morgen heiraten, es muss sich nur ein Priester finden.

GERTRUD: Ihre Kinderfrau, die auch eher heute als morgen heiraten würde, wenn sie nur nicht zu schön und zu schüchtern wäre, als dass der Schulmeister sich sie zu fragen traute.

MAGISTER CRUSIUS: Schulmeister auf der Suche nach der Frau fürs Leben und einem Nebenverdienst.

JUDITH: Erst Kammerzofe der Frau von Hohenfeld und dann Magd der Frau Kramer. An der Arbeit hat das nichts geändert.

MARIA UND AGNES: Köchin und Küchenmagd. Die eine ist zu alt, um sich aufzuregen, die andere ist jung genug, um sich über jede Aufregung zu freuen.

ERASMUS SÖLLNER: Der Stadtpfarrer. Nicht nur für das Seelenheil der Welser verantwortlich, sondern auch für Kaplane und Schulmeister eine Respektsperson.

HANS VON HOHENFELD UND JOHANNES KRAMER: Ein toter und ein abwesender Gemahl. Dennoch beide immer in Ilses Gedanken.

Prolog

Wels, ein Freitag im Frühjahr des Jahres 1477

DIE STIMMUNG AN DIESEM Tag war schwer zu fassen. Man könnte damit beginnen, den trüben Herbsttag zu beschreiben, der in grauen Farben den nahenden Tod ankündigte, der einen Mann in seinen besten Jahren jäh aus dem Leben reißen würde. Man könnte das Wehklagen der Familie schildern, oder die Fassungslosigkeit der Menschenmenge erwähnen, die sich zu diesem Anlass versammelt hatte.

Aber nichts davon war wahr. Es war ein sonniger Märztag, der die ersten lauen Frühlingswinde brachte, die von der Traun und vom Mühlbach herauf den Galgen vor der Welser Burg umwehten. Die Hinrichtung des Augustin Erdinger war auch schon zu lange angekündigt, um von einem plötzlichen Tod zu sprechen. Eine wehklagende Familie fehlte ebenso, abgesehen von der Gemahlin des Todgeweihten, die ruhig und gefasst in der Menge stand und eher abzuwarten als zu trauern schien. Wenn man an Tratsch interessiert wäre, würde man wohl erwähnen, dass es sich um eine adelige Dame handelte, eine Hohenfelderin. Mitleidige Nachbarinnen hatten sich um sie versammelt, die darum wussten, was sie alles in den letzten Jahren hatte erleiden müssen, die aber etwas ratlos waren, ob sie die werdende Witwe trösten oder sie zu ihrer baldigen Freiheit beglückwünschen sollten.

Die vorherrschende Stimmung war wohl Ungläubigkeit. Wie konnte es sein, dass der letzte männliche Spross einer der angesehensten Familien der Stadt, einer Familie, die die höchsten Ämter bekleidet hatte, der Sohn eines Stadtrichters, auf diese Weise sein Ende finden würde, und mit ihm die gesamte Familie? Wie konnte ein Einzelner zunichtemachen, was so viele vor ihm aufgebaut hatten? Und so war nichts von der sonstigen Volksfeststimmung zu spüren, die angemessen wäre, wenn der Gerechtigkeit öffentlich Genüge getan und die Ordnung vor den Augen aller wiederhergestellt wurde. Als Augustin Erdinger am Galgen in Schande seinen letzten Atemzug tat, blieben nur die Ungläubigkeit und die Gewissheit, dass mehr und etwas ungleich Größeres als das Leben eines einzelnen Mannes sein unwiderrufliches Ende gefunden hatte.

1. Kapitel

Wels, im August des Jahres 1493

»Er hat Euch keinen Brief mitgegeben? Keine Nachricht?«

Der Lombarde runzelte die Stirn. Ilse war sich nicht sicher, ob er sie verstanden hatte. Dann zeigte er auf den Sack, den er gebracht hatte.

»Keine Brief, *spezie*, Gewürze.«

Ilse seufzte. Sie prüfte die Ware und gab dem Mann seinen üblichen Fuhrlohn. Aber so recht konnte sie sich nicht aufs Zählen konzentrieren. Seit Wochen hatte sie nichts von Johannes gehört. Er sollte in Venedig bei ihrem ältesten Sohn sein, aber die Lieferung war über ihren Zwischenhändler in Genua gekommen.

Der Lombarde war immer noch da. Er wartete wohl auf ein Mahl oder eine Schlafgelegenheit. Hatte er das Chaos nicht gesehen?

»Kein Zimmer. Baustelle, Dach weg«, sagte Ilse. Sie überlegte angestrengt, wie sie es ihm in seiner

Sprache verdeutlichen könnte, aber er hatte verstanden und ging.

Ein Krachen ließ Ilse zusammenfahren. Schreie folgten. Vor ein paar Wochen hätte sie nach dem Rechten gesehen, doch inzwischen hatte sie gelernt, dass das auf einer Baustelle ganz normal war. Sie wünschte, Johannes wäre hier. Ilse kannte sich mit solchen Dingen nicht aus, aber sie ahnte, dass es unter seiner Aufsicht schneller vorangegangen wäre. Und der Umbau war schließlich seine Idee gewesen. Mit dem neuen Dach konnten sie auch die alten Schlafkammern als Lagerräume verwenden.

Sie sortierte die Gewürze. Wegräumen würde sie sie später, wenn es ruhiger war. In der Hitze machten die Bauarbeiter mittags meist eine Pause.

Es klopfte. Ob der Lombarde doch noch einen Brief für sie gefunden hatte? Gespannt sah Ilse Richtung Türe, aber es war der Magister Crusius, der die Schreibstube betrat. Der Schulmeister wirkte weniger gehetzt als üblich. Das musste am Sommer liegen.

»Frau Kramer, ich habe hier Eure Briefe.«

Erleichtert nahm sie ihm die Mappe mit der Geschäftskorrespondenz ab.

»Vielen Dank, ich wüsste nicht, was ich ohne Euch tun sollte.«

»Jemand anderen finden, der für Euch übersetzt?«

»Ich würde niemanden finden, der so rasch und gewissenhaft arbeitet.«

Er zuckte mit den Schultern. »Ihr wisst ja, wie es ist, im Sommer ist ohnehin niemand in der Schule, mein Hilfslehrer reicht für die paar Bürgerskinder.«

Ilse blätterte durch die Papiere und Pergamente. Der Magister hatte innerhalb nur eines Tages alle Briefe aus dem Lateinischen ins Deutsche übersetzt. Das war selbst für ihn außergewöhnlich fleißig. Ob er sich Sorgen wegen des neuen Kaplans machte? Seine nächsten Worte zeigten, welche Gedanken ihn antrieben.

»Sagt, das Haus, das der Herr Hohenfelder gegenüber vom Pfarrhof gekauft hat, ist das wirklich für einen eigenen Kaplan?«

Ilse nickte. »Das hatte er schon länger geplant. Jetzt, wo er sich als Burgvogt zur Ruhe gesetzt hat und in Wels bleiben möchte, war es wohl der richtige Zeitpunkt.«

»Ein alter Bediensteter, der versorgt werden soll, nehme ich an?«

»Nein, der Herr Hohenfelder möchte einen richtigen Kirchenmann, nicht nur einen dem Namen nach. Er hat nach Kremsmünster geschickt, und es ist ihm wohl auch jemand empfohlen worden.«

»Ein Benediktiner?«, fragte Magister Crusius erschrocken.

»Ja, ein studierter Theologe heißt es, erst vor Kurzem hat er seine Profess abgelegt und die Priesterweihe erhalten. Wir sind alle schon sehr gespannt.«

Der Schulmeister fiel sichtlich in sich zusammen. Seine große, hagere Gestalt verschwand in seinem

Talar, der auch an guten Tagen formlos an ihm herabhing.

Ilse schüttelte mit gespielter Missbilligung den Kopf. »Der Christoph hat doch tatsächlich gemeint, der Herr Kaplan könnte mir mit den Briefen helfen, wenn der Johannes nicht da ist. Als ob der für so etwas Zeit haben würde, bei all den Gedenkmessen und den Umbauten am Haus, die noch nötig sind. Ich hab gesagt, das kommt nicht in Frage.« Sie lächelte den Schulmeister an. »Ihr werdet doch weiterhin Zeit haben dafür, nicht wahr?«

Magister Crusius richtete sich wieder auf. Sein dringend nötiger Zuverdienst war gesichert, Ilse sah die Sorgen von ihm abfallen. Er strich sich sein langes weißblondes Haar hinter die Ohren und lächelte. »Natürlich Frau Kramer, für Euch jederzeit, das wisst Ihr doch.«

Ein Scheppern unterbrach die beiden. Ilse nahm die Mappe mit der Korrespondenz.

»Das hat hier keinen Sinn, ich kann mich nicht konzentrieren, ich arbeite zu Hause.«

»Ich muss auch in die Schule.«

Die beiden machten sich auf den Weg aus der Schreibstube über die Baustelle aus dem Lagerhaus auf den Stadtplatz hinaus. Sengende Hitze erwartete sie. Seit Tagen war es ungewöhnlich heiß und trocken. Das war wohl auch der Grund, warum der Platz fast menschenleer war und Ilse keine Gelegenheit hatte, der Haunoldin auszuweichen. Eine Bedienstete hinter sich, die den Korb mit den Einkäufen trug, kam sie auf Ilse zugestürzt, kaum dass sie durch das Tor geschritten war.

»Frau Kramer, Ihr wisst, ich bin normalerweise nicht so, aber Euer Barnabas hat sich heute schon wieder mit einem Schwert am Stadtplatz herumgetrieben. Das kann nicht angehen, dass ...« begann sie sofort, aber Ilse unterbrach sie.

»Euch auch einen schönen guten Tag, Frau Haunold. Das hat schon alles seine Richtigkeit, es war doch sicher auch der Sebastian bei ihm, die beiden wollten hinab zu den Traunwiesen, um sich mit dem Herrn Hohenfelder zu treffen«, antwortete Ilse.

»Natürlich waren sie zu zweit, einzeln sieht man die beiden ja nie, aber wie ich gerade sagen wollte, kann es nicht angehen, dass er mit einem Schwert herumläuft, als wäre er ein hoher Herr, und es dem Sebastian Hohenfelder nachzumachen versucht, nein, das schickt sich wirklich nicht«, fuhr die Haunoldin fort und baute sich dabei vor Ilse auf.

Die blieb freundlich. Die Haunoldin suchte nur einen Streit, und darauf würde sie sich nicht einlassen. »Vielen Dank für Eure Sorge, Frau Haunold, aber sowohl mein Gemahl als auch der Herr Hohenfelder wünschen, dass beide Buben das Waffenhandwerk erlernen.« Ilse lächelte. Der Schulmeister stand still neben ihr. Sie erwartete keine Hilfe von ihm. Er konnte es sich kaum leisten, die Gemahlin eines Stadtrates zurechtzuweisen.

Aber die Haunoldin hatte noch nicht genug. »Vor ein paar Tagen habe ich die beiden auch gesehen, im Haus von der Witwe Pechrer«, fing sie an.

Ilses Miene verfinsterte sich. Sie wusste, was jetzt kommen würde. »Ja, sie haben ihr bei der Auflösung ihres Hausstandes geholfen. Sie will nach dem Tod ihres Gemahls zu ihrer Schwester ziehen und das Haus verkaufen.«

»Nein, das habe ich ja ganz vergessen«, rief die Haunoldin mit gespielter Überraschung. »Ihr wart ja über beide Ehemänner mit dem Zäsarius Pechrer verwandt, nicht wahr?«

Nur mit Mühe verkniff sich Ilse eine bissige Antwort. Natürlich ging es der zänkischen Haunoldin nicht um die Verwandtschaft mit Zäsarius, einem lieben, wenn auch einfältigen Mann, der es nie zu etwas gebracht hatte und den jeder mochte. Ihr ging es um Zäsarius' Oheim, Augustin Erdinger, den früheren Schwiegervater ihres Gemahls. Als ob das heute noch jemanden interessieren würde!

»Ja, der Zäsarius Pechrer war ein lieber Mann und wir vermissen ihn alle, vielen Dank für Euer Beileid«, gab Ilse mit etwas übertriebener Trauer zurück. Ehrlich gesagt hatte sie ihn kaum gekannt, aber ihre Stiefkinder hatten ihn gemocht und ihn öfter besucht. Das verschlug der Haunoldin die Sprache, und bevor sie sie wieder gefunden hatte, kam Ilse zum Glück doch der Magister Crusius zur Hilfe.

»Das erinnert mich daran, dass meine Schüler warten. Meine Verehrung, Frau Haunold, aber die Frau Kramer und ich müssen uns sputen.«

Mit einem freundlichen Nicken wandte sich Ilse von der Haunoldin ab, bevor diese wieder anfangen konnte, und beeilte sich, mit den ausgreifenden Schritten des Schulmeisters mitzukommen.

»Dieses zänkische, bösartige Weib«, entfuhr es Ilse, sobald die beiden außer Hörweite waren. »Ich weiß nicht, warum sie es immer auf mich abgesehen hat.«

»Nicht? Könnt Ihr Euch das nicht denken?«, fragte Magister Crusius.

»Nein, ich hab ihr nichts getan. Ich beachte sie doch meist nicht einmal.«

»Ihr seid schöner, jünger und vermögender als sie, und Ihr seid zum zweiten Mal gut verheiratet, während sie immer noch in ihrer ersten unglücklichen Ehe steckt.«

»Sie ist nicht älter. Sie ist 32, ein Jahr jünger als ich.«

»Wirklich, Ihr seid so alt wie ich?«, fragte der Schulmeister erstaunt. »Das hätte ich nicht gedacht. Dann wisst Ihr ja, warum sie Euch nicht mag.«

Ilse lachte.

»Aber wo wir gerade beim Barnabas sind«, fuhr Magister Crusius fort. »Es wäre doch schön, wenn er öfter in der Schule wäre. Ihr wisst ja, er tut sich nicht so leicht mit dem Lernen, und auch wenn ihm der Sebastian hilft, in der Schule wäre er besser aufgehoben.«

Ilse seufzte. »Ich rede mit ihm. Der Herr Hohenfelder schickt die Buben sicher gleich in die Schule, wenn sie fertig sind.«

Die beiden verabschiedeten sich am Friedhof, der Schulmeister bog nach rechts zum Pfarrhof ab, Ilse nach links in die Pfarrgasse, an deren Ende bei der Stadtmauer ihr Zuhause lag.

Dort warteten Maria, die Köchin, und Agnes, die Küchenmagd, der Rest des Haushalts war unterwegs.

Ilse durchquerte den großen Raum, den sie seit der Zusammenlegung der beiden Häuser nur die Halle nannten und der mittig von den alten hölzernen Stützpfeilern unterteilt wurde, die einst die trennende Wand bildeten. Sie ging nach hinten in den offenen Küchenbereich. Judith, ihre Kammerzofe, kam die Treppe herab und wandte sich gleich an Ilse.

»Herrin, ich soll Euch von der Gertrud sagen, dass sie mit der Anna und dem Giso bei der Frau Tätzgern ist.«

»Die sind bei der Hitze wohl mit der Käthe und der Liesl am Mühlbach«, antwortete Ilse. Ob sie ihnen nachgehen sollte? Aber sie hatte zu viel zu tun, dafür hatte sie ja ihre Kinderfrau. Die Gertrud würde schon darauf achten, dass Anna ihr Gebende nicht abnahm.

»Ihr seht abgehetzt aus, Herrin. Ist es Euch zu heiß?«, fragte Maria.

»Zurzeit ist es immer zu heiß. Aber das ist es nicht, ich hab die Haunoldin getroffen. Stellt euch vor, erst hat sie wieder angefangen, sich über die Buben zu beschweren, und dann wollte sie in aller Öffentlichkeit die alte Geschichte vom Augustin Erdinger wieder aufwärmen.«

»Auf das Geschwätz von der Haunoldin hört eh niemand«, antwortete Maria, ohne sich von ihrer Arbeit abzuwenden. »Agnes, hol noch was von dem gepökelten Wildbret aus dem Keller, die Enten reichen nicht.«

Der Ärger des Morgens war schnell vergessen. Maria und Agnes machten sich am großen Tischherd zu schaffen, und Ilse hatte ihre Korrespondenz mit in den Garten genommen. Judith saß neben ihr und nutzte das Tageslicht für Näharbeiten.

»Wollet Ihr nicht nochmal zur Baustelle?«, rief Maria durch die offene Türe, die die Arbeit am heißen Herd ein bisschen erträglicher machte, hinaus.

»Muss ich wohl. Bei der Hitze würde ich dem Staub und Dreck liebend gerne entgehen«, gab Ilse zurück.

»Dann esst vorher noch ein paar Fleischkrapfen, bis zum Nachtmahl wird es Euch sonst zu lange.«

Ilse lehnte ab und widmete sich wieder der Korrespondenz.

Ein jäher Lärm riss Ilse aus ihrem Mittagsschlummer, und fast wären ihr die Papiere auf den Boden gefallen.

»Was war das?«, fragte sie schlaftrunken, aber Maria und Agnes waren schon ans vordere Fenster gelaufen. Von Judith war nichts mehr zu sehen. Geschrei war von der Pfarrgasse zu hören.

»Herrin, ich glaub, das war's mit unserer Ruhe, der Liebenecker hat mal wieder eine seiner Phasen«, rief Maria der ebenfalls nach vorne eilenden Ilse zu.

»Oh nein, ich will gar nicht hinsehen. Hat er wieder seine Messer nach jemandem geworfen?«, fragte sie beunruhigt.

»Er hat einen feinen Herrn ins Eck gedrängt, ich glaub, er sticht ihn ab«, rief Agnes voller Freude über die Aufregung.

»Was ist nur wieder in ihn gefahren. Ich sehe besser nach dem Rechten, bevor er vor den Stadtrichter muss«, sagte Ilse resigniert.

»Vielleicht sollten wir ihn einfach mal in sein Unglück rennen lassen«, meinte Maria. »Und du geh zurück an die Arbeit«, wies sie Agnes zurecht. Widerwillig wandte sich die junge Magd vom Fenster ab.

Ilse zögerte kurz. Vielleicht sollte sie sich wirklich raushalten? Aber ihr Nachbar meinte es nur gut und hatte tatsächlich schon den einen oder anderen üblen Gesellen aus der Pfarrgasse und der Johannisgasse vertrieben. Außerdem war die Liebeneckerin eine liebe und ehrbare Frau, die es nicht verdient hatte, dass ihr Mann am Pranger landete, weil er in seinem Eifer den Falschen beleidigt hatte. Entschlossen trat Ilse durch die im Sommer stets offene Türe auf die Straße.

Sie hatte gehofft, dass Agnes übertrieben hatte, aber der Liebenecker bedrohte tatsächlich einen offensichtlich ehrbaren gelehrten Herrn. Noch ehe sie fragen konnte, was denn hier los sei, hatte ihr Nachbar sie auch schon erblickt.

»Bleibt zurück, der Mann hier ist gefährlich. Offensichtlich einer dieser betrunkenen randalierenden Studiosi, von denen man aus den großen Städten hört«, rief er Ilse zu, den Fremden mit einem Messer in jeder Hand bedrohend.

»Ich weiß nicht, wovon Ihr sprecht. Ich habe seit dem Frühmahl keine Tropfen mehr angerührt, und ein randalierender Studiosus bin ich seit vielen Jahren nicht mehr«, gab dieser zurück.

Ilse konnte nicht umhin, zu bewundern, wie gelassen der Fremde blieb und immer noch ruhig antwortete, obwohl er mit gleich zwei überaus scharfen Waffen bedroht wurde.

»Ja? Warum wankt Ihr dann hier die Straße auf und ab, starrt in die Fenster von ehrbaren Häusern und sucht nach irgendwelchen erfundenen Herren?«, rief der Liebenecker, die Messer weiter nach vorne gereckt.

Nun schien der Fremde doch langsam wütend zu werden.

»Ich wanke nicht, ich hinke, da die Reise beschwerlich war, und es ist äußerst unhöflich, mich auf diese derbe Art darauf anzusprechen. Auch suche ich keinen erfundenen Herrn, sondern den Freiherrn zu Schlüßlberg, mir wurde als seine Wohnstatt aber nur die Pfarrgasse in Wels hinter dem Friedhof angegeben. Also seid so freundlich und packt die Messer weg und weist mir den Weg, bevor ich mich vergesse und ebenfalls mit Handgreiflichkeiten drohe.«

»Ich denke, mein Herr, Ihr wollt zu mir«, unterbrach Ilse die beiden Streitenden.

Überrascht fuhr der Fremde herum und musterte sie. »Mit Verlaub, gnädige Frau, ich denke, Ihr seid ebenso wenig ein Freiherr, wie ich ein betrunkener Studiosus bin.«

Ilse lachte, und das schien nun endlich auch ihren Nachbarn zu beruhigen. »Habt Dank für Eure Sorge, Herr Liebenecker«, wandte sie sich an ihn, »aber der Herr möchte wohl zum Herrn Hohenfelder.«

Die Erleichterung war dem Fremden sofort anzusehen. »Genau, den Herrn Christoph von Hohenfeld suche ich, könnt Ihr mir den Weg zu seinem Haus weisen?«

»Ihr seid mit dem Herrn Hohenfelder bekannt?«, warf der Liebenecker ein und ließ die Messer sinken. »Warum habt Ihr das denn nicht gleich gesagt?«

Als Ilse sah, dass der Fremde nun doch wütend wurde, packte sie ihn schnell am Ärmel und schob ihn in Richtung ihres Hauses. Oder versuchte es zumindest, für einen gelehrten Herrn schien er ungewöhnlich groß und kräftig zu sein. »Nun kommt doch«, versuchte sie ihm so leise zuzuflüstern, dass ihr Nachbar sie nicht hörte. »Oder wollt Ihr den armen Mann noch mehr provozieren?«

»Provozieren?«, gab der Fremde ebenso leise zurück, während er sich in Bewegung setzte. »Ich habe nur nach dem richtigen Haushalt gesucht und wollte den guten Mann freundlich nach dem rechten Weg fragen, als er mich plötzlich ohne Grund bedroht hat.« Bei den letzten Worten hatte Ilse ihn endlich ins Haus und in Sicherheit gebracht. Erleichtert wandte sie sich dann an den Fremden.

»Der Meister Liebenecker ist ein guter Mann, nur etwas übervorsichtig«, entschuldigte sie ihren Nachbarn.

»Das kann man wohl sagen.« Der Fremde sah an sich hinab. »Dann habe ich wohl umsonst meinen Talar aus der Truhe geholt, wenn ich damit wie ein Unhold wirke.«

»Das hat nichts mit Euch zu tun, das war nur ein Missverständnis. Wir sind hier in Wels, da kennt man keinen Freiherrn zu Schlüßlberg, nur einen Herrn Hohenfelder, das gilt hier mehr. Aber nun setzt Euch erst mal und ruht Euch aus, der Christoph ist mit unseren Söhnen auf den Traunwiesen und sie kommen sicher bald nach Hause. Ihr habt eine beschwerliche und lange Reise erwähnt?« Ilse wies dem Fremden einen Platz auf der Eckbank am großen Esstisch zu. Agnes eilte mit Bier und Fleischkrapfen herbei.

»Nicht lange, nur von Kremsmünster rüber, aber mit einem störrischen Pferd, da wird auch eine kurze Reise schnell beschwerlich«, sagte er und setzte sich etwas umständlich. »Vielen Dank, dass Ihr mich hier warten lasst und auch noch bewirtet, Frau von Hohenfeld«, fügte er hinzu und griff erfreut nach dem Bier.

Sie lachte. »Ich fürchte, jetzt muss ich Euch noch mehr verwirren. Ilse Kramer ist mein Name. Und wer seid Ihr, wenn ich fragen darf?«

Überrascht sah der Fremde sie an. »Lorenz Mittenauer heiße ich, aus dem Benediktinerstift in Kremsmünster. Ihr seid die Haushälterin des Herrn von Hohenfeld?«, fragte er und musterte Ilses teures Seidenkleid. Sein Blick blieb an den Edelsteinen in ihrem Gefrens hängen.

»So könnte man durchaus sagen«, entgegnete sie lächelnd. »Ich war einst Ilse von Hohenfeld, mein erster Gemahl war der jüngere Bruder vom Herrn Hohenfelder. Und da mein zweiter Gemahl als Fernhändler ständig auf Reisen ist, und Christoph ein Witwer mit Söhnen, der nicht mehr zu heiraten gedenkt, ich mit den Kindern über dem Lagerhaus zu wenig und er hier zu viel Platz hat, sind wir zusammengezogen.«

»Und Euer Gemahl ist damit einverstanden?«, fragte Lorenz erstaunt.

»Es war sogar sein Vorschlag, er meinte, ich würde sonst nur in Probleme geraten, während er auf Reisen ist. Aber genug über mich, was führt Euch nach Wels und kann ich Euch vielleicht weiterhelfen, während wir auf den Herrn Hohenfelder warten?«

»Ich bin eigentlich hier, um beim Herrn von Hohenfeld um das Benefizium vorzusprechen, aber nachdem seine Nachbarn mich für einen Landfriedensbrecher halten und ich seine Schwägerin als seine Dienstbotin bezeichnet habe, kann ich wohl gleich wieder abreisen«, antworte Lorenz niedergeschlagen.

»Ihr seid der neue Kaplan, wie schön! Da müsst Ihr Euch keine Sorgen machen, Christoph hat schon erwähnt, wie überaus geeignet Ihr erscheint. Wollt Ihr das Benefiziatenhaus besichtigen, während wir warten?« Ilse sprang voller Tatendrang auf.

»Wenn es Euch recht ist, würde ich lieber hier warten und erst mit dem Herrn von Hohenfeld sprechen, bevor ich mir ansehe, was ich vielleicht doch nicht bekomme«, erwiderte Lorenz.

»Es wird Euch gefallen. Christoph hat es erst vor Kurzem der Pfarre abgekauft und es ist sofort bewohnbar, nur Kleinigkeiten sind noch nach Eurem Geschmack zu richten. Wenn Ihr bisher im Kloster gewohnt habt, habt Ihr sicher nicht allzu viel Hausrat. Das Nötigste hab ich schon angeschafft, aber ...«

Weiter kam Ilse nicht, denn erneut war Tumult von der Pfarrgasse zu hören.

»Höret, höret, höret«, schallte es durch die offene Türe herein.

»Oh nein, nicht jetzt«, sagte Ilse. »Wenn Ihr mich kurz entschuldigen würdet, darum muss ich mich wohl kümmern.«

Als Ilse hinaustrat, bot sich ihr ein ungewöhnlich lebhaftes Bild für einen heißen Sommertag zur Mittagszeit. Nicht nur die Nachbarschaft aus der Pfarrgasse und der Johannisgasse war dabei, aus den Häusern zu treten. Da der einzige größere Zugang zu den beiden Gassen über den Friedhof führte, hatte der Stadtrichter auf dem Weg hierher allerlei Volk aufgesammelt, das dort Ruhe und Abkühlung gesucht hatte und etwas Unterhaltung nicht abgeneigt war. Breit und bärtig stand er inmitten seiner beiden Büttel und fuhr fort:

»Dem braven Volk von Wels sei verkündet, dass Ilse Kramer, dem Johannes Kramer sein Weib, vom Stadtrat der Prunksucht und der Hoffart für schuldig erklärt wurde«, hier machte er eine dramatische Pause, bevor er Ilse einen tadelnden Blick zuwarf und hinzufügte: »Schon wieder. Um Sitte und Anstand nicht weiter zu verletzen ...«

»Wolfgang, jetzt mach doch nicht so ein Aufhebens und komm rein, ich bezahl ja«, rief Ilse mitten in die Proklamation.

»Sei ruhig Ilse, ich bin noch nicht fertig«, gab der Stadtrichter zurück.

»Es ist doch eh dasselbe wie beim letzten Mal«, rief der Liebenecker von gegenüber unter dem Gejohle seiner Gesellen und Lehrlinge. »Holt Euch das Geld und lasst uns in Ruhe unserer Arbeit nachgehen.«

»Ihr wisst genau, Meister Liebenecker, dass das so nicht weitergehen kann. Vielleicht stellen wir sie dieses Mal an den Pranger«, rief der Stadtrichter zurück.

»Das glaub ich erst, wenn ich es sehe. Das bringt Euch kein Geld, sondern bringt nur Arbeit, das macht Ihr ja ohnehin nicht«, mischte sich die Liebeneckerin ein. »Die Frau Kramer ist eine anständige Hausfrau, sie putzt sich nicht mehr, als sie es sich leisten kann, jetzt gebt endlich Ruhe.«

»Darum geht es nicht und das weißt du ganz genau, Liebeneckerin«, schrie der Stadtrichter zurück. Dann seufzte er und wandte sich an Ilse.

»Hast du noch was von der Katharina ihrem Bier?«, fragte er.

»Natürlich, komm rein«, antwortete sie, immer noch nicht erfreut über die Störung. Ilse winkte der Nachbarschaft kurz zu, vor allem der Liebeneckerin, und dann betrat auch sie das Haus. Der Stadtrichter war nach ein paar Schritten durch die Türe abrupt stehen geblieben und wandte sich ihr sofort wieder zu.

»Ilse, also wirklich, ich komme wegen deiner Prunksucht und jetzt finde ich dich mitten am Tag mit einem fremden Mann schmausend«, sage er tadelnd. »Du sollst fremde Kaufleute doch nur im Lagerhaus oder in der Braustube empfangen, dort ist es sicherer.«

Bevor Ilse etwas erwidern konnte, hatte Lorenz schon seinen Fleischkrapfen weggelegt und sich erhoben. »Verzeiht mein Herr, ich bin kein Kaufmann, und eine Gefahr für eine anständige Hausfrau bin ich erst recht nicht. Lorenz Mittenauer ist mein Name, ein Benediktiner vom Stift Kremsmünster, ich bin der neue Hohenfelder-Kaplan«, sagte er. »So hoffe ich zumindest.«

»Der Hohenfelder-Kaplan? Na viel Vergnügen mit Eurem neuen Posten. Seid Ihr auch für ehemalige Hohenfelder verantwortlich? Dann habt Ihr jede Menge Arbeit vor Euch«, sagte Wolfgang. Ilse war sich nicht sicher, ob er scherzte.

»Ich denke, für alle Hohenfelder, und ihren Haushalt, falls Ihr auf die Frau Kramer anspielt. Gibt es ein Problem, bei dem ich helfen kann?« Während seiner

Worte war Lorenz immer weiter zwischen Wolfgang und Ilse gerückt.

»Es gibt kein Problem«, ging sie schnell dazwischen. »Pater Mittenauer, darf ich Euch meinen Bruder vorstellen, Herrn Wolfgang Tätzgern? Er ist unser Stadtrichter. Er ist nur hier, weil er Geld und ein Bier möchte.«

»Ich bin hier, weil du wiederholt gegen die Kleiderordnung verstoßen hast und deine Strafe immer noch nicht beglichen hast«, gab er zurück. »Und wegen dem Bier.«

»Das mit dem Pranger war doch nicht ernst gemeint?«, fragte Ilse, nun doch ein bisschen besorgt.

»Ich bin mir sicher, das ist nicht nötig«, mischte sich Lorenz wieder ein. »Ich werde mit Frau Kramer sprechen und sie wird in sich gehen.«

Wolfgang lachte schallend, und auch die Büttel, die an der offenen Türe Stellung bezogen hatten, stimmten mit ein.

»Ilse, in sich gehen?«, meinte er, als er sich wieder beruhigt hatte. »Redet mal mit ihr, sie weiß gar nicht, was Prunksucht ist.«

»Natürlich weiß ich das«, antwortete Ilse wütend. »Es ist sicher keine Prunksucht, wenn ich die Ware meines Gemahls aufs Beste verarbeitet vorführe, um Kundschaft anzulocken. Das ist Geschäft!«

»Seht Ihr?«, wandte sich Wolfgang an Lorenz. »Und wartet nur, bis der Johannes wieder hier ist, der ist noch schlimmer. Das nächste Mal, wenn ich ihn mit einem goldbestickten Turban mit einer Krempe so dick wie mein Oberarm in der Kirche erwische, zahlt er mindestens eine venezianische Golddublone, ich sag es Euch.« Nach einem Blick auf Ilse fügte er beschwichtigend hinzu. »Nun gut, weil ich sehe, dass dieser Haushalt einen eigenen Kaplan bekommt, kann ich noch mal Milde walten lassen. Zwei Mark Silber, drei Bier, etwas Konfekt und das Versprechen, dass deine Ärmel nie wieder so lange sind, dass sie die Kirchenschwelle streifen, und alles ist vergessen.«

»Das Bier kannst du gleich haben, den Rest musst du dir dann im Lagerhaus abholen«, antwortete Ilse, froh, dass das aus der Welt geschafft war. »Setz dich doch zu uns.«

»Zu viel zu tun, ich bin gleich wieder weg«, sagte Wolfgang. Das Bier, das Maria ihm reichte, hatte er mit ein paar Schluck getrunken, als zwei langhaarige gescheckte Hunde durch die Tür stürmten und die Büttel respektvoll zur Seite traten.

»Ilse, wenn ich gewusst hätte, dass wir Gäste erwarten, hätte ich mich beeilt. Was verschafft uns das Vergnügen, Herr Tätzgern?«, sagte Christoph von Hohenfeld. Er nahm seinen Schwertgurt ab und hängte ihn mit zwei anderen, die er mit sich gebracht hatte, an die dafür vorgesehenen Haken an den Stützpfeilern der Halle. Die Hunde schüttelten sich, dass ihre Schlappohren nur so flogen, dann machten sie es sich an ihrem gewohnten Platz hinter der arbeitenden Maria am Tischherd gemütlich.

»Ich hab nur Ilses übliche Strafe abgeholt und bin schon wieder weg, lasst Euch von mir nicht stören,

Herr Hohenfelder«, antwortete Wolfgang, in einem um einiges respektvollerem, wenn auch kühlerem Ton, als er ihn vorher angeschlagen hatte, und fügte hinzu: »Einen schönen Tag wünsch ich Euch noch.«

Ilse seufzte. Der Stadtrat und die Burgvogtei waren zu oft aneinandergeraten, als dass die beiden Männer sich in der Gegenwart des anderen wohlfühlen konnten. Nicht, dass man Christoph irgendein Unwohlsein ansehen würde. Er war wie immer eine eindrucksvolle und in sich ruhende Erscheinung und trotz seines Alters von über sechzig Jahren war deutlich erkennbar, warum er als einer der schönsten Männer am Kaiserhof gegolten hatte. Es war weithin bekannt, dass alle Hohenfelder ungewöhnlich hübsch anzusehen waren. Ihr Hans war es auch gewesen.

»Wir haben tatsächlich Besuch,« sagte Ilse. »Sieh mal wer hier ist, der Pater aus Kremsmünster, auf den du gewartet hast, Lorenz Mittenauer.«

»Pater Mittenauer, ich bin hocherfreut.« Christoph setzte sich und bedeutete Lorenz, es ihm gleichzutun. »Um ehrlich zu sein, dachte ich nicht, dass Ihr wirklich kommen würdet.«

»Wie kannst du das bezweifeln, es ist doch so eine schöne Stelle«, sagte Ilse und schenkte Christoph aus der Weinkaraffe, die Agnes ihr gereicht hatte, in ein venezianisches Trinkglas ein.

»An der Stelle liegt es nicht, möchte ich wohl meinen. Aber ich war mir nicht sicher, ob es den Pater Mittenauer wirklich gibt«, sagte er lächelnd zu Ilse und nahm einen Schluck Wein. An Lorenz gewandt fuhr er fort: »Ihr seid mir sowohl von König Maximilian als auch von Wolf von Pollheim aufs Wärmste empfohlen worden, alle haben sie Euch als Freund bezeichnet und mir Ratschläge gegeben, wie ich das Benefizium noch großzügiger ausgestalten könnte. Wenn ich zusammennehme, was sie mir über Euch erzählt haben, da kamen mir schon Zweifel, ob sie alle von demselben Mann sprechen.« Christoph sah Lorenz prüfend an. »Es würde mich interessieren, was davon stimmt.«

Dieser lachte, ohne über all das Lob verlegen zu wirken. »Ich kann sie wohl wirklich meine Freunde nennen, wenn sie mich in einem so vorteilhaften Licht erscheinen lassen haben. Mein Leben war sehr wechselhaft, aber ich kann Euch versichern, dass ich mich ganz auf meine Tätigkeit als Euer Kaplan konzentrieren werde, nur ein bisschen auch auf die Kunst.«

»Wie schön, welche Art von Kunst denn?«, unterbrach Ilse. Sie sah den Blick, den Lorenz Christoph zuwarf, als ob er nicht sicher war, ob er auf diese Unterbrechung eingehen durfte. Doch der sagte nichts und wartete nur die Antwort auf Ilses Frage ab.

»Die Historiographie. Ich bin ins Kloster gegangen, weil ich dachte, dort könnte ich in Ruhe an meinen Annalen schreiben, da habe ich mich aber gründlich getäuscht. Ich sage Euch, in einem solch großen Haus wie dem Stift Kremsmünster, da geht es stets munter zu wie in einem Badehaus am Weibertag. Absolut keine Ruhe zu finden. Als ich dann gehört habe, dass Ihr ein Benefizium mit einer derart großzügigen Pfründe plant, dachte ich, da hab ich mehr Ruhe, zumindest an den Winterabenden komme ich sicher zum Schreiben«, erklärte Lorenz, und fügte hastig hinzu: »Außerdem lese ich sehr gerne Gedenkmessen und erfreue mich an der Seelsorge.«

Christoph lächelte. »Natürlich, davon bin ich ausgegangen. Von meiner Seite aus habt Ihr die Stelle, ich würde es bei Euren Empfehlungen ohnehin nicht wagen, Euch abzulehnen. Da Ihr hier seid, nehme ich an, die Profess habt Ihr abgelegt und den Dispens für die Priesterweihe erhalten?«

Ilse hätte zu gerne gewusst, wofür der Dispens nötig gewesen ist, aber ihr Gast nickte nur und Christoph fragte nicht weiter nach.

»Die Übersicht der Pfründe hat Euch ja der Abt Widmar schon gegeben, Eure Mahlzeiten könnt Ihr sowohl hier als auch beim Pfarrer Söllner einnehmen und die Ilse wird Euch noch das Haus zeigen, sie hat sich um die Einrichtung gekümmert.«

Die beiden Männer bekräftigten ihren Beschluss mit einem Handschlag.

»Ich möchte nicht unnötig zur Last fallen, wenn Ihr mir den Weg beschreibt, finde ich schon hin«, sagte Lorenz, dem die Erleichterung über den Ausgang der Unterredung anzumerken war.

»Das ist keine Last, ich muss ohnehin ins Lagerhaus, dann kann ich Euch gleich noch Euer neues Heim zeigen, es ist kaum ein Umweg«, sagte sie und fügte an Christoph gewandt hinzu: »Die Buben hast du doch in die Schule geschickt?«

»Sobald wir fertig waren. Ich habe keine Lust, dass der Magister Crusius schon wieder hier vorspricht, weil die beiden zu viel versäumt haben«, antwortete er.

»Gehen wir hinten raus«, sagte Ilse zu Lorenz. »Wir müssen nur die Stadtmauer entlang zum Friedhof, dann sind wir schon dort.«

Ilse und Lorenz durchschritten den Garten, der sich hinter dem Haus bis zur Stadtmauer erstreckte. Sie gingen vorbei an Marias Gemüse- und Kräuterbeeten und öffneten ein kleines Holztor, das zu einem versteckten Pfad durch den Garten des Nachbarn und dann die Mauer entlang führte.

»Das Tor hier ist nie versperrt und ist der schnellste Weg von Eurem Haus, wenn Ihr zum Essen kommt«, wandte sich Ilse an Lorenz. »Ihr könnt auch über den Friedhof und dann durch die Pfarrgasse gehen. Das Frühmahl ist immer etwa drei Stunden nach Sonnenaufgang und das Nachtmahl bei Sonnenuntergang, aber die Maria hat stets eine Kleinigkeit bereit, falls Ihr es nicht zu den Essenszeiten schafft. Bei uns geht es halt sehr laut zu mit den vier Kindern, beim Pfarrer Söllner sind nur er und der Magister Crusius zugegen. Beides hochgelehrte Herren, vielleicht gefällt es Euch da besser als bei uns.«

»Das kann ich mir nicht vorstellen«, erwiderte Lorenz höflich und wich dem ersten Grabstein am Rand des Friedhofs aus.

Ilse lächelte. »Das werden wir dann ja sehen, der Herr Magister wird sich sicherlich über die Gesellschaft freuen, der Herr Pfarrer ist ein bisschen schwierig, aber die Maria ist die bessere Köchin, außerdem ...«

Weiter kam Ilse nicht, ein breiter Schatten hatte sie gerammt und hätte sie von den Beinen gerissen, wenn Lorenz sie nicht rechtzeitig festgehalten und gleichzeitig den Angreifer ergriffen hätte. Eine Heldentat, die etwas von ihrem Glanz verlor, wenn man bemerkte, dass er einen halbwüchsigen Knaben am Kragen gepackt hatte. Dieser blickte ihn aus dunkelbraunen Augen finster an, die braunen Haare standen zerzaust in alle Richtungen ab.

»Lasst ihn los, oder ich schlitz Euch den Bauch auf«, rief ein zweiter Angreifer, den Ilse aber alsbald am Ohr erwischte.

»Aua, verzeiht, Frau Tante, wir haben Euch hinter dem Grabstein nicht gesehen und hinter dem Fremden nicht erkannt«, heulte er.

»Ich kann es nicht glauben, dein Vater hat euch doch in die Schule geschickt, was macht ihr hier?«, rief sie erbost und zog ordentlich an dem Ohr.

»Aber wir sind doch schon fast dort, Frau Mutter. Wir wollten nur unsere neuen Messer ausprobieren. Seht mal«, sagte der erste Angreifer, den Lorenz immer noch am Kragen gepackt hatte und ordentlich schüttelte, als dieser Ilse eine lange Klinge entgegenstreckte.

»Das ist kein Messer, mein Junge, das ist ein Schwert«, sagte Lorenz, nachdem er es dem Knaben abgenommen und ihn losgelassen hatte.

»Nein nein, das ist ein Messer, aber ein ganz großes, der Meister Liebenecker hat es extra für uns gemacht. Frau Mutter, seht Euch mal die schöne Scheide und den Griff an, er hat sogar unsere Namen eingraviert«, rief der Junge begeistert.

»Das ist wirklich ein schönes Messer, für einen Knaben auch für Schwertübungen geeignet«, sagte Lorenz, der bewundernd die Klinge in der Hand drehte. »Ich hätte es mir mit dem Meister Liebenecker doch nicht verscherzen sollen. Wer weiß, ob er mir jetzt noch etwas von seiner Ware verkauft.«

»Keine Angst, werter Herr, ich werde ein gutes Wort für Euch einlegen«, sagte Sebastian mit all der Würde, die man nur eben aufbringen konnte, während man von seiner kleinen zierlichen Tante am Ohr festgehalten wurde.

»Wer seid Ihr überhaupt und was macht Ihr mit meiner Mutter hier am Friedhof?«, fragte Barnabas, der durch den Abstand zwischen sich und Lorenz seinen Mut wiedergefunden hatte.

»Das ist doch die Höhe«, entfuhr es Ilse. Sie ließ Sebastians Ohr los und baute sich vor den Buben auf. »Ihr wisst ganz genau, dass der Herr Magister euch ohnehin nur Christoph zuliebe für die Waffenübungen frei gibt. Wenn ihr jetzt auch noch in Sichtweite der Schule einen solchen Unsinn treibt, dann war es das mit dem Studium«, schimpfte sie.

»Aber liebe Frau Tante, wir machen uns nur Sorgen um Euch. Wir begleiten Euch über den Friedhof und den fremden Herrn könnt Ihr wegschicken«, sagte Sebastian, der sein Ohr rieb. Ilses Ärger verflog. Ihr Neffe war ein hübscher Junge, blond und mit denselben grauen Augen, die ihr Hans gehabt hatte. Sie konnte ihm nie lange böse sein.

»Das geht leider nicht, die Frau Kramer wollte noch mit mir nachhause kommen«, wandte Lorenz grinsend ein, nur um sich kurz darauf wider gegen Barnabas wehren zu müssen, der mit einem Aufschrei versuchte, sein Messer zurückzubekommen.

»Ist jetzt eine Ruhe«, rief Ilse. Doch vergebens, auch Sebastian stürzte sich auf Lorenz. »Das ist unser neuer Kaplan und ihr zeigt gefälligst Respekt.«

»Ach lasst sie doch, das ist normal in dem Alter«, meinte Lorenz, der inzwischen beide Messer in den Händen hielt. »Ich geb die jetzt der Frau Kramer und ihr macht euch auf in die Schule.«

Den Buben zögerten kurz, ob sie ihre Niederlage eingestehen sollten, aber dann liefen sie johlend Richtung Pfarrhaus los.

Ilse sah den beiden nach und seufzte. »Jetzt kommen sie schon wieder schmutzig in die Schule, aber wenigsten gehen sie hin.«

Lorenz betrachtete die Messer. »Das sind wirklich schöne Klingen, und so gut verarbeitet.«

»Ja, der Meister Liebenecker arbeitet nur mit den besten Klingenschmieden und Schleifern. Aber ich wünschte, sie würden ihr Geld nicht für solchen Tand ausgeben.«

»Das ist doch kein Tand!«, rief Lorenz entsetzt.

Ilse lachte. »Dann könnt Ihr Euch gerne noch ein bisschen länger daran freuen, Ihr würdet mir sehr helfen, wenn Ihr sie verwahrt und ich sie nicht ins Lagerhaus mitnehmen muss. Ich schicke die Buben dann nach der Schule vorbei, dann können sie Euch gleich als Entschuldigung helfen, wenn Ihr das Mobiliar anders verteilen wollt.«

»Das wäre aber nicht nötig gewesen, das Haus auch noch einzurichten«, erwiderte Lorenz.

»Die Gelegenheit konnte ich mir nicht entgehen lassen, eine verwitwete Verwandte löst diese Tage ihren Hausstand auf und die Sachen waren günstig zu haben.«

Die Ankunft im Haus war für Ilse enttäuschend. Sie hatte sich vorgestellt, wie sie dem neuen Besitzer jede der Kammern und die schönen Möbel präsentieren würde, und wie er dann ihren guten Geschmack lobte und sich über jedes einzelne Stück freute.

Aber dazu kam es nicht.

Der neue Kaplan sah sich kurz ungläubig um, fragte, ob das wirklich sein Haus sei und er nicht nur eine Kammer darin bewohnen sollte. Dann, als Ilse zu den ersten Erklärungen zu den Stühlen ansetzte, die sie zu dem schon vorhandenen großen Tisch gekauft hatte, sah er derart müde aus, dass sie nicht anders konnte, als sich zu verabschieden.

Sie würde sicher ein andermal Gelegenheit haben, sich mit ihm zu unterhalten.

2. Kapitel

Ein lauter Knall ließ Ilse hochfahren. »Zieht doch nicht beide an einem Ende, ihr Nichtsnutze«, tönte die Stimme vom Meister Achleitner in ihre Schreibstube.

Ilse seufzte. Den Handelsdienern und Fuhrknechten hatte sie für die Zeit der Bauarbeiten freigegeben, es war ohnehin kaum Ware da. In den frühen Morgenstunden suchte sie Ruhe für ihre Korrespondenz und ihre Buchhaltung. Da hatte sie sich gründlich getäuscht, der Baumeister und seine Gesellen hatten ebenfalls früh angefangen, um der Mittagshitze zu entgehen. Sie brauchte ohnehin eine Pause, da konnte sie gleich nachsehen, ob wieder welche von den teuren Schieferplatten zu Bruch gegangen waren. Sie erhob sich, verließ die Schreibstube und machte sich vorsichtig zwischen all den Baumaterialien auf den Weg in den Hinterhof.

»Meister Achleitner, gibt es ein Problem?«, fragte sie und musterte die komplizierte Konstruktion, mit der die Schindeln in die Höhe befördert wurden.

»Diese vermaledeiten böhmischen Wandergesellen, die sind das Problem. Können wohl außer ›Bier‹ kein ordentliches deutsches Wort, auf jeden Fall nicht ›rechts‹ und nicht ›links‹. Ich krieg das schon hin, Frau Kramer, keine Sorge. Jetzt zurrt doch das Ende fest.« Wütend stürmte der Baumeister in Richtung der Böhmen. Zwei Mörtelmischerinnen sprangen schimpfend aus dem Weg.

Besorgt sah sich Ilse um. Sie wünschte sich wirklich, Johannes wäre schon zuhause. Sie konnte nicht sagen, ob hier alles nach Plan lief.

»Frau Kramer, ich bring die Nägel«, hörte sie hinter sich.

Ilse drehte sich um und musterte den jungen Mann von etwa fünfzehn Jahren, der sie angesprochen hatte. »Nägel, welche Nägel?«, fragte sie.

»Die bestellten Nägel, die extra Großen für die Schieferplatten«, sagte der, einen prall gefüllten Leinensack in die Höhe haltend.

»Ah, du bist dem Meister Brandtner sein Lehrling, der Gregor«, sagte sie und sah zweifelnd in Richtung des Baumeisters, der immer noch die unbeeindruckt zuhörenden Böhmen zurechtwies. Die beiden schienen eher belustigt als reumütig. »Komm mit rein und ich mache eine Notiz über den Wareneingang, ich sag dem Meister Achleitner dann, wo sie sind.«

»Danke Frau Kramer, sehr gerne, Frau Kramer«, antwortete Gregor. Er warf sich den Sack über die Schulter und folgte Ilse.

»Sag, wollte dein Meister nicht wegen der Fenstergitter vorbeikommen?«, fragte sie, als sie in der Schreibstube angekommen waren.

»Er kommt erst am Abend zum Messen, soll ich ausrichten, es geht so zu, dass er die Zahlen nicht richtig aufschreiben kann, sagt er«, antwortete Gregor und stellte seine Ware ab.

»Zurzeit ist ohnehin nie abgesperrt, er kann jederzeit rein«, sagte Ilse. »Vielen Dank für die Lieferung, das Bier für die Arbeiter steht im vorderen Lager.«

Die Miene des Lehrlings hellte sich merklich auf. »Danke, Frau Kramer, einen schönen Tag noch, Frau Kramer«, verabschiedete er sich und machte sich schnell auf den Weg.

Ilse widmete sich wieder ihrer Buchhaltung, aber erneut wurde sie unterbrochen. Nach einem kurzen Klopfen war der neue Kaplan eingetreten. Auf den ersten Blick war er kaum wiederzuerkennen. Die staubige Reisekleidung hatte er gegen ein sauberes Gewand getauscht und die Haare hatte er sich kürzen lassen. Sie betrachtete ihn prüfend. Sein Rock war zu lange und die Frisur zu kurz, um modisch genannt zu werden, aber das würde man sicher ändern können.

»Wie schön, Euch wiederzusehen, Ehrwürden«, begrüßte sie ihn. »Wir haben Euch gestern Abend vermisst.«

»Das war meine Schuld, Frau Kramer. Ich hab den Herrn Kaplan ins Badehaus mitgenommen und dann ist es so spät geworden, dass wir gleich dort gegessen haben«, sagte Magister Crusius, der ebenfalls eingetreten war.

»Der werte Magister hat mir gestern noch im Haus geholfen. Meine Habseligkeiten aus Kremsmünster sind angekommen. Der Abt war sich wohl sehr sicher, dass ich nicht zurückkomme«, meinte Lorenz.

»Ah, ich verstehe, seid Ihr deshalb hier? Wir finden sicher auch bei unserem eingeschränkten Sortiment genug für Euer neues Gewand«, sagte Ilse und musterte ihn. Er war ein breiter und großer Mann, der grüne Barchent und der Rest vom gelben würden dennoch für einen Rock und zweifarbige Beinlinge reichen. Oder doch einen roten Rock? Der würde die braunen Haare wärmer erscheinen lassen und die grünen Augen äußerst vorteilhaft kontrastieren.

»Ein neues Gewand?«, erstaunt sah Lorenz an sich hinab. »Was ist an dem Rock hier auszusetzen, den hab ich noch keine drei Jahre.«

»So sieht er fürchte ich auch aus. Ihr seid doch noch jung, da dürft Ihr durchaus etwas mit der Mode gehen«, sagte Ilse und betrachtete ihn weiterhin prüfend.

Der Schulmeister lachte. »Da dürft Ihr nicht auf die Frau Kramer hören, mir versucht sie auch seit Jahren meinen Talar auszureden.«

»Der werte Herr Magister tut mir Unrecht. Ich wollte ihm den Talar nicht ausreden, ich habe lediglich einen anderen Stoff und einen anderen Schnitt empfohlen«, erwiderte Ilse.

»Also ein ganz anderes Gewand«, entgegnete der Schulmeister.

»Da will man nur helfen und wird dafür auch noch verspottet«, sagte Ilse entrüstet.

»Mit mir müsst Ihr dann aber ganz zufrieden sein«, wandte Lorenz ein. »Ich trage nie einen Talar, wenn ich nicht unbedingt muss, der ist ständig im Weg. Und meine Ordenskleidung habe ich auch gleich weggepackt. Meinen Rock müsst Ihr mir aber schon lassen, ich kann mich als Priester kaum mit einer offenen Schecke und alles enthüllenden Beinlingen zeigen.«

Ilse betrachtete ihn. Er war zwar groß, hatte jedoch nicht die lange, schlanke Gestalt, die zurzeit in Mode war. Mit dem richtigen Schnitt würde man dem abhelfen können. Die Farbe würde sie sich gewiss nicht ausreden lassen, wie konnte er sich nur ganz in Schwarz kleiden? Mit dem nach Klerikerart glatt rasierten Gesicht und der kleinen, aber dennoch sichtbaren Tonsur ergab das einen äußerst unvorteilhaften Eindruck.

»Der Christoph hätte sicher nichts dagegen, wenn Ihr Euch etwas modischer kleidet, wir können das ja beim Essen besprechen.« So schnell würde Ilse nicht aufgeben.

»Das müssen wir wohl ein anderes Mal tun, fürs Frühmahl heute muss ich mich leider ebenfalls entschuldigen. Der Pfarrer Söllner war vorhin schon bei mir und hat mich eindrücklich ermahnt, endlich bei ihm vorstellig zu werden. Er schien nicht erfreut.«

Ilse und der Magister lachten. »Der Herr Pfarrer ist nie erfreut«, erklärte sie.

»Aber er ist der Grund, warum wir hier sind, und nicht dem Herrn Kaplan seine modischen Defizite«, sagte der Schulmeister und lächelte entschuldigend in die Richtung des Angesprochenen. »Der Herr Pfarrer meinte, wenn wir Zeit fürs Badehaus haben, dann können wir uns auch an die Reparatur des Anbaus am Pfarrhof machen. Wir sollen hier Holzschindeln und Bauholz abholen, die Ihr ihm wohl als Spende versprochen habt.«

»Natürlich, ich hab alles im vorderen Innenhof gelagert, eigentlich sollten meine Fuhrleute es liefern, wenn sie zurück sind.«

»Wir schaffen das schon, einen Wagen haben wir auch mitgebracht«, sagte Lorenz.

Ilse betrachtet ihn skeptisch. Heute schien er gut zu Fuß zu sein, aber sie konnte nicht vergessen, dass er gestern nur mit Mühe wieder von der Sitzbank hochgekommen war. »Lasst Euch zumindest vom Gregor helfen, der war gerade noch da und hat Nägel gebracht, der ist ein kräftiger Bursche.«

Der Schulmeister horchte auf. »Der Gregor, der Lehrling vom Brandtner, dem Schmied?«

»Ja, genau der, kennt Ihr ihn näher?«, fragte Ilse und führte die beiden Männer nach draußen.

»Nein, ich habe ihn nur kürzlich einmal getroffen.«

Die drei traten in den ersten Innenhof und Lorenz sah sich staunend um. »Eine gewaltige Baustelle habt Ihr hier.«

»Zu gewaltig, denke ich manchmal. Ich weiß nicht, wie wir das vor dem Herbst fertigstellen sollen.«

»Macht Ihr das Dach neu? Kommen da die Schindeln für den Pfarrhof her?«, fragte Lorenz.

»Ja, aber nicht alle, mit dem ersten Teil haben wir schon das Benefiziatenhaus ausgebessert.«

»Warum dann ein neues Dach, wenn die Schindeln noch gut sind?«

»Wegen der Brandgefahr. Schieferplatten sind ein viel besserer Schutz für unsere Ware und halten auch länger dicht.«

»Ein Dach decken kann doch nicht so viel Dreck machen und all das Arbeitsmaterial brauchen«, sagte Lorenz und sah sich um. Überall stand Baumaterial und Baugerät, an sämtlichen Ecken und Enden des Hauses wurde gearbeitet.

»Das nicht, aber wir müssen nicht nur alle Wände verstärken, weil das neue Dach schwerer ist, sondern mein Gemahl lässt auch noch Zinnen mauern, damit wir vor Bränden in den hölzernen Nachbarhäusern geschützt sind.« Ilse schüttelte den Kopf. »Neu bauen wäre vermutlich einfacher gewesen. Und billiger.«

Die drei betraten den ersten Innenhof. »Da drüben im Eck hab ich alles lagern lassen.«

Lorenz sah sich prüfend um. »Ich glaube nicht, dass wir da an den Bauarbeiten vorbei mit dem Karren reinkommen.«

»Es ist ja nicht weit vors Tor, ich geh uns mal Hilfe suchen«, meinte der Schulmeister und machte sich auf den Weg.

»Versuchen wir es mit dem Karren«, sagte Ilse und wandte sich Richtung Haupttor.

»Wartet, ich nehme gleich eine Ladung mit.«

Mit Bauholz beladen folge Lorenz Ilse, die im Tor abrupt Halt machte.

»Habt Ihr da ein Schlachtross vor Euren Karren gespannt?«, fragte sie und musterte Lorenz' Gefährt, das am Stadtplatz für einiges an Aufsehen sorgte.

»Ein Schlachtross? Lasst ihn das ja nicht hören, er ist ohnehin schon eingebildet genug. Ein alter Klepper ist er, und zu nichts zu gebrauchen, aber für den alten Karren vom Pfarrer Söllner taugt er noch«, sagte Lorenz abfällig. Ilse lächelte, als er seine Last ablud und dann dem stattlichen Rappen liebevoll über den Kopf streichelte. »Wenn er nicht schon so lange bei mir wäre, hätte ich ihn ja zum Abdecker geschickt, aber wie Ihr seht, kann er sich doch noch nützlich machen.«

Der Schulmeister gesellte sich wieder zu ihnen. »Wir haben Glück, seht mal, wen ich gefunden habe, gleich drei freudige Helfer.« Ihm folgte nicht nur der gesuchte Gregor, sondern auch Barnabas und Sebastian, die entgegen den Worten des Magisters wenig freudig aussahen.

»Wo habt Ihr die denn gefunden?«, fragte Ilse. Ihr war nicht aufgefallen, dass sich die Buben auf der Baustelle aufhielten.

»Beim Würfeln hab ich die Nichtsnutze erwischt, und jetzt haben sie so ein schlechtes Gewissen, dass sie ihre Schuld abarbeiten wollen.« Er sah die drei streng an. »Sie können froh sein, dass meine Rute im Schulraum hängt.«

Sebastian war der Erste, der den Blick erhob. »Ist das ein Schlachtross?«, rief er begeistert und lief auf das Pferd zu.

»Das war er angeblich mal. Ich denke eher, er ist ein Ackergaul«, sagte Lorenz.

»Ist das Euer? Wo habt Ihr den gekauft? Darf ich den mal reiten?«, fragte Barnabas.

»Bei den schlechten Gängen, die der Klepper hat, wäre das vielleicht eine passende Strafe für euer Verhalten, aber macht euch lieber ans Tragen, über alles andere reden wir später«, sagte Lorenz streng.

Auch zu fünft dauerte es einige Zeit, den Karren zu beladen. Ilse kehrte nicht sofort in die Schreibstube zurück, sondern saß im Schatten vor dem Lagerhaus und beobachtete das bunte Treiben auf dem Stadtplatz. Erfreut sah sie Gertrud und die Kinder, die auf sie zukamen.

»Frau Kramer, ich hoffe, wir stören nicht Die Frau Tätzgern schickt uns die Kräuter aus dem Heiligen Land holen, die Ihr für sie auf die Seite gelegt habt«, sagte Gertrud an Ilse gewandt. Anna und Giso stürmten auf sie zu.

»Frau Mutter, stellt Euch vor, der Giso und ich dürfen heute eine eigene Seife machen, und bis in den Herbst ist sie fertig, und dann verkaufen wir sie und haben Geld für den heiligen Nikolaus«, erzählte Anna, die Jüngste, aufgeregt und zog ungeduldig am Kleid ihrer Mutter, damit diese ihr auch wirklich zuhörte.

Ilse zupfte sorgsam Annas Gebende zurecht. »Dann habt Ihr bei der Tante Kunigunde aber schon viel gelernt. Aber jetzt kommt mal beide her und begrüßt schön artig den neuen Herrn Kaplan.«

Lorenz hatte inzwischen eine Ladung Schindeln abgelegt und war herübergekommen. »Ihr seid also Seifensieder?«, fragte er die Kinder.

»Ich werde mal Händler, da muss man über alles Bescheid wissen, sagt die Frau Mutter«, antwortete Giso und betrachtete Lorenz prüfend. »Wenn Ihr der neue Kaplan seid, heißt das, Ihr dürft Leute verheiraten? So, dass nicht mal der Stadtrat was dagegen sagen kann?«

»Aber Giso«, unterbrach ihn Gertrud. »Jetzt fang nicht wieder damit an und lass den Herrn Kaplan in Ruhe.«

Ilse lachte. »Seid so nett und verheiratet niemanden, während ich weg bin, ich muss die Kräuter für die Kunigunde holen.«

Als Ilse zurückkam, bot sich ihr ein gewohntes Bild. Lächelnd betrachtete sie den Magister Crusius, der einer wie immer viel zu schüchternen Gertrud, die sich halb hinter dem Herrn Kaplan versteckt hatte, den Hof zu machen versuchte.

»Hier sind die Kräuter. Sag Gertrud, wir gehen dann noch zur Katharina vor dem Frühmahl, willst du nicht auch mitkommen? Die Kunigunde kommt für die Zeit sicher alleine mit den Kindern zurecht.«

»Das ist sehr freundlich, Frau Kramer, aber mit den vier Kindern ist es beim Seifensieden doch gefährlich, ich bleibe besser dort«, sagte Gertrud, die Ilses Blick Richtung Magister Crusius wohl nicht richtig gedeutet hatte. Oder ihn mit Absicht ignorierte.

Seufzend sah Ilse den drei nach.

»Riecht Ihr deshalb immer so gut?«, wurde sie aus ihren Gedanken gerissen.

»Wie bitte?«, fragte sie und drehte sich zu Lorenz, der diese Frage an sie gerichtet hatte.

Barnabas und Sebastian kicherten.

Ilse war sich nicht sicher, aber sie dachte, der Herr Kaplan errötete leicht. »Verzeiht, so meinte ich das nicht. Mir ist nur Euer Duftwasser aufgefallen. Das muss von Eurer Schwägerin sein.«

Ilse lächelte. »Das ist kein Duftwasser. Mein Gemahl bringt mir aus Venedig immer ein duftendes Öl von den Muselmanen mit, Neroli heißt es, und meine Schwägerin macht mir aus den gleichen Blüten eine Seife.« An Barnabas und Sebastian gewandt fügte sie hinzu: »Ihr beiden steht hier nicht faul rum, seht mal, wie fleißig der Gregor arbeitet.«

Ilse sah, dass Lorenz' Blick immer wieder zwischen dem Schulmeister und ihrer über den Marktplatz verschwindenden Kinderfrau hin- und herging. »Ihr habt es also auch bemerkt«, flüsterte sie ihm zu. »Ich sag es Euch, ganz Wels spricht über die beiden.«

Lorenz wartete, bis der Magister Crusius wieder im Lagerhaus verschwunden war, und wandte sich dann an Ilse. »Habt Ihr da kein Problem damit? Ihr würdet Eure Kinderfrau verlieren, wenn sie sich einig werden.«

Ilse seufzte. »So schnell geht es wohl nicht. Aber ehrlich gesagt wäre es mir eine Erleichterung. Die Kinder gehen bald in die Schule, ich brauche keine Kinderfrau mehr, und als verheiratete Schulmeisterin würde ich sie lieber sehen als auf der Suche nach einer neuen Stellung. Das ist immer so gefährlich für eine junge Frau, und eine so schöne noch dazu.«

Lorenz sah Ilse überrascht an.

»Was stört Euch daran, würde sich nicht jede Herrin für Ihre nicht mehr benötigten Dienstbotinnen eine gute Ehe wünschen?«, fragte sie erstaunt.

»Das ist es nicht, aber schöne Frauen nennen meiner Erfahrung nach selten andere Frauen schön«, sagte er.

Ilse lachte, und nun war es an ihr, zu erröten. »Was ist heute nur in Euch gefahren? Erst bewundert Ihr meinen Duft und dann meine Erscheinung. Ich müsste mich geschmeichelt fühlen, wenn ich nicht wüsste, wie viel der Christoph Euch dafür bezahlt, dass Ihr nett zu uns seid.« Sie freute sich über die Schmeicheleien, aber sie wusste, dass sie keine Schönheit war. Sie hatte das rotblonde Haar und die blauen Augen, auch die schlanke knabenhafte Gestalt, die jede Frau sich wünschen würde, aber es fehlte ihr an

Größe und inzwischen auch an Jugend, um als schön zu gelten.

Lorenz sah sie verlegen an. »Verzeiht meine unbedachten Worte. Ich fürchte, ich benötige eine Pause.«

Ilse war schon länger aufgefallen, dass sein Humpeln zurückgekehrt war. Es steckte wohl doch mehr dahinter als eine beschwerliche Reise.

»Magister Crusius«, rief sie über die Baustelle hinweg. »Lasst die Arbeit liegen, wir gehen auf ein Bier zur Frau Tätzgern rüber.« An Lorenz gewandt erklärte sie: »Gleich dort drüben links wohnen mein Bruder Sigmund und seine Frau Katharina. Meine Schwägerin braut das beste Bier in Wels.«

»Da hat die Frau Kramer recht, und eine gemütliche Schankstube hat sie letztes Jahr einrichten lassen«, fügte der Schulmeister hinzu, der mit Gregor aus dem Lagerhaus gekommen war.

»Der Karren ist ohnehin voll, machen wir eine Pause und dann fahren wir in den Pfarrhof und laden ab«, sagte Lorenz.

»Den Rest sollten wir dann am Abend holen, wenn es kühler ist«, meinte Magister Crusius.

»Frau Mutter, wir möchten auch gerne zur Tante Katharina auf ein Bier«, sagte Barnabas.

»Ihr bleibt hier und passt auf den Karren auf«, wies der Schulmeister sie streng zurecht.

»Ihr habt brav gearbeitet, ihr bekommt jeder eine Münze und könnt euch dann später nach dem Abladen ein Bier kaufen«, sagte Ilse.

Barnabas und Sebastian murrten über diesen Aufschub, aber Gregor hatte sich sofort erfreut um seine Belohnung angestellt, und so taten die anderen beiden es ihm gleich. Ilse steckte ihm eine zweite Münze zu.

»Hab vielen Dank für deine Hilfe. Länger will ich dich nicht mehr aufhalten, dein Meister wartet sicher schon.«

»Das macht ihm sicher nichts aus, wenn ich Euch geholfen habe. Habt vielen Dank, Frau Kramer.«

Barnabas sah dem über den Stadtplatz davongehenden Gregor nach. »Warum hat er zwei bekommen? Wir haben auch schwer gearbeitet«, sagte er entrüstet.

»Weil der Gregor für sein Auskommen arbeitet und ihr beide die Frau Kramer Schulgeld zahlen lasst und dann doch nicht zum Unterricht erscheint«, wies sie der Schulmeister zurecht.

Die zweite Fuhre war schon lange abgeholt und die Dämmerung hereingebrochen, als Ilse mit der Arbeit in der Schreibstube fertig war. Zwei der Antwortschreiben würde der Magister Crusius ins Lateinische übersetzen müssen. Sie waren an ältere, langjährige Handelspartner gerichtet, die sich noch nicht an die neuen Sitten gewöhnt hatten und einen deutschen Brief als respektlos ansehen würden.

Ilse streckte sich. Langsam war sie wohl zu alt, um den ganzen Tag zu sitzen. Seit Wolfgang hier gewesen war, um sein Konfekt und das Strafgeld zu holen, hatte sie keine Pause mehr gemacht. Aber sie war nicht als Einzige zu dieser späten Stunde fleißig. Von weiter hinten am Grundstück hörte sie die Stimmen von Bauarbeitern, die das letzte Tageslicht ausnutzten. Ilse packte ihre Bücher in die Truhe und kontrollierte die Schlösser der beiden Lager, die zurzeit in Verwendung waren. Jetzt musste sie sich aber sputen, sie würde wieder zu spät zum Nachtmahl kommen.

Sie eilte über den dunkel werdenden Stadtplatz. Auf der Höhe des oberen Stadtbrunnens sah sie Cuno, einen der beiden Büttel der Stadt, der mit dem Nachtwächter die Neuigkeiten des Tages austauschte. Sie nickte ihnen freundlich zu, aber sie hatten sie nicht bemerkt. Ein betrunkener Unruhestifter war lärmend aus der Traungasse auf den Stadtplatz getorkelt und hatte die Aufmerksamkeit der beiden Männer auf sich gezogen.

Am Friedhof angekommen zögerte Ilse. So schön es war, dass man die Pfarrgasse nur über diesen erreichen konnte und sie vom Lärm größerer Fuhrwerke verschont blieben, so lästig war es manchmal, diesen einsamen Weg nach Hause nehmen zu müssen. Vor allem in der zunehmenden Dunkelheit. Obwohl das Problem nicht die Einsamkeit war, denn wenn der Friedhof wirklich einsam war, war es ein geruhsamer Heimweg. In diesen lauen Sommernächten aber entflohen viele der ärmeren Welser ihren engen Behausungen und nutzten den Friedhof für ihr Freizeitvergnügen. Dieses Mal war es nicht anders. Ilse konnte die ausgelassenen Rufe Betrunkener hören.

Sie sah sich suchend um. Meist kam ein Nachbar aus der Pfarrgasse oder der Johannisgasse vorbei, dem sie sich anschließen konnte, aber heute sah sie kein bekanntes Gesicht. Sollte sie ihren Bruder bitten, sie nach Hause zu bringen? Er wohnte im Eckhaus am Rande des Stadtplatzes und des Friedhofes.

Nein, sie war selbst schuld, dass sie die Zeit übersehen hatte, und dann würde sie endgültig zu spät kommen. Entschlossen machte sich Ilse auf den Weg. Sie wich den Feiernden aus und hielt sich hinter den Grabsteinen verborgen. Die beginnende Dunkelheit warf lange Schatten über die Gräber. Ob sie den Weg die Stadtmauer entlang nehmen sollte, den kaum jemand kannte? Nein, in der Pfarrgasse würde sie eher auf einen Nachbarn treffen. Ilse ließ die Pfarrkirche rechts hinter sich, die Hälfte des Weges war schon geschafft. Das Ziel fast vor Augen fiel die Angst langsam von ihr ab.

Wenn sie sich so umsah, war es doch ganz schön hier, vor allem jetzt im Mondlicht. Sie konnte verstehen, warum so viele lieber hier als zuhause waren.

Ein Geräusch riss sie aus ihren Gedanken und brachte die Angst zurück. Waren das Schritte? Das war keiner der Feiernden, die alle in Gruppen zusammenstanden, eine einzelne Person schien ihr zu folgen. Ilse wurde schneller. Ob der Christoph sie hören würde, wenn sie schrie? Sie war zu weit weg von ihrem Haus am Ende der Pfarrgasse. Ihr Bruder oder der Herr Pfarrer würden sie aber sicher hören. Sie beschleunigte ihre Schritte. Ihr Verfolger tat es ihr gleich. Sollte sie zu den Feiernden laufen? Ilse zögerte nur kurz, unsicher, welcher Weg sie am schnellsten in

Sicherheit bringen würde. Dieser Moment war alles, was ihr Verfolger benötigte. Aber so leicht würde er Ilse nicht erwischen. Sie machte sich zum Kampf bereit, als der breite Schatten neben ihr auftauchte.

»Frau Kramer, jetzt lauft doch nicht so, ich versuche schon seit der Pfarrkirche, Euch einzuholen.«

Die Erleichterung ließ Ilse kurz taumeln.

»Frau Kramer, was ist mit Euch?«, fragte Lorenz besorgt und hielt sie am Arm fest, um sie zu stützen.

»Nichts ist mit mir, Ehrwürden. Habt vielen Dank, es geht schon wieder.«

»Seid Ihr sicher?«

»Ja, das habe ich öfter. Wenn ich zu lange über den Büchern sitze, wird mir manchmal etwas schummrig«, sagte sie verlegen. Ihre Angst kam ihr jetzt durchaus albern vor. Wenn der Herr Kaplan wüsste, dass sie ihn für einen Strauchdieb gehalten hatte.

»Baden hilft«, sagte Lorenz.

»Wie bitte?«, fragte Ilse, erstaunt über diese zusammenhanglose Antwort.

»Baden hilft bei allerlei Leibschmerzen, vor allem wenn Körperteile hart werden, weil man sie zu viel benutzt.«

»Habt vielen Dank«, antwortete Ilse. Sie wollte sich wahrlich nicht am dunklen Friedhof über ihre Badegewohnheiten unterhalten. »Ihr seid auf dem Weg zum Nachtmahl?«

»Ja, und ich bin froh, Euch hier zu treffen. Ich dachte schon, ich käme zu spät.«

»Da muss ich Euch enttäuschen. Nur, weil Ihr mich hier trefft, heißt das nicht, dass wir nicht zu spät kommen. Aber meine Familie ist daran gewöhnt und fängt durchaus auch ohne mich an.«

Die beiden gingen ein paar Schritte still nebeneinander her. Der Friedhof wirkte mit einem Male nicht mehr bedrohlich.

»Riecht Ihr deshalb immer so gut?«, fragte Ilse.

»Wie bitte?« Lorenz war stehengeblieben und sah sie verwirrt an.

»Na wegen dem Baden, wegen Eurem Bein. Riecht Ihr deshalb so gut?« Ilse sah Lorenz neckisch lächelnd an, aber ihre eben vergessene Angst kam umso stärker zurück, als sie trotz der Dunkelheit erkannte, wie verärgert er war.

»Das kann doch nicht wahr sein!«, entfuhr es ihm wütend.

Ilse zuckte zusammen. »Verzeiht, ich wollte Euch nicht zu nahe treten«, sagte sie, aber er stürmte an ihr vorbei. Sie bereute ihre unbedachten Worte. Sie hätte sein Bein nicht ansprechen sollen, natürlich reagierte er darauf empfindlich.

Lorenz blieb abrupt stehen. »Einen Becher Bier und dann zurück in die Schule, hatte ich gesagt«, schimpfte er.

Ilse kam näher und seufzte. Barnabas und Sebastian hatten sich unter die Stadtjugend gemischt und waren wieder beim Würfelspiel.

Sie baute sich neben Lorenz auf. »Was macht ihr um diese Zeit noch am Friedhof, das Nachtmahl hat schon längst begonnen.«

»Kann nicht sein, Frau Tante«, sagte Sebastian langsam und deutlich, wie jemand, der über jedes Wort erst gründlich nachdenken musste. »Wenn jetzt Nachtmahl wäre, wärt Ihr nicht hier.«

Ilse packte ihn am Ohr. »Werd nicht frech, ab nach Hause mit euch beiden Halunken.«

»Aber Frau Mutter, wir mussten doch zurückgewinnen, was uns der Gregor heute Morgen abgenommen hat«, sagte Barnabas, der der Nüchternere von beiden zu sein schien.

»Dafür ist es wohl zu spät«, meinte Lorenz und sah den anderen Spielern nach, die beim ersten Anzeichen von Ärger das Weite gesucht hatten.

»Ehrwürden, wir haben uns an alles gehalten, was Ihr gesagt habt. Nach einem Bier haben wir nur noch Wein gekauft«, fuhr Sebastian fort.

Lorenz sah ihn ungläubig an. »Damit meinte ich, dass ihr euch beeilen sollt, in die Schule zu kommen, nicht, dass ihr auf ein anderes Getränk wechseln und euch der Trunksucht hingeben sollt.«

Sebastian grinste. »Das haben wir wohl falsch verstanden.«

Barnabas nickte zustimmend.

»Ich dachte schon, ich käme als Einziger zu spät«, hörten sie hinter sich. Christoph war herangetreten. Alle Blicke richteten sich auf den Neuankömmling.

»Ehrwürden, wie schön zu sehen, dass Ihr Eure Pflichten so getreulich erfüllt. Ich wollte die Ilse am Heimweg vom Schloss im Lagerhaus abholen, aber anscheinend seid Ihr mir zuvorgekommen.«

»Nicht ganz, ich musste erst tüchtig laufen, um sie einzuholen«, entgegnete Lorenz. »Jetzt muss ich aber wohl Euch bitten, die Frau Kramer schon einmal nach Hause zu geleiten. Wir drei nehmen den Weg durch den Garten und kommen nach einer erfrischenden Begegnung mit dem Brunnen nach.«

Christoph sah die Buben kurz an, um dann Ilses Arm zu nehmen und die beiden mit Lorenz zurückzulassen.

»Aus unseren älteren Söhnen ist ja auch etwas geworden«, sagte er tröstend zu der kopfschüttelnden Ilse.

Ilse hatte sich umsonst gesorgt, zu spät zu kommen. In der Halle waren Maria und Agnes dabei, den Tisch zu decken, vom Rest des Haushalts war niemand zu sehen.

»Wo sind denn alle?«, fragte Ilse.

»Die Judith hilft der Gertrud mit den Kindern, die sind tropfnass nach Hause gekommen«, sagte Maria. »Die Buben sind noch nicht daheim. Und dem Herrn Kaplan schmeckt es wohl beim Herrn Pfarrer besser.«

»Red keinen Unsinn, nirgendwo schmeckt es besser als bei dir.« Ilse lächelte Maria aufmunternd an, aber die blieb mürrisch. »Wir haben ihn schon getroffen, er kommt gleich.«

Marias Miene hellte sich kaum merklich auf. »Agnes, hol noch einen Teller und noch eine Brotscheibe.«

Ilse half mit den großen Schüsseln, während Christoph sich schon die Hände wusch. Die Hunde wussten, was kommen würde, und legten sich unter den Tisch, um auf ihren Anteil vom Nachtmahl zu warten.

»Herrin, soll ich ihm auch einen von den neuen Löffeln hinlegen? Die mit dem Perlmuttgriff?«, fragte Agnes.

»Ja, und das passende Messer dazu«, sagte Ilse. »Warum soll er seines immer mitnehmen müssen, wenn wir so schöne haben?«

Lächelnd sah sie, wie die Magd Messer und Löffel noch einmal polierte, bevor sie sie vorsichtig auf den Tisch legte. Manchmal hatte sie das Gefühl, Agnes hatte mehr Freude an dem italienischen Tischgerät, das ihr Johannes geschenkt hatte, als sie selbst.

»Soll ich das goldene Salzfass nehmen?«, fragte Maria.

»Das ist nicht nötig, er gehört jetzt zum Haushalt und ist kein Gast«, sagte Christoph. Die Frauen waren enttäuscht, aber Maria stellte ohne Murren das Holzfass auf den Tisch.

Wenig später kam Lorenz mit den tropfenden Buben bei der Gartentüre herein. Die hielten direkt auf den Esstisch zu.

»Ihr wollt euch doch nicht so zu Tisch setzen? Geht nach oben und zieht euch etwas Trockenes an«, wies Ilse sie an.

Murrend machten sich die Buben auf den Weg. Ilse bemerkte erfreut, dass sie kaum mehr wankten.

»Seid Ihr auch nass? Soll ich Euch ein trockenes Hemd bringen?«, fragte sie den Herrn Kaplan, aber der winkte ab.

»Ich hab die beiden nur untergetaucht, ich bin fast trocken geblieben.«

Ilse führte ihn auf den Platz neben Christoph und ergriff die Gelegenheit, auf die sie gewartet hatte.

»Der Herr Kaplan war heute bei mir im Lagerhaus«, sagte sie beiläufig.

»Hat etwas im Haus gefehlt?«, fragte Christoph. »Ich dachte, alles Nötige wäre vorhanden und Ihr hättet zumindest ein paar Tage Ruhe.«

»Nein, es ist alles schöner, als ich es gewohnt bin. Der Herr Pfarrer hat mich geschickt«, sagte Lorenz.

Ilse unterbrach ihn. »Wir haben uns darüber unterhalten, dass er eigentlich Stoff für ein neues Gewand bräuchte, aber der Herr Kaplan hatte wohl Angst, dass dir das nicht gefallen könnte.«

Christoph runzelte die Stirn. »Was ist das Problem? Benötigt Ihr einen Vorschuss? Die Ilse schreibt sicher gerne für Euch an, bis die ersten Pachtzahlungen kommen.«

Lorenz schüttelte den Kopf. »Die Frau Kramer hat mich wohl falsch verstanden. Ich bin ganz zufrieden mit meinem Rock. Ich habe mich da wie es scheint nicht deutlich genug ausgedrückt.«

Ilse ließ sich nicht so schnell beirren. »Der grüne Barchent würde dem Herrn Kaplan so gut stehen, findest du nicht auch? Ich hab es mit der Judith besprochen, sie ist auch dieser Meinung und wir bräuchten keine zwei Tage für die Näharbeiten.«

»Ich kann Euch auch gern einen Vorschuss auszahlen, wenn Ihr nicht anschreiben lassen wollt, die ersten Zahlungen kommen noch diese Woche«, sagte Christoph.

Ilse nickte freudig, doch Lorenz blieb unbeeindruckt. »Ich fürchte, ich bin falsch verstanden worden. Ich brauche weder ein neues Gewand noch Geld, ich habe alles, was ich benötige.«

»Ihr könnt doch nicht immer in Schwarz herumlaufen«, sagte Ilse.

»Ich bin ein Benediktiner.«

»Aber das lässt Euch ganz blass wirken.«

»Mit Verlaub, ich bin braungebrannt wie ein Bauer, nichts lässt mich blass wirken.«

Christoph warf Ilse einen tadelnden Blick zu. »Du hast doch nicht etwa versucht, den Herrn Kaplan ohne seine Bitte um deine Hilfe neu einzukleiden?«

»Ich habe ihm nur die passenden Waren empfohlen. Und die Judith hat gemeint, wir könnten ihm den Schneider ersparen«, verteidigte sich Ilse.

»Der Herr Kaplan ist nicht mehr in der Position, sich etwas ersparen zu müssen. Und jetzt lass ihn in Ruhe essen«, sagte Christoph. An Lorenz gewandt fuhr er fort: »Ihr müsst ihr das nachsehen, sie kleidet die ganze Familie aus ihrem Lager ein.«

Ilse gab auf und half Agnes mit den schweren Vorlegetellern. Zu den Schüsseln mit Mus und Kraut gesellten sich gebratene Enten und Rebhühner.

»An das viele Federvieh zum Nachtmahl müsst Ihr Euch gewöhnen. Seit der Christoph genug Zeit zum Jagen hat, quellen unsere Vorratskammern davon über«, sagte sie zu Lorenz und lächelte ihn an, um zu sehen, ob er ihr auch nicht böse war. Aber der war weiterhin gut gelaunt.

»So reichlich war das Mahl nicht einmal im Stift. Wenn das jeden Tag so ist, werde ich vielleicht doch bald einen neuen Rock benötigen.«

Ilse lachte. »Das sieht nur auf den ersten Blick reichlich aus. Wenn man sie lässt, essen der Barnabas und der Sebastian jeder alleine ein Rebhuhn.«

»Wo bleiben nur die Kinder?«, fragte Christoph ungehalten. »Es wird ja alles kalt.«

Vielleicht waren es seine Worte, die alle Anwesenden den Blick auf die Treppe richten ließen. Oder es war der Lärm, den Barnabas und Sebastian machten, als sie die Stufen herunterpolterten. Was auch immer der Grund war, als die Buben zur Seite und auf ihre Plätze zuliefen, standen Anna und Giso für alle sichtbar am Fuße der Treppe, das Mädchen hatte das noch feuchte Haar in ungebundenen Locken herabhängen.

Mit einem Aufschrei stürzte Ilse auf sie zu. Judith und Gertrud waren nur einen Schritt hinter den Kindern, waren aber zu langsam gewesen, um das Unglück zu verhindern. Ilse drückte ihre Tochter an sich und verbarg sie vor den Blicken aus der Halle.

»Ilse, tritt zur Seite«, sagte Christoph gelassen. Doch sie hatte dieses Mal nicht vor, ihm zu gehorchen. Auch Gertrud und Judith hatten sich erschrocken vor Anna gestellt.

»Verzeiht Herrin, wir dachten, wir wären unter uns«, sagte die Kinderfrau den Tränen nahe. Sie nahm Anna an der Hand, ohne den Blick auf sie freizugeben.

»Wir gehen kurz nach oben, entschuldigt uns«, sagte Ilse. »Ihr könnt schon ohne uns anfangen.«

»Tretet zur Seite, alle drei«, wiederholte Christoph mit fester Stimme. »Der Kaplan Mittenauer gehört jetzt zum Haushalt. Ich möchte nicht, dass die Anna sich in ihrem eigenen Zuhause verstecken muss.«

Gertrud und Judith zogen sich zurück. Doch Ilse zögerte. Zu tief saß der Gedanke in ihr, Annas Geheimnis um jeden Preis schützen zu müssen. Dann sah sie in das kleine angstvolle Gesicht vor sich und wusste, dass Christoph recht hatte. Mit einem aufmunternden Lächeln trat sie zur Seite. Sie nahm Anna an der Hand, drehte sich um und sah Lorenz herausfordernd an. Ein falsches Wort, und sie würde dafür sorgen, dass sie einen neuen Kaplan bekamen.

Der musterte ungerührt das Feuermal, das sich über Annas Wange bis zu ihren roten Haaren hinaufzog. Er lächelte sie kurz an, dann dreht er sich zu Christoph und zeigte auf den Tisch vor ihnen.

»Ihr begeistert Euch also für die Jagd nach Federwild? Mit Netzen oder mit Vögeln?«

Eine Diskussion über das Weidwerk brach aus. Ilse war froh, dass die Männer sie nicht mehr beachteten. Mit Anna und Gertrud auf der einen, Giso und Judith auf der anderen Seite aß sie mit zitternden Händen die Bratenstücke, die Maria ihr von den Vorlegetellern heruntergeschnitten hatte. Dann betrachtete sie Anna. Nach dem ersten Schreck war sie wieder dasselbe fröhliche Kind wie immer. Frei und ungezwungen und ohne das Gebende, das sie beim Essen einschränkte, teilte sie ihre Fleischstücke mit den Hunden unter dem Tisch.

Christoph hatte recht. Sie sollte sich in ihrem eigenen Zuhause nicht verstecken müssen.

3. Kapitel

Der Tag begann, wie der letzte geendet hatte, mit einem sich übergebenden Sebastian und einem Barnabas, dem es kaum besser ging.

»Es kann nicht sein, dass ihr wegen eurer Trunksucht schon wieder die Schule verpasst«, schimpfte Ilse. Sie war stolz darauf, ihr Mitleid für die elend aussehenden Buben verbergen zu können.

»Aber Frau Mutter, so können wir nicht hin, wir sind krank«, jammerte Barnabas.

Ilse zögerte.

»Jetzt ist aber Ruhe!«, sprach Christoph ein Machtwort. »Wer trinkt wie ein erwachsener Mann, der muss auch seine Pflichten erfüllen.«

»Aber Herr Vater, seht uns an, wir machen dem lieben Herrn Magister nur Scherereien«, sagte Sebastian, den Kopf immer noch über eine Schüssel gebeugt.

»Ob wir sie nicht doch zuhause lassen sollten?« Besorgt betrachtete Ilse die blassen Buben.

»Nichts da, die beiden werden Anis kauen und sich kämmen und dann ab in die Schule mit ihnen. Die

Gertrud wird sie begleiten und dafür sorgen, dass ihr Zustand dem Magister Crusius keine Arbeit macht. Die Anna und der Giso kommen heute mit mir mit.«

Damit war die Entscheidung getroffen. Wenig später machten sich die wehklagenden Buben auf in die Schule. Ihr Zustand würde ihnen wohl keine Lehre sein, vor all ihren Schulkameraden von einer Kinderfrau begleitet zu werden vielleicht doch.

Gedankenverloren ging Ilse über den Friedhof Richtung Stadtplatz. Hätte sie die Buben doch zuhause lassen sollen? War sie ihnen gegenüber zu nachgiebig? Würde aus ihnen etwas Ordentliches werden?

Der Trubel des beginnenden Markttages riss sie aus ihren trüben Gedanken. Sie begrüßte ihre Nachbarn, die ihren Stand mit Haushaltsklingen aufbauten, und wechselte ein paar Worte mit der Liebeneckerin. Kunigunde verkaufte wie immer auf einem Tisch vor ihrem Geschäft im Erdgeschoss ihres Wohnhauses ihre Seifen. Vor ihrem Haus schräg gegenüber vom Lagerhaus schenkte Katharina ihr Bier aus. Der Herr Kaplan war an einem Stand mit irdener Haushaltsware in ein Gespräch mit der Verkäuferin vertieft, die auf eine Schüssel nach der anderen zeigte, als ob sie deren Verwendungszweck erklärte. Boso, der alte Spielmann der Stadt, war auf dem Weg zu seinem üblichen Auftrittsplatz vor dem Rathaus. Wolfgang und seine Büttel waren damit beschäftigt, einen Bauern zurechtzuweisen, der keine Einfriedung für seine Schweine errichtet hatte. Ilse verkniff sich mit

Mühe ein Lachen, als sie sah, wie Cuno vergeblich versuchte, ein Ferkel einzufangen, und fast mit dem Stadtrat Haunold zusammengestoßen wäre. Ihr Blick fiel auf den Stand mit den frischen Krapfen. Wenig später winkte sie Kunigunde mit einem Apfelkrapfen in der Hand zu und machte sich auf den Weg zum Lagerhaus.

Ilse betrat den im Vergleich zum Markttrubel ungewöhnlich stillen Innenhof. Am Markttag ruhte die Arbeit, um niemanden durch die Dachbaustelle zu gefährden. Ilse schloss das schwere Tor hinter sich, um auch das letzte bisschen Trubel auszuschließen. Als sie sich umdrehte, war sie jedoch nicht wie erwartet alleine. Sie runzelte missbilligend die Stirn. Einer der Bauarbeiter schlief wohl hier seinen Rausch aus, denn nüchtern hätte er sich sicher nicht mitten im Hof schlafen gelegt. Mit strengem Blick ging sie auf den Trunkenbold zu, um ihn unsanft zu wecken. Sie setzte dazu an, ihn gebührend zu schelten und in die Seite zu treten, doch die Worte blieben ihr im Hals stecken. Der Apfelkrapfen fiel zu Boden, ein gellender Schrei entfuhr ihr. Entsetzt konnte sie nicht anders, als wieder und wieder zu schreien und auf den Leichnam zu starren, der vor ihr lag.

Endlich hörte sie das große Tor und Hilfe kam herbeigeeilt.

Jemand packte Ilse an den Schultern und hielt sie fest. »Frau Kramer, was ist mit Euch?«, hörte sie die Stimme des Herrn Kaplan. »Seht mich an und sagt mir, was los ist.«

»Das Blut, da ist überall Blut, der arme Mann«, stammelte Ilse.

»Blut? Wie meint Ihr das?«, fragte Lorenz, und nach einer kurzen Pause: »Ich seh schon, da hat es wohl einen Unfall gegeben. Seid unbesorgt, ich kümmere mich da gleich drum«, redete er beruhigend auf Ilse ein. »Herr Liebenecker, holt doch einen Stuhl für die Frau Kramer, sie hat einen ziemlichen Schreck bekommen.«

»Was ist hier los?«, hörte man die Stimme des Stadtrichters, der mit gezogenem Schwert durch das Tor hereinkam. »Wer hat hier geschrien, wo ist meine Schwester?«

»Wolfgang, da ist ein Toter«, rief Ilse und versuchte, zu ihrem Bruder zu laufen, aber sie taumelte und Lorenz hielt sie wieder fest.

»Es gab hier wohl einen Unfall. Der Meister Liebenecker holt der Frau Kramer gerade einen Stuhl, ihr geht es nicht gut.« An Ilse gewandt fuhr er fort: »Ihr habt Euch nur erschrocken, atmet tief aus und ein, dann wird der Kopf gleich klarer.«

Der Liebenecker kam mit dem Stuhl zurück und Ilse setzte sich. Ein Brüllen ließ sie zusammenfahren.

»Kunigunde«, schallte es über den Stadtplatz. Es war Wolfgang, der vors Tor hinausgetreten war. »Der Ilse geht es nicht gut, spute dich und komm rüber.« Ein wenig leiser wandte er sich an die beiden anderen Männer: »Meine Gemahlin wird gleich hier sein.«

»Und mit ihr vermutlich halb Wels«, fügte der Meister Liebenecker hinzu.

Wolfgang sah ihn finster an. »Dann macht Euch nützlich und holt die Büttel, damit sie für Ordnung sorgen.«

Widerwillig grummelnd verließ der Liebenecker das Lagerhaus.

Langsam beruhigte sich Ilse wieder. »Der arme Junge, er muss vom Gerüst gefallen sein«, sagte sie. »Hab ich es richtig gesehen, ist es wirklich der Gregor?«

»Ja, es ist der junge Mann, der uns gestern beim Verladen geholfen hat«, sagte der Herr Kaplan. Er hatte sich neben den Toten gekniet und betete. Das dachte Ilse zumindest, bis sie sah, dass er den vorher seitlich liegenden Leichnam herumgedreht hatte.

»Kommt Eure Gemahlin schon?«, fragte Lorenz an Wolfgang gewandt mit besorgtem Blick. »Sie soll die Frau Kramer besser mitnehmen.«

»Warum, was habt Ihr da gefunden?«, sagte diese und erhob sich.

»Ilse, bleib lieber sitzen und überlass das uns«, stellte sich Wolfgang vor sie.

»Sei nicht albern, ich habe einen Gemahl und mehrere Kinder sterben sehen, ich ertrag den Anblick«, sagte sie mit schon festerer Stimme.

Der Herr Kaplan und Wolfgang sahen sie beide skeptisch an. Sie errötete: »Ich hab mich nur erschrocken. Keine Angst, nochmal schreie ich nicht.«

Der Stadtrichter schüttelte den Kopf und wandte sich an Lorenz. »Also, was habt Ihr gefunden?«

»Ich denke nicht, dass das ein Unfall war. Seht.« Er drehte den toten Gregor vollends um. Ein großer Messergriff ragte aus seinem Rücken.

»Aber das ist doch ...«, sagte Ilse, und wieder wurde ihr schummrig.

»Wenn mich nicht alles täuscht, ist das dem Barnabas sein Messer«, sagte der Herr Kaplan.

»Ich hab's ja gesagt«, hörte Ilse ein Keifen hinter sich. Die Haunoldin, das hatte ihr gerade noch gefehlt. »Das nimmt kein gutes Ende, wenn so einer mit einem Schwert herumstolziert wie ein edler Mann. Der Barnabas Kramer hat einen abgestochen«, schrie sie gellend über den Stadtplatz, wo sich vor dem inzwischen weit geöffneten Tor immer mehr Welser Bürger und die Marktfahrer versammelten und in den Innenhof zu spähen versuchten.

»Redet keinen Unsinn«, rief Wolfgang und wandte sich an die Menge. »Es gab einen Unfall auf der Baustelle, und jetzt macht euch alle an euer Tagewerk, bevor ich noch jemanden wegen Herumlungerei verhaften muss.«

Inzwischen war der Liebenecker mit den Bütteln zurückgekommen, die die Menge zumindest weit genug zurückdrängen konnten, um das Tor zu schließen. Nur Kunigunde war noch hereingeschlüpft. Sie sah sich um und lief sofort auf Ilse zu.

»Was ist denn das für übles Gerede dort draußen, der Barnabas sticht doch keinen ab«, sagte sie in Richtung ihres Gemahls und drückte Ilse an sich.

»Natürlich nicht«, stimmte ihr Wolfgang zu. »Wir dürfen nicht vergessen, dass der junge Hohenfelder auch so ein langes Messer hat.«

»Der Sebastian macht sowas auch nicht«, rief Ilse entrüstet.

»Ich seh hier einen Toten mit einem Messer im Rücken, der Barnabas war es sicher nicht und du weißt ja, wie diese Adeligen sind. Die denken, unsere Gesetze zählen für sie nicht«, sagte Wolfgang. Seine Gemahlin nickte zustimmend.

»Ich glaube nicht, dass das Messer die Mordwaffe ist«, sagte Lorenz, der die Zeit genutzt hatte, um die Leiche genauer in Augenschein zu nehmen.

Wolfgang musterte ihn skeptisch. »Da steckt also das riesige Messer in dem armen Kerl, und Ihr meint, das wäre nicht tödlich? Für mich sieht das ziemlich ungesund aus.«

»Seht Euch mal das Blut an, es ist nur um den Kopf, nicht um den Einstich. Ich kenne sowas von Leichenschändungen auf Schlachtfeldern, wenn die Soldaten schon tot waren, als man ihnen die Wunden zugefügt hat«, erklärte Lorenz, den blutigen Kopf des Toten leicht anhebend. Alle Anwesenden außer dem Herrn Kaplan bekreuzigten sich.

»Mit so gotteslästerlichem Zeug wollen wir uns hier in Wels nicht beschäftigen«, rief Wolfgang entsetzt.

»Aber das muss die Lösung sein«, sagte Ilse. »Der Arme wollte die Fenster vermessen, ist vom Gerüst gefallen, und ist dann sterbend auf das herumliegende Messer gestürzt.«

Wolfgang überlegte kurz. »Das wird es fürs Erste wohl tun, aber da werde ich nochmal drüber nachdenken müssen. Kunigunde, bring die Ilse heim und sag dem Barnabas und dem Hohenfelder-Bengel, dass ich am Ende des Markttages bei ihnen vorbeisehe.« Er seufzte. »Am Markt wird es heute munter zugehen bei der Aufregung.«

»Ich bring die Frau Kramer heim und rede mit den Buben«, sagte Lorenz. »Wenn Ihr einen aus der Familie einer derart schweren Sünde verdächtigt, ist das wohl meine Aufgabe.«

»Wie Ihr meint, aber Euch brauche ich hier noch. Legen wir den armen Buben in einen der Lagerräume, bis seine Familie ihn in seine Heimatpfarre bringen lassen kann oder der Herr Pfarrer den Totengräber schickt.«

»Seine Familie!«, rief Ilse. »Die wohnt doch sicher irgendwo im Umland. Man muss ihr Bescheid geben, bevor sie es durch das Getratsche der Marktfahrer erfährt.«

»Es ist vermutlich jemand mit seinen Leuten bekannt, meine Männer und ich hören uns am Markt um«, sagte Wolfgang.

»Dann könnt Ihr auch gleich fragen, ob jemand etwas Verdächtiges gesehen hat«, fügte Lorenz hinzu.

»Wie Ihr meint, Ehrwürden, aber ich sag Euch, es ist klar, was hier passiert ist«, erwiderte Wolfgang finster.

Gemeinsam trugen sie den toten Lehrling in eine der Kammern und sprachen ein Gebet. Ilse seufzte. »Ich gehe zum Meister Brandtner«, sagte sie. »Der arme Gregor ist in meinen Diensten verstorben, da ist es nur recht, wenn ich seinem Lehrherrn persönlich Bescheid gebe.«

»Frag ihn auch gleich nach seiner Familie«, wies Wolfgang sie an.

Lorenz betrachtete Ilse besorgt. »Eigentlich sollte es meine Aufgabe sein, eine solche Nachricht zu überbringen. Wollt Ihr nicht lieber doch mit Eurer Schwägerin nach Hause gehen?«

»Hab vielen Dank, mir geht es wieder gut«, sagte Ilse an Kunigunde gewandt. »Ich hab nur letzte Nacht kaum geschlafen, das ist alles.«

Ihre Schwägerin sah sie prüfend an. »Wenn du meinst. Dann geh ich wieder an die Arbeit, aber du kannst jederzeit vorbeikommen.«

Entschlossen ignorierte Ilse die beiden Männer und folgte Kunigunde auf den Stadtplatz, um sich auf den Weg in die Schmiedgasse zu machen.

»Wartet, ich begleite Euch«, rief Lorenz und eilte ihr nach.

Ilse verlangsamte ihre Schritte, bis der Herr Kaplan sie eingeholt hatte.

»Ich fürchte, Ihr habt einen falschen Eindruck von mir gewonnen, Ehrwürden. Eure Begleitung ist nicht nötig, ich komme damit zurecht.«

»Das ändert nichts daran, dass Todesnachrichten eigentlich meine Sache sind«, erwiderte Lorenz.

»Ihr seid Kaplan, kein Pfarrer«, sagte Ilse.

Kunigunde war ebenfalls langsamer geworden. »Jetzt lass ihn doch. Ich würde mich besser fühlen, wenn du nicht alleine wärst. Wer weiß, ob dieser Mörder nicht noch wo herumläuft?«

»Hört auf Eure Schwägerin. Ich hab es mir hier gerade erst gemütlich gemacht. Wenn mich der Herr Hohenfelder wieder davonjagt, weil Euch etwas geschehen ist, käme mir das höchst ungelegen.«

»Wie Ihr meint«, gab Ilse nach.

Der Trubel des Stadtplatzes und die Blicke der auf Neuigkeiten hoffenden Menge ließen die drei verstummen. Schnell konzentrierte sich die Aufmerksamkeit aber auf Kunigundes Marktstand, so dass Ilse und Lorenz unbehelligt in die ruhigere Schmiedgasse abbiegen konnten.

»Eine interessante Theorie habt Ihr da geäußert«, begann Lorenz wieder das Gespräch. »Euch ist klar, dass man um die Fenster, die vergittert werden sollen, zu vermessen, nicht auf ein Gerüst steigen muss, von dem man dann stürzen könnte, und dass die Wunde eines sterbend Herumtaumelnden im Gegensatz zur Wunde eines Toten sehr wohl blutet?«, fragte Lorenz.

»Natürlich, aber das verschafft uns Zeit«, antwortete Ilse.

»Zeit, wofür?«

»Damit Wolfgang ermitteln kann. Um nachzudenken. Um eine Lösung zu finden. Um herauszufinden, wer der wahre Täter sein könnte.«

»Der wahre Täter? Seid Ihr sicher, dass Ihr nicht schon wisst, wer das sein könnte?« Lorenz war stehengeblieben und betrachtete Ilse mit einem mitfühlenden Blick.

»Ich kenne den Barnabas seit seiner Geburt, und der Sebastian wohnt jetzt schon das vierte Jahr in Wels. Keiner von den beiden war es. Ich kenne meine Buben.«

»Es muss ja kein Mord sein, so etwas kann auch im Streit oder Spiel passieren«, wandte er ein.

»Dann wären sie sofort heimgelaufen und hätten dem Christoph alles erzählt, damit er sich darum kümmert. Oder sie hätten den Bader geholt.«

»Sie waren betrunken.«

»Fröhlich betrunken, nicht unglücklich betrunken. Das ist ein Unterschied.«

»Nicht immer.«

»Mir ist der Gedanke mit dem Unfall ja auch gekommen, aber diese Theorie habt Ihr gründlich zunichtegemacht. Im Streit oder Spiel kommt kaum ein Messer in einen Toten. Außer, Ihr habt Euch in diesem Punkt geirrt?« Ilse sah Lorenz fragend an.

»Nein, da bin ich mir ganz sicher, das habe ich zu oft gesehen.«

»Seht Ihr, dann hat das Messer jemand in übler Absicht verwendet. Und wo wir gerade bei den Messern sind …«

Weiter kam Ilse nicht. Laute Stimmen hatten die beiden aus ihrem Gespräch gerissen.

»Das ist ja der Crusius«, entfuhr es Lorenz überrascht.

»Und der Meister Brandtner«, fügte Ilse hinzu.

Die beiden Männer standen vor der Schmiede, in der Gregor gelernt hatte, dem letzten Gebäude in der Schmiedgasse vor dem Stadttor, und waren in einen lautstarken Streit verwickelt. Mit einem Stoß hatte der Schmied den um einiges schmächtigeren Schulmeister aus der offenen Werkstatt befördert, sodass dieser zu Boden gestürzt war.

»Ich sag es Euch zum letzten Mal, ich will dieses Gewäsch nicht mehr hören. Lasst mich und den Gregor endlich in Ruhe«, brüllte der Meister Brandtner.

»Aber es ist doch nur zu seinem Besten! Und Ihr findet sicher einen anderen Lehrling«, gab der Magister Crusius kaum merklich leiser zurück.

»Ich will keinen anderen Lehrling, ich behalte den, und wenn Ihr es nochmal wagt, seinen Eltern zu schreiben, dann setzt es was, aber gewaltig.« Bedrohlich hatte sich der Schmied über den am Boden liegenden Schulmeister gebeugt.

»Das reicht jetzt aber«, ging Lorenz dazwischen. »Tretet von dem Mann weg und wir unterhalten uns darüber in Ruhe.«

»Ich will mich mit dem da nicht mehr unterhalten«, erwiderte der Schmied, trat aber dennoch zurück und ließ die Fäuste sinken.

»Magister Crusius, was macht Ihr denn hier, hat die Schule nicht schon angefangen?«, fragte Ilse erstaunt.

Da hatte sie wohl die Buben umsonst in ihrem jämmerlichen Zustand hingeschickt.

»Eure Gertrud unterrichtet gerade, wir waren uns einig, dass das hier wichtig ist.« Der Magister klopfte sich so gut er es vermochte den Schmutz der Straße aus dem Talar.

»Und was ist das hier?«, fragte Lorenz.

»Es geht um den Gregor. Der Meister Brandtner und ich sind uns uneins über die Zukunft von dem Buben.«

»Und ich sag es nochmal, lasst mich damit in Ruhe, ich will von dem Gregor nichts mehr hören.«

Ilse zuckte bei diesen Worten zusammen.

»Meister Brandtner, wir müssen mit Euch sprechen«, sagte Lorenz ernst. »Wenn Ihr uns entschuldigen würdet«, fuhr er an den Schulmeister gewandt fort. Dieser schien durchaus froh, wegzukommen. Er nickte und machte sich leicht humpelnd auf den Rückweg.

Ilse betrachtete die Menschenmenge, die zusammengelaufen war, um den Streit zwischen den beiden Männern zu beobachten. Die Schmiede vom Meister Brandtner lag direkt am Schmiedtor und die Bauern der Umgebung auf dem Weg zum Markt hatten sich diese Unterbrechung ihres Alltagstrotts nicht entgehen lassen.

»Gehen wir doch besser hinein«, sagte sie.

Die Hitze in der Schmiede war fast unerträglich, obwohl sie zur Straße hin offen war und nur vom

Wohnhaus des Meisters und der Stadtmauer begrenzt wurde.

»Wie haltet Ihr diese Hitze nur aus«, entfuhr es Ilse. Sofort bereute sie ihre unbedachten Worte. Es gab wahrlich Wichtigeres zu besprechen.

»Man gewöhnt sich dran. Hab heute in der Nacht gearbeitet, da ist es kühler. War gerade am Fertigwerden«, entgegnete der Schmied. »Was wollt Ihr von mir?«

»Es geht um Euren Lehrling, den Gregor«, begann Ilse vorsichtig.

»Jetzt fangt Ihr nicht auch noch mit dem an. Er geht nicht zur Schule«, wütend trat der Schmied auf Ilse zu.

»Darum geht es nicht. Setzt Euch, Meister Brandtner«, sagte Lorenz fest.

»Ihr sagt mir in meiner eigenen Schmiede nicht, dass ich mich setzen soll. Wer seid Ihr überhaupt?«

»Ich bin der neue Hohenfelder-Kaplan.«

»Ah, ein mit fetten Pfründen bezahlter Pfaffe. Darum stolziert Ihr hier rum und haltet mich von der Arbeit ab.«

Jetzt ging es Ilse zu weit. »Der Gregor ist tot«, sagte sie.

Der Schmied lachte. »Der ist nicht tot, der kommt nur zu spät. Er war wohl wieder mit Euren feinen Söhnen saufen.«

»Ich fürchte, das ist die Wahrheit. Euer Lehrling ist heute Nacht verstorben«, sagte Lorenz.

Der Schmied erstarrte kurz, dann sah er Ilse wütend an. »Eure Söhne sind schuld. Abgefüllt haben sie ihn, bis er sich totgesoffen hat mit ihrem vielen Geld.«

»Meister Brandtner, ich bitte Euch«, rief Ilse empört.

»Gar nichts braucht Ihr mich zu bitten, raus aus meiner Schmiede mit Euch reichem Pack«, wütend stürmte er auf Ilse zu. Die wollte sich wegducken, aber Lorenz stellte sich vor sie.

»Meister Brandtner, ich warne Euch«, sagte er. »Reißt Euch zusammen oder ich werde ungemütlich.«

Entsetzt sah Ilse, dass die beiden Männer sich anstarrten und sich aufplusterten wie Gockel vor dem Angriff. Sie wusste, was jetzt folgen würde. Wie konnten erwachsene Männer sich nur so benehmen?

»Es ist schon gut, wir gehen«, sagte sie und packte den Herrn Kaplan am Rock. Auf ein leichtes Ziehen setzte sich dieser in Bewegung, ohne den Blick von seinem Gegner zu lassen. Das Letzte, das Ilse an einem solchen Tag gebrauchen konnte, war eine Schlägerei mitten auf der Straße vor dem Stadttor.

»Wir kommen später wieder«, sagte sie mit gespielter Leichtigkeit. »Wenn sich alles etwas beruhigt hat.«

»Ihr braucht nicht wiederzukommen, mit Euereins will ich nichts zu tun haben!«, rief der Schmied wütend.

Ilse hatte es geschafft, den Herrn Kaplan auf die Straße zu ziehen. Dieser hatte sich im Gegensatz zum Meister Brandtner wieder beruhigt.

»Gehen wir besser«, sagte er.

»Mörderpack, Mörderpack sind sie, Eure Söhne!«, schallte es aus der Schmiede.

Ilse ließ sich nichts anmerken und ging erhobenen Hauptes die Straße hinab.

Der Weg nach Hause war ihr noch nie so lange vorgekommen. Dem Herrn Kaplan war es zu verdanken, dass sie ohne von den Neugierigen belästigt zu werden über den Stadtplatz kam. Auf dem Friedhof atmetet sie das erste Mal auf, aber als sie den sicheren Pfad durch die Gärten einschlugen, überkam sie ein Zittern. Mit Mühe riss sie sich zusammen.

»Der arme Gregor, der arme Bub«, sagte sie leise, fast wie zu sich selbst. Sie blieb abrupt stehen. »Wir haben die Adresse von dem Gregor seinen Eltern nicht. Was ist, wenn der Wolfgang keine Bekannten auf dem Markt findet?«

»Geht weiter, Frau Kramer. Gleich sind wir zuhause und Eure Mägde können sich um Euch kümmern«, sagte Lorenz und schob sie sanft an.

»Aber die armen Eltern.«

»Das wird sich schon lösen lassen. Habt Ihr nicht gehört, was der Meister Brandtner rumgebrüllt hat? Der Crusius hat den Eltern geschrieben, den werden wir dann dazu befragen.«

»Ja, der werte Herr Magister, der wird weiterwissen. Meint Ihr nicht, wir sollten besser in den Pfarrhof und die Kinder aus der Schule holen? Und dem Magister Crusius Bescheid geben?« Ilse sah zögernd zurück Richtung Friedhof und Pfarre, blieb aber in Bewegung.

»Das ist nicht nötig, denke ich«, redete Lorenz weiter beruhigend auf sie ein. »Er ist doch über den Stadtplatz zurückgegangen, dort hat er sicher alles erzählt bekommen.«

»Aber die Buben.«

»Die wird er in der Schule behalten und dann sicher nach Hause bringen, er wird die Kinder und die Gertrud nicht alleine lassen«, sagte Lorenz fest.

»Ich gehe ihnen besser entgegen.«

»Ich werde sie dann am Abend abholen, oder der Herr Hohenfelder wird es selbst tun wollen. Ihr solltet Euch zuhause ausruhen.«

»Der Barnabas macht sowas nicht.«

»Natürlich.«

»Und der Sebastian auch nicht.« Ilses Stimme wurde immer fester.

»Wo kann ich denn den Herrn Hohenfelder um diese Tageszeit finden?«

»Das auch noch«, rief Ilse.

»Was auch noch?«, fragte Lorenz.

»Der ist nach Thalheim geritten, zu seinen Ländereien dort. Wer weiß, wann er zurückkehrt.«

»Pflegt er denn dort zu übernachten?«

»Nein, außerdem hat er die Anna und den Giso mit. Ihr habt recht, er ist sicher vor Torschluss zuhause, wegen der Kinder vermutlich früher.«

Lorenz öffnete das Gartentor. »Seht Ihr, spätestens zum Nachtmahl sind alle da und dann wird sich für alles eine Erklärung finden.«

Es wurde ein langer Tag für Ilse. Maria und der Herr Kaplan hatten sie genötigt, etwas zu essen, obwohl ihr seit dem Apfelkrapfen am Morgen der Appetit gründlich vergangen war. Judith war entsetzt und wich nicht von Ilses Seite. Agnes war vom Markt zurückgekehrt und hatte aufgeregt die Neuigkeiten berichtet. Der tote Gregor war das Stadtgespräch, aber zu Ilses Freude schien der Großteil der Welser nicht wirklich zu denken, dass Barnabas und Sebastian etwas mit der Sache zu tun hatten. Ein Streit unter Bauarbeitern und eine gestohlene wertvolle Waffe waren die Hauptthemen, die die Fantasie der Marktbesucher anregten.

Maria hatte in ihrem langen Leben zu viel gesehen, um sich von einem Toten aus der Ruhe bringen zu lassen, vor allem von einem, den sie nicht kannte. Nachdem der Herr Kaplan aufgebrochen war, hatte sie Ilse in die kleine Stube geführt und es ihr dort gemütlich gemacht. Da saß sie nun mit der stillen Judith an ihrer Seite und hatte zu viel Zeit zum Grübeln. Ob sie sich am Stadtplatz blicken lassen sollte, um allen zu zeigen, dass sie sich nicht zu verstecken brauchte, dass ihre Familie nichts mit der Sache zu tun hatte? Andererseits, stimmte das denn? Die Buben waren unschuldig, daran bestand kein Zweifel, doch das änderte nichts an der Tatsache, dass jemand in ihrem Lagerhaus zu Tode gekommen war. Aber Wolfgang würde sich schon darum kümmern, sie hatte Vertrauen in ihn. Er würde den Mörder finden und dabei auch an die Familie denken.

Früher als geplant, aber dennoch nach einer Ewigkeit hörte Ilse Männerstimmen im Haus. Sie drückte Judith die Näharbeiten in die Hand, mit denen sie sich beschäftigt hatten, und ging nachsehen. Der Herr Kaplan und der Magister Crusius waren mit den Buben nach Hause gekommen, mit einer aufgeregten Gertrud in ihrer Mitte.

»Da seid ihr ja endlich«, sie drückte erst Barnabas und dann Sebastian an sich.

»Aber Frau Mutter, wir waren doch gar nicht so krank. Es geht schon wieder.«

»Was ist denn los, warum die Aufregung? Der Herr Kaplan war heute dauernd da und hat mit der Gertrud und dem Herrn Magister getuschelt.« Sebastian sah sich um. »Ist meinem Herrn Vater etwas passiert?«, fragte er erschrocken. »Wo sind die Anna und der Giso? Hat ihr jemand etwas getan?«

»Nein, die sind sicher bald da, die sind alle zusammen in Thalheim.«

Barnabas sah sich verwirrt um. »Dann sind wir doch alle hier und allen geht es gut, warum die Aufregung?«

Lorenz hatte sich inzwischen gesetzt. »Der Gregor ist heute tot aufgefunden worden«, sagte er und beobachtete die beiden scharf.

»Der Gregor? Das kann nicht sein, den haben wir doch erst gestern gesehen«, sagte Sebastian.

»Wo wir gerade bei gestern sind, wo sind eure Messer?«

»Unsere Messer?«, wiederholte Barnabas.

»Ja, eure Messer. Wo sind die?«

Sebastian drehte sich um. »Sie müssten dort bei den Schwertern hängen.«

»Hier sind sie nicht«, sagte Magister Crusius, der den hölzernen Stützpfeilern mit den Haken in der Mitte der Halle am nächsten war.

»Doch, da hängen sie. Sie sind zu groß, um sie immer am Gürtel zu tragen«, sagte Sebastian.

»Nein, hier sind sie nicht«, wiederholte der Schulmeister.

»Aber sie müssen dort sein.«

»Setzen wir uns alle erst einmal und trinken etwas, es ist ein heißer Tag«, sagte Ilse.

Maria hatte nach den Ereignissen des Morgens wohl mit dem Besuch gerechnet, denn sie ließ Agnes nicht nur Bier, sondern auch Honigkuchen auftragen.

»Beginnen wir von vorne«, sagte Lorenz. »Wann und wo haben wir alle die Messer zuletzt gesehen?«

»Ich denke, wir waren zusammen. Vorgestern am Friedhof, nicht wahr?«, sagte Ilse.

Lorenz nickte. »Ja, da habe ich die Messer an mich genommen.«

»Habt Ihr sie behalten?«, fragte Ilse.

»Nein, über ihren weiteren Verbleib kann ich berichten«, sagte der Schulmeister. »Nachdem mir der

Sebastian und der Barnabas erzählt haben, wo und wie sie den neuen Kaplan getroffen haben, haben wir ihn nach der Schule gemeinsam aufgesucht, damit sie sich entschuldigen können.«

»Das haben sie auch ganz artig gemacht«, fuhr Lorenz fort, »und dann habe ich ihnen mit der Anweisung, nach Hause zu gehen, die Messer übergeben.«

Magister Crusius nickte. »Ich bin dann noch den Abend geblieben und wir haben am Haus gearbeitet.«

»Ich erinnere mich«, sagte Ilse. »Am nächsten Morgen waren die Buben dann im Lagerhaus und haben mitgearbeitet.«

»Ganz so würde ich das nicht sehen, Frau Kramer«, sagte der Schulmeister mit einem freundlichen Nicken in ihre Richtung. »Ich habe sie würfelnd mit dem Gregor hinten im Hof angetroffen.«

Ein Bellen unterbrach die Anwesenden. Ein Gewusel von Hunden und Kindern bahnte sich seinen Weg durch die offene Türe.

»Frau Mutter, seht Mal«, rief Anna aufgeregt. »Der Herr Onkel hat mir ein Kätzchen geschenkt.« Freudig streckte sie ein flauschiges rotgetigertes Bündel in die Höhe.

Christoph folgte ihr lächelnd. »Ich dachte, du hast sicher nichts dagegen. Das wird mal ein ordentlicher Kater, und der alte Holzstadl gegenüber zieht viel zu viele Mäuse an.«

Das Lachen verging ihm schlagartig, als er die ernsten Gesichter der Anwesenden sah.

»Ist etwas geschehen?«

Gertrud eilte heran. »Die Kinder und ich essen oben in der kleinen Stube«, sagte sie, und fuhr an Anna gewandt fort. »Dann kannst du das Kätzchen füttern und es kann mit dir zu Bett gehen, damit es sich an dich gewöhnt.«

Mit dieser freudigen Aussicht folgten Anna und Giso ihrer Kinderfrau, bevor sie noch bemerkt hatten, dass mit den Erwachsenen im Raum etwas nicht stimmte. Fröhlich begannen sie von ihrem Tag auf dem Land zu erzählen. Als ihre Stimmen verstummt waren, wandte sich Christoph wieder an die anderen.

»Was ist geschehen?«

»Es hat einen Unfall auf der Baustelle gegeben«, sagte Ilse, froh darüber, dass Christoph endlich hier war und sich nun alles auflösen würde. »Der arme Gregor ist tot.«

»Gregor?«, fragte Christoph.

»Der Lehrling vom Meister Brandtner, dem Schmied«, sagte Lorenz. »Er wurde heute tot auf der Baustelle gefunden, und jemand hat nachträglich Barnabas' Messer in seine Leiche gesteckt.«

»Was?«, rief Barnabas. »Wolltet Ihr deshalb wissen, wo mein Messer ist? Aber es muss doch dort hängen.«

Alle betrachteten den leeren Haken, an dem das Messer hängen sollte.

»Das ist doch Unsinn, warum sollte es gerade Barnabas' Messer sein?«, wandte Christoph ein.

»Er hat seinen Namen eingravieren lassen«, sagte der Schulmeister, »und hat das auch jedem erzählt.«

Christoph dachte kurz nach. Dann nickte er. »Das erklärt es.«

»Was erklärt es?«, fragte Ilse.

»Jemand wollte dem armen Burschen Übles und es war weithin bekannt, dass Barnabas ein leicht zu identifizierendes Messer hat. Es wurde wohl genau zu diesem Zweck gestohlen, um ein schlechtes Licht auf ihn und unsere Familie zu werfen.«

Ilse nickte zustimmend.

»Meint Ihr wirklich?«, fragte Lorenz skeptisch. Der Schulmeister warf ihm einen entsetzten Blick zu.

Christoph runzelte die Stirn. »Barnabas, wo ist dein Messer?«

»Dort müsste es hängen«, sagte er und zeigte wieder auf den Haken.

»Da seht ihr es. Wir wurden bestohlen. Abgesehen davon hat die Familie nichts mit dieser unangenehmen Sache zu tun und wir sollten uns auch nicht weiter darin verwickeln lassen. Ich werde morgen beim Stadtrichter Tätzgern den Diebstahl anzeigen und ansonsten möchte ich nichts mehr davon hören. Und jetzt entschuldigt mich, ich muss mir nach dem langen Ritt die Beine vertreten und werde vor dem Nachtmahl im Garten wandeln.« Er wandte sich zur Hintertüre. »Kaplan Mittenauer, wenn Ihr mich begleiten würdet?«

4. Kapitel

ILSE SASS IN IHRER Schreibstube im Lagerhaus. Etwas zu tun hatte sie zwar nicht, aber nach den gestrigen Ereignissen wollte sie nicht riskieren, dass ihre Nachbarn dachten, sie würde sich zuhause verstecken. Unterwegs hatte sie Wolfgang und Kunigunde besucht und so erfahren, dass der arme Gregor weggeschafft worden war. Der Herr Kaplan hatte sich gestern darum gekümmert. Er hatte die Adresse vom Magister Crusius erfragt und dem Pfarrer Söllner geholfen, ein Fuhrwerk und Fuhrleute zu besorgen. Dann war er selbst mit hinaus vor die Stadt geritten, zum Hof von Gregors Eltern.

Ilse seufzte. Jeder war nützlich, nur sie saß hier und hatte nichts außer ihren Gedanken, um sich zu beschäftigen. Sie hatte einen Brief an ihren Gemahl begonnen, diesen aber wieder verworfen. Was hatte sie ihm schon zu erzählen, auf das er aus der Ferne Einfluss nehmen konnte?

Ilse erhob sich. Das reichte, sie hatte genug Präsenz gezeigt, zuhause wartete wenigstens Hausarbeit auf sie.

Es klopfte. Vermutlich der Meister Achleitner wieder. Ilse seufzte und griff nach ihrer Geldkatze, aber es war ihr Bruder Sigmund, der bei der Türe hereinkam.

»Sigmund, ich dachte, du kommst erst zum Sonntag nach Hause«, sagte sie erfreut. Es war lächerlich, aber sie machte sich um ihn, wenn er die Ländereien seiner Pächter im Umland besuchte, kaum weniger Sorgen als um ihren Johannes, der in ferne Länder reiste.

»Einer der Bauern hat mir von den Vorfällen gestern erzählt«, sagte er.

»Deshalb hättest du nicht nach Haue kommen müssen.«

»Der Wolfgang und ich, wir haben geredet.«

Ilses Miene verfinsterte sich. Sie wusste, was jetzt kommen würde.

»Er meinte, der junge Hohenfelder wird des Mordes verdächtigt. Es wäre unter diesen Umständen sicher besser, wenn du nicht mehr in der Pfarrgasse wohnst.«

»Und hat dir der Wolfgang auch erzählt, dass eigentlich der Barnabas beschuldigt worden ist? Und dass es keiner der Buben war?«

Sigmund schüttelte den Kopf. »Du weißt doch, dass die es sich immer drehen, wie sie es brauchen.«

»Niemand hat hier etwas gedreht!«, sagte Ilse ungeduldig. »Außer vielleicht der Dieb des Messers.«

Sigmund lächelte seine Schwester nachsichtig an. »Du hast dich von diesen Hohenfeldern immer schon zu viel einnehmen lassen, das verstellt dir den Blick darauf, wer sie wirklich sind. Denk nur an deinen Hans zurück, diese adligen Schönlinge ...«

»Lass meinen Hans da raus!«

Sigmund merkte, dass er zu weit gegangen war, und versuchte eine andere Herangehensweise.

»Wenn der Johannes meint, du sollst nicht alleine sein, hättest du auch zu mir oder dem Wolfgang ziehen können. Denk doch an meine arme Katharina. Sie hätte so gerne Kinder um sich, und wenn du bei uns wohnen würdest, dann könnte die Anna das Brauereihandwerk lernen.«

Ilses Ärger verflog.

»Vielen Dank für dein Angebot, und du weißt, dass ich euch beide sehr gerne habe, aber der Christoph und der Sebastian sind so oft umgezogen, für sie ist es auch schön, ein Familienheim zu haben.«

»Ich verstehe immer noch nicht, warum du unbedingt in sein Haus hast ziehen müssen. Wenn er alt ist und Hilfe benötigt, hätte er auch hier bei dir einziehen können. Oder bei einem seiner älteren Söhne.«

»Darum geht es nicht, und das weißt du. Und sieh dich doch um, ich habe zurzeit nicht mal ein Dach über den Stuben.«

»Aber doch nur bis in den Herbst.« Sigmund wurde ungehalten, wie immer bei diesem Thema.

Ilse wollte sich nicht streiten. »Lassen wir das, das ist nach gestern alles ein bisschen viel für mich.«

Sigmund hatte in dieser Antwort wohl etwas gehört, das Ilse nicht gemeint hatte. Zufrieden sah er sie an. »Ja, erhole dich und wir planen das später weiter. Ich sollte jetzt ohnehin nach Hause, ich bin gleich nach meiner Ankunft zum Wolfgang.«

Erleichtert sah Ilse ihren Bruder gehen. Ihre Familie meinte es ja gut, aber diese ständigen Einmischungen waren anstrengend.

Ilse machte sich für den Heimweg zurecht. Wieder klopfte es. Dieses Mal war es der erwartete Baumeister.

»Frau Kramer, wir haben da ein Problem«, begann er.

»Was denn, Meister Achleitner?« Wieder wusste Ilse, was kommen würde.

»Es sind die Bauarbeiter. Wegen dem Toten.«

»Der Herr Pfarrer hat gestern alles gesegnet und die Bauarbeiten können weitergehen, hat er gesagt.«

»Aber sie sind beunruhigt.«

Ilse sah ihn kühl an. »Wie viel kostet mich diese Beunruhigung?«

»Ein Badegeld wäre sicher nicht verkehrt. Und wenn sich der ein oder andere Humpen in der Pause ausgeht, wird das sicher alle beruhigen, dann gehen sie wieder munter ans Werk.«

Ilse wollte dem Meister Achleitner die Münzen in die Hand drücken, besann sich aber dann doch eines Besseren. Sie würde das Geld persönlich verteilen, das würde den Männern und Frauen keine andere Wahl lassen, als ihr zu versichern, fleißig weiterzuarbeiten.

Ilse hatte sich vom Dachdeckermeister und dem Steinmetzmeister zu den Lehrlingen und den Schuttfrauen durchgearbeitet und packte die letzten Münzen wieder in die Geldkatze.

»Ihr habt Euren Pfarrer vergessen«, rief eine der Mörtelmischerinnen.

»Den Pfarrer?«, fragte Ilse. Was wollte denn der Pfarrer Söllner noch auf der Baustelle, der Herr Kaplan war doch gestern mit ihm hier gewesen?

»Ja, der schichtet hinten das Bauholz um. Will sich wohl ein Kloster bauen.« Sie lachte, und auch alle anderen stimmten johlend ein, nur die böhmischen Zimmerleute blieben still. Sie verstanden wohl wirklich kein Wort Deutsch.

Ilse konnte sich nicht so recht vorstellen, dass der ältliche Pfarrer Söllner sich an den Bauarbeiten beteiligte und sein Holz selbst abholte. Sie ging in den hinteren Hof, der ein Tor in die Hafergasse hatte. Von dieser gelangte man zur Traungasse und zum Trauntor, dem schnellsten Weg zu den Traunflößern. Wenn der Herr Pfarrer beim Bauholz war, musste er hier sein. Ob er noch Material für den Anbau am Pfarrhof brauchte und sich nur umsah?

Das Rätsel war bald gelöst.

»Ach, Ihr seid es, Ehrwürden.« Nicht der Pfarrer Söllner, sondern der Kaplan Mittenauer machte sich am Bauholz zu schaffen. »Kann ich Euch helfen, was immer Ihr da gerade macht?«

Der Herr Kaplan hielt inne und sah sie prüfend an. »Schon möglich. Ihr seid klein und zart.«

»Wie bitte?«

»Ich habe eine Theorie, die ich überprüfen möchte.«

»Eine Theorie?«

»Ja, darüber, wo die Messer hinkamen.«

»Und das hat damit zu tun, dass ich in Euren Augen klein und zart bin? Ich kann Euch versichern, dass das nicht reicht, um ein Messer zu imitieren, auch wenn es ein langes Messer ist.«

Der Herr Kaplan lachte. »Ich hab den Magister Crusius dazu befragt, wo er die Buben gestern gefunden hat.«

»Der werte Herr Magister scheint sich von Euch sehr oft von seiner Arbeit abhalten zu lassen.«

Der Herr Kaplan winkte ab. »Im Sommer hat er ohnehin kaum etwas zu tun. Aber wie dem auch sei, er hat mir gesagt, wo er gestern die drei Buben beim Würfeln erwischt hat. Nämlich hier, gemütlich auf den unbehauenen Holzstämmen sitzend.«

Ilses Miene erhellte sich. »Hervorragend, das heißt, wir suchen nach Spuren?«

»Wir suchen nach dem Messer. Ich denke, die Buben haben sie hier abgelegt und dann vergessen, als ihr Schulmeister ihr Spiel so jäh unterbrochen hat.«

»Wäre es da nicht besser, wenn ich groß und kräftig wäre?«, fragte Ilse. Sie betrachtete skeptisch die kreuz und quer liegenden Baumstämme und die halb zurechtgeschnittenen Bretter.

»Groß und kräftig bin ich selbst«, erwiderte der Herr Kaplan, »aber ich brauche jemand mit zarten Händen, um hier hineinzugreifen. Da ist ein Hohlraum zwischen den verkanteten Stämmen, irgendwas liegt da drinnen.«

»Helft mir mal«, sagte Ilse und raffte ihr Seidenkleid hoch. Zum Glück war es gezaddelt, da würde man einen kleinen Riss nicht erkennen, bevor sie ihn nähen konnte.

»Vorsicht, Frau Kramer«, sagte der Herr Kaplan und hielt sie am Arm fest. Er betrachtete sie prüfend. »Ist das der rechte Moment, um mit Euch über Eure Prunksucht zu sprechen? Wenn Ihr ein Leinenkleid und eine Schürze tragen würdet und weniger spitze Schuhe, wärt Ihr jetzt viel besser dran.«

»Das ist nicht der richtige Moment!«, sagte Ilse und sah den Herrn Kaplan finster an, bis sie merkte, dass er lächelte.

»Nehmt es mir nicht übel, aber es ist meine Aufgabe, mich um Euer Seelenheil zu kümmern«, sagte er. »Und außerdem ist da was Wahres dran, das müsst Ihr doch zugeben.«

»Seid still und haltet mich lieber fest, damit ich da reinlangen kann, ohne vornüber zu fallen.«

Umständlich schob Ilse sich zwischen die Baumstämme. Irgendetwas lag da dazwischen, aber was? Sie streckte sich und zog sich mühsam einige Zentimeter voran. Was immer da war, es fühlte sich weich an.

»Ein Messer ist das wohl nicht«, sagte sie angestrengt.

»Egal. Holt es raus, wenn Ihr es packen könnt, und wenn es ein totes Wiesel ist.«

Ilse schreckte entsetzt hoch, keine gute Idee in einem beengten Raum. Sie stieß sich böse den Kopf. »Hört auf, solche Sachen zu sagen«, fuhr sie Lorenz an.

»Frau Kramer, habt Ihr Euch weh getan?«, rief der Herr Kaplan und zog an Ilse, sodass sie sich den Kopf gleich ein weiteres Mal anstieß.

»Jetzt zerrt doch nicht an mir rum«, rief sie halb aus dem Holzstapel hinaus.

»Frau Kramer, gibt es ein Problem?«, hörte sie dumpf die Stimme ihres Baumeisters.

»Vielen Dank, Meister Achleitner, wir kommen zurecht«, sagte der Herr Kaplan, ohne sie loszulassen.

»Seid Ihr da sicher?«, hörte sie die zweifelnde Frage.

»Wir sind mitten in einem Seelsorgegespräch, seid so freundlich und lasst uns alleine.«

Ilse verdreht im Dunklen die Augen. Etwas Überzeugenderes war ihm nicht eingefallen?

»Wie Ihr meint«, hörte sie Meister Achleitner leise, und dann lauter: »Ruft mich einfach, wenn Ihr mich braucht, Frau Kramer.«

»Ha«, rief Ilse. »Ich hab es. Zieht mich hoch, Ehrwürden.«

Ein paar Kratzer und einen weiteren Stoß gegen ihren Kopf später stand sie wieder neben dem Herrn Kaplan und hielt triumphierend ihre Hand ausgestreckt, um ihre Beute zu betrachten. Es war ein billiger Stoffbeutel, auf den ersten Blick nichts Besonderes.

»Gebt das besser mir«, sagte der Herr Kaplan.

»Warum? Ich habe es gefunden«, meinte Ilse trotzig.

»Es könnte gefährlich sein. Ihr könnt zusehen, aber ich mache es auf.«

Ilse zögerte.

»Ich kann es auch erst dem Herrn Hohenfelder bringen«, drohte der Herr Kaplan.

Sie gab ihm den Beutel. Christoph würde sie vermutlich nicht mal zusehen lassen.

»Oh«, sagte der Herr Kaplan.

»Was ist es?«, fragte Ilse ungeduldig.

»Das könnt Ihr mir wohl besser sagen.« Er gab ihr den Beutel.

»Das sind Muskatnüsse. Jede Menge davon«, rief sie entsetzt. »Wisst Ihr, was die wert sind?«

»Nein, aber ich kann es mir denken. Sind das Eure?«

»Das müssen meine sein. Diese kleinen Waren sind die Einzigen, mit denen ich trotz Baustelle handeln kann.« Sie ließ sich auf einen der Baumstämme sinken und sah entsetzt auf das Diebesgut in ihrer Hand. »Ich muss sofort die Warenbestände prüfen.«

»Das könnt ihr später machen.«

»Das muss ich sofort machen. Wer weiß, was noch fehlt.«

»Frau Kramer, Ihr blutet.«

Ilse sah an sich hinab. Nicht nur, dass ihr Seidenkleid Risse hatte. Es war auch noch zu dünn gewesen, um sie zu schützen. Von den Waden bis zu den Schultern hatte sie sich blutige Kratzer geholt. Entsetzt sah sie die Blutflecken auf der Seide.

»Die Judith kriegt das schon wieder hin«, sagte sie, wie um sich selbst zu beruhigen.

»Sie kennt sich mit der Heilkunst aus?«

»Nein, aber sie bekommt jeden Fleck wieder raus. Sie ist die Einzige, der ich meine Kleider anvertraue.« Prüfend rieb sie an einem der Blutflecken. »Im schlimmsten Fall muss sie den Stoff umfärben.«

»Euer Kleid? Euer Kopf ist es, der mir Sorgen macht. Da rinnt Blut aus Eurem Haar.«

»Mein schönes Gefrens«, jammerte Ilse. Es war so schwierig gewesen, die Falten am Reif festzunähen.

»Das kann doch nicht wahr sein! Lasst Euren Tand und lasst mich Euren Kopf untersuchen.«

Lorenz' entsetzter Ruf ließ Ilse auffahren und ihn ansehen. Erst jetzt erkannte sie, wie besorgt er war. Und sie musste zugeben, dass ihr Kopf wirklich weh tat. Sie griff nach der Wunde. Es war kaum Blut an ihren Fingern.

»Da gibt es nichts zu untersuchen. Das hört gleich wieder auf. Aber Ihr habt recht. Ich gehe nach Hause und ruhe mich aus. Den Warenbestand kontrolliere ich dann später«, sagte sie beschwichtigend. »Und dann muss ich bei Wolfgang den Diebstahl anzeigen. Ob der Dieb auch die Messer mitgenommen hat?«

»Durchaus möglich«, sagte der Herr Kaplan und musterte sie besorgt. »Soll ich die Judith holen? Oder eine Eurer Schwägerinnen?«

»Seid nicht albern. Es sind nur Kratzer, die bluten am Kopf immer so stark. Wenn Ihr Euch besser fühlt, begleitet mich nach Hause, aber mehr braucht es nicht.«

Ganz so einfach, wie Ilse es sich vorgestellt hatte, sollte es doch nicht werden. Zu ihrem Pech saß Christoph gerade bei seinem Frühmahl, als Lorenz sie nach Hause brachte. Schnell war der ganze Haushalt zusammengelaufen.

»Herrin, Euer schönes Kleid«, rief Judith entsetzt.

»Und sieh dir nur die Schuhe an«, jammerte Ilse.

»Kaplan Mittenauer, was ist passiert?«, fragte Christoph, der aufgesprungen war und sie zur großen Eckbank führte. »Gab es wieder Probleme im Lagerhaus?«

»Das kann man sagen«, klagte Ilse. »Stell dir vor, ich bin bestohlen worden.«

»Du bist überfallen worden? Ehrwürden, habt Ihr den Übeltäter erwischt?«, fragte Christoph an Lorenz gewandt.

»Leider nein, Herr Hohenfelder, und der Täter ist uns auch unbekannt.«

»Dann sputet Euch, Ihr lauft zum Schloss und ich begebe mich in die Burg. Die Pollheimer sollen aufsatteln und ihre Männer zusammenrufen, bevor er uns entkommt.« Christoph hatte seinen Schwertgurt angelegt und schickte sich an, das Haus zu verlassen.

»So warte doch«, rief Ilse ihm hinterher.

»Jetzt gilt es schnell zu handeln und keine Zeit zu verlieren.«

»Aber die Zeit ist schon verloren, es war ein Diebstahl, kein Überfall. Ich war nur ungeschickt.«

Christoph wandte sich ihr wieder zu.

»Herr Hohenfelder, ich habe mich wohl nicht deutlich genug erklärt, verzeiht«, sagte Lorenz. »Wir haben Diebesgut gefunden und die Frau Kramer hat sich verletzt, als sie es aus seinem Versteck geborgen hat.«

»Und was hattest du damit zu schaffen?«, fragte Christoph an Ilse gewandt.

»Der Herr Kaplan war zu groß und zu schwer, um in das Versteck zu kommen, darum bin ich in den Holzstapel gekrochen«, erklärte Ilse. »Dabei hab ich mich nur etwas zerkratzt.« Sie hoffte, dass ihr kein Blut mehr aus den Haaren lief.

Christoph warf Lorenz einen missbilligenden Blick zu.

»Ihr habt keine geeignetere Hilfe finden können, Ehrwürden?«

»Der besagte Holzstapel war im Lagerhaus, also konnte ich keinem der Arbeiter dort trauen. Jeder von ihnen könnte der Täter sein. Ich wollte mich in die Schule begeben und mir vom Herrn Magister einen Knaben leihen, als Frau Kramer mir ihre Hilfe angeboten hat.«

»Und Ihr habt sie angenommen?«

»Aber Christoph, lass doch den armen Herrn Kaplan in Ruhe. Es war nur ein zwischen dem Bauholz verkeiltes Säckchen, sieh mal.«

»Wir gehen davon aus, dass jemand im Lagerhaus eingebrochen ist und Gewürze gestohlen hat«, erklärte Lorenz.

Christoph betrachtete die Muskatnüsse. »Denkt Ihr, es war der Mörder?«

»Meiner Erfahrung nach sind Mörder und Diebe zwei verschiedene Menschenschläge, aber möglich ist es.«

»Ilse, du legst dich hin. Ehrwürden, Ihr bleibt bei ihr. Ich reite nach Linz.«

»Nach Linz? Du willst doch nicht etwa den Doktor Wallich holen wegen ein paar Schrammen?«, rief Ilse entsetzt.

»Du siehst blass aus, und den Quacksalbern hier traue ich nicht.«

»Der Meister Damian ist kein Quacksalber.«

»Er ist nur ein Bader.«

»Der Doktor Wallich wird in Linz bleiben wollen. Der Kaiser hat doch gerade erst sein Bein verloren.«

Ilse erlebte einen der wenigen Momente, in denen sie Christoph unschlüssig sah.

»Es sind nur Kratzer, ich wasche sie mit der Kunigunde ihrer guten Ringelblumenseife und mehr braucht es nicht«, sagte sie beruhigend.

»Nun gut, aber du wirst dich jetzt hinlegen und ausrasten, und morgen schreibst du einem deiner

Handelsdiener, einem der Jüngeren und Kräftigeren. Er soll zurückkommen, der Urlaub ist vorbei.«

»Aber die Kammern haben kein Dach.«

»Dann soll er in der Schreibstube schlafen.«

Ilse hatte sich mit Judiths Hilfe vorsichtig entkleidet, ohne das Kleid weiter zu beschädigen, und Agnes hatte die kleine Stube geheizt und warmes Wasser heraufgetragen. Schaudernd dachte Ilse an ihre Schlafkammer, die von dem Ofen mitgeheizt wurde und die diese Nacht sicher unerträglich heiß und stickig sein würde. Sie würde besser bei Gertrud und den Kindern schlafen.

Unter den Blutflecken hatten sich nur Kratzer und Abschürfungen gezeigt, nichts, das eine Bettruhe erfordern würde. Die Kopfwunde blutete nicht mehr und keiner hatte sie bemerkt. Ilse wollte sich dennoch an Christophs Rat halten und sich ausruhen.

Sie machte es sich auf der großen Truhenbank gemütlich und nahm die Näharbeit auf, die Judith ihr zurechtgelegt hatte, ein neues Kleid für Anna. So recht wollte es ihr aber nicht gelingen. Ihr Kopf pochte und machte ihr die völlig überwärmte Stube unerträglich.

Sie setzte sich ans Fenster und sah nachdenklich auf die Pfarrgasse hinaus und in die gegenüber beginnende Johannisgasse hinein. Der Ausblick brachte sie auf eine Idee.

Sie musste noch etwas warten, doch als es am frühen Nachmittag unten still wurde, schlich sie die Treppe hinab. Judith war unterwegs und damit beschäftigt, die Blutflecken aus dem Kleid zu waschen, Maria und

Agnes waren im Garten, wohl um heilkräftige Kräuter fürs Nachtmahl zu ernten. Von Christoph war keine Spur zu sehen. Schnell durchquerte sie die Halle und schlüpfte bei der Vordertüre hinaus.

»Wo wollt Ihr denn hin, wenn ich fragen darf? Ich meine mich daran zu erinnern, dass der Herr Hohenfelder Bettruhe angeraten hat.«

Ilse zuckte zusammen. »Ich gehe nur kurz zu den Nachbarn hinüber, Ehrwürden. Das wird mich kaum über Gebühr anstrengen.«

Lorenz saß auf der Bank vor der Türe und streckte sein Bein in die Sonne. Er musterte sie. »Ihr seht blass aus.«

»Dann ist etwas Bewegung sicher ratsam.«

Er seufzte und erhob sich. »Wo wollt Ihr denn hin?«

»Zum Liebenecker.«

»Wirklich? Oder ist das nur ein Trick, weil Ihr hofft, dass er mich aufhält, während Ihr durch die Hintertüre entflieht und Euer wahres Ziel aufsucht?«

Ilse lachte. »Nein, ich will wirklich nur kurz zum Liebenecker. Dem Christoph würde ich es nicht sagen, aber ich fühle mich doch etwas schwächlich, weiter würde ich nicht gehen.«

»Dann gehen wir gemeinsam.«

Die beiden betraten den Verkaufsraum der Messerei, der direkt vor der Werkstatt an der Straße lag. Normalerweise mochte Ilse den Geruch nach Leder und Metall, aber heute wurde ihr übel davon. Lange würde sie zum Glück nicht brauchen. Der Lambert, der einzige Sohn und beste Geselle vom Liebenecker, legte Ware auf dem Verkaufstisch aus.

»Frau Kramer, einen schönen Tag wünsch ich Euch. Ehrwürden«, sagte er und verbeugte sich höflich.

»Grüß Gott, Lambert. Ist dein Vater da?«, fragte Ilse.

»Für Euch immer, ich hol ihn.«

Lorenz wartete, bis der junge Mann aus dem Raum war. »Die Messerei scheint ein sehr gefährliches Handwerk zu sein.«

Ilse nickte. »Ich wundere mich immer, dass der Liebenecker noch alle seine Finger hat. Aber er weiß, was er tut.«

»Sein Sohn nicht?«

»Doch, der Lambert steht ihm da in nur wenig nach. Wie kommt Ihr darauf?«

»Die Narben am Arm, die sehen schrecklich aus.«

»Ach das meint Ihr. Das ist schon so lange her, ich hätte es fast vergessen.«

»Ein Arbeitsunfall?«

»Eine Unachtsamkeit als Kind.«

»Es sieht aus, als könne er froh sein, seine Hand noch zu haben.«

»Ja, das war knapp. Der Bader hat nichts tun können. Der Hans ist damals mit dem kleinen Bub übers Pferd geworfen nach Linz geritten, und der Christoph hat ihn vom Chirurgen des Kaisers behandeln lassen.«

»Das war sehr anständig von den beiden.«

»Für Nachbarn macht man das. Am schlimmsten dran waren die Liebeneckerin und ich, die ohne Nachricht hier ausharren mussten.«

Ein Geräusch ließ sie verstummen. Der Liebenecker eilte herbei und lächelte Ilse freundlich an. Das Lächeln galt aber nur ihr. Sie war sich nicht sicher, doch er schien den Herrn Kaplan immer noch misstrauisch zu mustern.

»Frau Kramer, Ehrwürden«, begrüßte er sie. »Ich kann mir schon denken, warum Ihr hier seid.«

»Wirklich?«, fragte Ilse erstaunt.

»Wegen der Messer. Aber ich muss Euch sagen, ich hab nur die zwei auf diese Art gemacht, und der Herr Tätzgern hat es mir gezeigt, das war meine Arbeit. Kein Irrtum möglich. Tut mir leid.« Er sah sie mitfühlend an.

Ilse runzelte die Stirn. Sie hatte sich eine so schöne Geschichte zurechtgelegt, dass sie ein neues Küchenmesser bräuchte, und dann hätte sie ihn unauffällig nach dem Tatmesser befragt. Nicht nur hatte der Liebenecker sie durchschaut, Wolfgang war auch schneller als sie gewesen.

»Ich hätte dem Herrn Tätzgern gerne etwas anderes gesagt, aber zu viele haben die Messer schon gesehen«, fügte er entschuldigend hinzu.

»Kann auch keiner Eurer Gesellen ein solches Messer angefertigt haben?«, fragte Lorenz.

Der Liebenecker sah ihn erbost an. »Wenn der Herr Kaplan meint, dass ich die Arbeit meiner eigenen Gesellen nicht kenne, die alle bei mir gelernt haben, seit sie kleine Buben waren.«

»Verzeiht, ich wollte nur nichts unversucht lassen«, sagte Lorenz beschwichtigend.

»Der Herr Tätzgern hat mir sowas nicht unterstellt.«

»Ich bräuchte dann noch ein neues Küchenmesser«, sagte Ilse mit übertrieben fröhlicher Stimme und verstellte den beiden Männern die Sicht aufeinander. Kein leichtes Unterfangen bei ihrer Größe, aber sie versuchte es zumindest.

»Thomas, du glaubst nicht, was der Herr Hohenfelder getan hat«, hörte sie eine Stimme hinter sich. Im ersten Moment war Ilse erleichtert über die Störung, bis der Sinn der Worte zu ihr vordrang. Sie drehte sich abrupt um und wünschte sich, sie hätte es nicht getan. Ihr Kopf dröhnte. Die Liebeneckerin war mit einem Korb auf dem Arm eingetreten und sah sie etwas peinlich berührt an.

»Oh, Frau Kramer, ich hatte Euch gar nicht gesehen.«

»Was hat er getan?«, fragte Ilse.

»Nichts, das ist sicher nur dummes Geschwätz.«

»Dann sollte ich es erst recht von einer lieben Nachbarin hören und nicht von jemandem, der es übel mit mir meint.«

»Wenn Ihr es so sagt, dann ist es wohl meine Christenpflicht, Euch alles zu erzählen.« Die Liebeneckerin trat näher. »Er hat mit den Pollheimern und denen ihren Waffenknechten Euer Lagerhaus umstellt, und alle Bauarbeiter befragt und die Frauen zusammengetrieben und zu Tode geängstigt. Und als dann der Stadtrichter mit den Bütteln gekommen ist, hat er ihn nicht reingelassen.«

»Das hat er nicht getan!«, unterbrach Ilse sie ungläubig.

»Doch, hat er. Die Frau Haunold hat es mir selbst erzählt, und die hat es gesehen. Die Pollheimer von der Burg und vom Schloss waren da, und dann haben sie den Meister Achleitner und andere brave Bürger mitgenommen.«

»Nein!«, rief der Liebenecker.

»Es hieß, Ihr wärt überfallen und übel zugerichtet worden«, sagte die Liebeneckerin und musterte Ilse. »Und Euer Kaplan hätte Euch heimtragen müssen, und verletzt wärt Ihr gewesen. Das haben alle am Stadtplatz bestätigt.«

»Das ist Unsinn, ich war nur zerkratzt von den Bauarbeiten und der Kaplan Mittenauer hat mich zum Frühmahl heimbegleitet«, sagte Ilse mit einem Blick auf Lorenz, ob dieser ihr widersprechen würde. Das war wohl alles zu viel heute, ihre Kopfschmerzen wurden unerträglich.

»Ich hab selbst gesehen, wie der Herr Tätzgern wieder vom Schloss zurück zu Eurem Lagerhaus ist und rumgebrüllt hat, aber da waren noch die Waffenknechte und lassen ihn immer noch nicht rein.«

»Habt vielen Dank für diese Nachricht, einen schönen Tag wünsche ich Euch noch«, verabschiedete Ilse sich überhastet und lief los. Sie war noch nicht weit gekommen, als Lorenz sie am Arm packte und herumriss. Das Letzte, was sie sah, bevor ihr schwarz vor Augen wurde, waren seine Schuhe, auf die sie sich übergeben hatte.

5. Kapitel

AN DAS, WAS FOLGTE, konnte Ilse sich nur mehr verschwommen erinnern. Der Herr Kaplan und die Liebeneckerin waren bei ihr. Sie kam kurz zu sich, als jemand sie die Treppe in ihre Schlafkammer hinauftrug, aber von dem Wanken wurde ihr so übel, dass ihr wieder schwarz vor Augen wurde. Dann hörte sie laute Stimmen von unten und aufgeregtes Hundegebell. Sie erkannte die Streitenden. Wolfgang und Christoph waren aneinandergeraten. Was machten die beiden hier, die waren doch am Stadtplatz? Sie musste zu ihnen, ihren Streit schlichten! Ilse wollte aufstehen, aber jemand drückte sie zurück in ihr großes Bett. Sie roch Seife und Kräuter. Es musste Kunigunde sein. Maria war da und betete. Judith weinte.

Die tiefe Stimme des Baders riss Ilse aus dem Dämmerschlaf. Es war wohl Nacht geworden, alles war dunkel. Dann träumte sie. Oder doch nicht? Es musste ein Traum sein, denn sie hörte die Stimme vom Doktor Wallich. Der konnte nicht hier sein, der war in Linz. Jemand drückte an ihrem Kopf herum. Der Geruch von Arzneien fuhr ihr scharf in die Nase. Stimmen wurden laut, ein Streit brach aus. Ilse bekam Angst, dann roch sie Pferde und Hunde. Christoph musste hier sein. Sie fiel in einen tiefen Schlaf.

Als sie das nächste Mal erwachte, fiel Licht beim kleinen Fenster der Kammer herein. Annas Kätzchen lag auf Ilses Brust. Katharina war bei ihr und half ihr, sich etwas aufzusetzen.

»Trink das«, sagte sie, »das hilft.«

Ilse roch an dem Humpen, den ihre Schwägerin an ihre Lippen hielt. Lavendelbier. Das half immer bei Kopfschmerzen. Sie leerte ihn. Etwas stimmte nicht mit dem Geschmack. Sie schlief wieder ein.

Hunger weckte Ilse. Ihr Blick war wieder klar, sie erkannte die Konturen der gedrechselten Pfosten ihres großen Betthimmels. Agnes saß am Fenster und sah hinaus, aber das Licht schmerzte Ilse in den Augen.

»Agnes«, sagte sie leise.

Die Magd sprang auf und eilte herbei. »Herrin, Ihr seid wach. Gott sei's gedankt. Wie fühlt Ihr Euch?«

»Besser. Denke ich. Was hab ich denn?«, fragte Ilse.

»Zwei Hörner habt Ihr am Kopf gehabt.« Agnes bekreuzigte sich. »Die Sinne sind Euch geschwunden, immer wieder, und dann habt Ihr die Arzneien bekommen, und es hat geheißen, am Sonntag müsste es Euch besser gehen, drum sind alle in der Kirche und der Herr Kaplan betet für Euch. Und es hat geholfen und jetzt seid Ihr wach. Nur die Maria ist auch da, weil es hat geheißen, heute müsst Ihr essen, wenn Ihr aufwacht.«

»Ja, ich hab Hunger«, unterbrach Ilse den Redefluss.

»Ich sag es der Maria.«

Agnes eilte aus dem Zimmer, und Ilse blieb mit ihren Gedanken und dem Kätzchen alleine. Sie setzte sich auf und tastete ihren Kopf ab. Tatsächlich waren da schmerzende Stellen, sie spürte zwei Beulen, wo sie vorher nur Kratzer bemerkt hatte. Sie hatte sich schlimmer gestoßen, als sie angenommen hatte. Wie ungeschickt von ihr.

Sie würde unten essen. Maria schaffte die Treppen kaum mehr, würde es aber dennoch versuchen. Ilse setzte sich auf und wartete. Nichts drehte sich. Sie stand auf. Das Kätzchen protestierte. Ihr wurde etwas schummrig. Bis zur Türe war es weit, und dann kamen die Treppen. So würde sie es nicht nach unten schaffen. Sie setzte sich wieder. Es war ohnehin zu spät, sie hörte Schritte.

Maria kam herein. »Herrin, Ihr seid wirklich wach. Genau während der Messe. Jetzt werdet Ihr schnell gesund.«

Ilse sah das große Vorlegebrett. »Maria, du sollst doch nichts nach oben tragen. Die Agnes soll mir nach unten helfen.«

»Jetzt bin ich schon mal da, und die Agnes ist zur Kirche gelaufen, um Bescheid zu sagen.« Sie stellte das Brett auf der Truhe neben dem Bett ab. »Ich hab

Euch Entenmus in Mandelmilch gemacht, das bringt Euch schnell zu Kräften. Und trinkt das Lavendelbier, da ist Eure Arznei drin.«

Ilse schaffte es, selbstständig zu essen, dann fiel sie wieder in einen tiefen Schlaf.

Sie erwachte mit klarem Kopf und ertrug sogar das durch das Fenster fallende Licht.

»Wie fühlt Ihr Euch, mein Kind?«

Ilse lächelte den Pfarrer Söllner an, der auf einem Stuhl neben dem Bett saß, das Kätzchen auf dem Schoß.

»Besser, Herr Pfarrer, vielen Dank. Die Maria hatte recht, ihre Mahlzeit hat Wunder gewirkt.«

»Ich würde das eher den unzähligen Gebeten Eurer Familie zuschreiben.«

»Natürlich«, stimmte Ilse ihm hastig zu.

»Und den Arzneien. Obwohl ich nicht verstehe, warum der Herr Hohenfelder einen fremden Heilkundigen hat kommen lassen müssen. Im Bürgerspital und bei den Minoriten hätte man ausreichend Hilfe gefunden, wenn ihm der Meister Damian nicht reicht.« Der Pfarrer verzog missbilligend das Gesicht.

»Er hat es nur gut gemeint, Ihr kennt ihn ja«, beschwichtigte ihn Ilse.

»Das dachte ich zumindest. Ich dachte, der Herr Hohenfelder wäre ein Mann, auf dessen Entscheidung man sich verlassen kann. Einer, der weiß, worauf es ankommt.« Missmutig sah der Herr Pfarrer beim Fenster hinaus.

Ilse kannte seine Launen und gab nicht zu viel darauf. »Meint Ihr das mit dem Lagerhaus? Ich werde mit ihm und mit meinem Bruder sprechen und dann wird das schon wieder, ein Missverständnis, mehr nicht.«

»Das? Nein, da haben sich die beiden schon beruhigt. Als es hieß, dass Ihr im Sterben liegt und der Herr Hohenfelder Euren Mörder dingfest machen will, hat sich der Pöbel beruhigt.«

Ilse unterdrückte ein Seufzen. Das würde peinlich werden, wenn die Wahrheit hinter der immer abenteuerlicheren Geschichte bekannt wurde. Ganz Wels würde über ihre Ungeschicklichkeit lachen. »Was ist dann das Problem, kann ich Euch dabei helfen?«

»Sein neuer Kaplan, der ist das Problem. Dass der Abt meint, seine Zustimmung würde ausreichen und meine wäre nicht nötig, ist ja schon schlimm genug. Und es ist dem Herrn Hohenfelder sein Geld. Aber wen er mir da vorgesetzt hat.«

»Der Kaplan Mittenauer ist das Problem? Warum denn?«, fragte Ilse erstaunt. Damit hatte sie nicht gerechnet.

»Ich war bereit, ihm die Hand zu reichen, hab ihn an den Arbeiten im Pfarrhof beteiligt. Hab ihn an meiner Tafel willkommen geheißen.« Ilse lächelte. Der Herr Kaplan wäre wohl ohne die zusätzliche Arbeit und nur an ihrem Tisch mindestens so glücklich. »Und dann meinte er, weil der Herr Hohenfelder die Messe am Sonntag für Euch bezahlt hat und er Euer Kaplan ist, darf er die Sonntagsmesse halten. Ich hab mich natürlich beschwert.«

Ilse nickte.

»Und wisst Ihr, was er dann gesagt hat?«

Sie schüttelte den Kopf.

»Dass ich das Geld dafür behalten könne, er würde die Messe trotzdem lesen. Als ob es mir um das Geld ginge!«

»Das hat er sicher nicht so gemeint«, warf Ilse ein. »Das sollte sicherlich nur eine zusätzliche Spende sein.«

»Aber das ist noch nicht alles«, fuhr der Pfarrer fort.

»Nicht?«

»Dann hab ich ihn die Messe halten lassen. Da der Abt ja meint, er würde entscheiden, wer geeignet ist, habe ich keine Probemesse gesehen. Es war schrecklich.«

»Oje, ist sein Latein so schlecht?«, fragte Ilse.

»Was? Nein, das war erstaunlich gut. Der Magister Crusius und ich haben ihn beim Essen schon gründlich examiniert. Aber er hat es kaum gebraucht, denn er hat gesungen, die ganze Zeit, und auf Deutsch!« Entrüstet sah der Herr Pfarrer Ilse an. Das Kätzchen war vor seinem Ärger geflohen und von seinem Schoß aufs Bett gesprungen.

»Das soll durchaus in Mode sein«, sagte sie zögerlich.

»Das einfache Gemüt einer Frau kann das nicht verstehen, aber jemand, der angeblich in Erfurt Theologie studiert hat und auch noch ein aufrechter Benediktiner sein will.« Der Herr Pfarrer schüttelte den

Kopf. »Ein solches Verhalten hätte ich da nicht erwartet.«

»Ihr müsst Euch nur zusammenfinden.«

»Das hab ich nicht vor. Er singt und grölt gerade wieder eine Messe für Euch, da habe ich es vorgezogen, mich hier um Euer Seelenheil zu kümmern.«

»Das war sehr löblich von Euch, vielen Dank.«

»Und es hat geholfen. Ihr seid aufgewacht und seht ganz munter aus.« Gedankenverloren tätschelte er Ilse die Hände. Sie sah ihn prüfend an.

»Gibt es sonst noch was, Herr Pfarrer? Ihr wirkt ein bisschen betrübt.«

Er seufzte. »Ich bin wirklich streng mit meinen Schäfchen, zu ihrem eigenen Besten, aber sie entgleiten mir.«

»Aber Herr Pfarrer, Ihr wisst doch, dass im Sommer immer alle so viel zu tun haben, da ist die Kirche nicht so voll. Ihr müsst Euch erst Sorgen machen, wenn sie auch in einem milden Winter nicht kommen.«

»Wenn es nur das wäre. Heute ist der zweite Tag, an dem ich falsche Silbermünzen in der Kollekte und im Opferstock gefunden habe. Nicht nur vereinzelt, sondern viele.«

»In einer größeren Menge? Wie ungewöhnlich.«

»Ja, das war wohl kein Versehen. Irgendwer spottet unserer Kirche, das sag ich Euch.«

»Es kann trotzdem ein Versehen sein.«

Er tätschelte ihr wieder die Hände. »Ihr seid ein gutes Kind und glaubt an das Gute in den Menschen, aber ich sag es Euch, jemand treibt da ein böses Spiel.«

Lärm riss die beiden aus ihrem trübsinnigen Gespräch. Die Familie war aus der Kirche zurück.

»Helft mir auf, ich will nach unten«, sagte Ilse voller Vorfreude.

»Ihr bleibt brav liegen, ich hole Eure Magd und dann sehen wir weiter.«

Judith kam jedoch nicht alleine in die Stube. Die ganze Familie war da, Christoph mit den Buben, Gertrud mit den Kindern, die sich zu Ilse ins Bett legten, noch bevor jemand sie aufhalten konnte, und mit etwas Verzögerung Agnes, die Maria stützte. Sie alle wollten sich vergewissern, dass es Ilse wieder besser ging.

»Herrin, wie fühlt Ihr Euch?«

»Habt Ihr Hunger? Natürlich habt Ihr Hunger.«

»Frau Mutter, das Kätzchen war gestern auch in der Kirche und hat auch für Euch gebetet. Nur heute wollte es bleiben.«

»Der Herr Vater und ich haben Enten für Euch gejagt, liebe Frau Tante.«

»Alle in der Schule waren jeden Tag in der Frühmesse für Euch und haben den heiligen Hugo angerufen. Der hat Euch gerettet.«

»Lasst sie doch mal zu Wort kommen«, übertönte Christoph das Chaos. »Wie fühlst du dich?«, fragte er, die Augen fest auf die Wandvertäfelung gerichtet.

Ilse raffte die Decke hoch, die Anna und Giso herabgezogen hatten und unter der sie nur ihr Unterkleid trug.

»Ich fühle mich gut, nur Hunger hab ich«, sagte sie.

Christoph nickte. »Das hat der Doktor Wallich so vorausgesehen. Mit den Arzneien würdest du ein paar Tage schlafen und wie neu erwachen, ohne Schaden, man müsste dich nur ordentlich füttern danach.«

»Fast hätte Euch der Meister Damian den Schädel aufgebohrt«, sagte Barnabas, der zugleich fasziniert und den Tränen nahe schien, »aber dann ist der Doktor Wallich gekommen und hat ihn aus dem Haus geworfen.«

Ilse schauderte. »Hat er denn Nachrichten vom Kaiser mitgebracht?«

»Er hat sich gut von seiner Operation erholt und ist trotz seines Alters wohlauf«, sagte Christoph. »Ich habe ihm eine Nachricht überbringen lassen, damit er es mir nicht übel nimmt, dass ich sofort wieder aufgebrochen bin, ohne ihm meine Aufwartung zu machen.«

»Das wird ihm trotzdem nicht gefallen. Du musst ihn bald besuchen, damit er dir nicht böse ist. Und dem Doktor Wallich von mir danken.«

»Das werde ich. Aber erst, wenn es dir besser geht.«

6. Kapitel

ES SOLLTE NOCH DREI Tage dauern, bis Ilse endlich das Haus wieder verlassen durfte. Eine Woche war seit ihrem Unfall vergangen. Wenn man es denn einen Unfall nennen konnte, denn dazu gehörte wahrlich mehr, als sich nur den Kopf anzustoßen. Zum Glück waren ihre Familie und ihre Freunde zu froh über ihre Genesung, um ihr wegen ihres ungeschickten Verhaltens Vorhaltungen zu machen. Die letzten Tage waren schnell vergangen, mit viel Besuch und fast stündlichen Mahlzeiten. Selbst die Haunoldin war vorbeigekommen, ging aber bald enttäuscht wieder. Sie hatte wohl auf etwas Dramatischeres als eine Entengelee und Apfelmus schmausende Ilse gehofft.

Der Einzige, dessen Abwesenheit auffiel, war der Kaplan Mittenauer. Erst dachte sie sich nichts dabei. Christoph hatte Dankesmessen erwähnt, die jede Menge Zeit in Anspruch nahmen. Bis ihr wieder einfiel, was an dem Tag geschehen war, kurz bevor ihr die Sinne schwanden. Und so führte ihr erster Ausflug sie mit ihrer Schwägerin Kunigunde und mit Judith, die ihnen mit dem Einkaufskorb folgte, zu den Lederern vor das Stadttor. Zweifelnd hielt Ilse ein paar hohe Schnürstiefel in der Hand.

»Du meinst wirklich, dass die ihm gefallen könnten?«, fragte sie Kunigunde. »Die hier sind doch viel kleidsamer.«

Ilse hatte die Stiefel weggelegt und zeigte auf ein Paar Kuhmaulschuhe aus feinem, rot gefärbtem Rehleder.

»Ich glaube, der Herr Kaplan hat sicher lieber etwas Praktisches«, sagte Kunigunde.

»Aber diese Stiefel sind so langweilig.«

»Er mag Schwarz, wer weiß, ob er rote Schuhe überhaupt tragen würde. Vielleicht dürfen Benediktiner gar keine Farben anziehen«, sagte Kunigunde.

»Meinst du?« Sie hatte sich schon zurückgehalten und auf lange Spitzen verzichtet.

»Was meint Ihr, welche Schuhe kaufen Kirchenmänner bei Euch?«, wandte sich Kunigunde an den Lederermeister, der die beiden Frauen persönlich bediente.

Dem war der Zwiespalt anzusehen zwischen dem besseren Geschäft und dem besseren Rat.

»Es gibt nichts, was nicht auch ein Kirchenmann kaufen würde. Denkt Ihr an Euren Kaplan, den, der so schön singt in der Messe?«, fragte er.

»Ja, für den Kaplan Mittenauer sind sie.«

»Dann würde ich die Stiefel nehmen. Man hört, dass er ständig an seinem Haus und am Pfarrhof werkt, da verletzt man sich mit dem modischen Schuhwerk nur.«

Ilse betrachtete die Schuhe wenig erfreut.

»Aber wenn Ihr Zeit habt, dass ich welche anfertige, kann ich auch die Stiefel in jeder Farbe machen.«

Ilse schüttelte den Kopf. »Nein, ich brauche sie gleich, und die Schnürung ist gut angebracht, die sitzen sicher gut.« Sie wandte sich an Kunigunde. »Vielleicht sollte ich beide nehmen, für den Alltag und für die Kirche.«

»Er ist Kaplan, die Kirche ist sein Alltag. Und bei zwei Paar lehnt er das Geschenk sicher ab, weil es zu teuer ist.«

Ilse seufzte. »Du hast recht.«

Sie ließ Judith die Stiefel einpacken und zählte dem Ledermeister die Münzen auf die Hand. Irritiert sah sie, dass er jede erst prüfte, bevor er sie in seine Geldschatulle legte. Das war ihr schon lange nicht mehr passiert, dass jemand an ihrer Zahlung zweifelte.

Der Ledermeister bemerkte ihren Blick. »Verzeiht, Frau Kramer, aber ich bin gestern aus der Schenke gejagt worden, weil meine Münzen nichts wert waren. Da muss man vorsichtig sein.«

Ilse war kurz davor, das Geschäft rückgängig zu machen. Bei ihrem Gemahl hätte er solche Zweifel nicht gehegt.

»Ich bin durchaus imstande, meine Einnahmen zu prüfen, ich verrechne Münzen aus allen Ländern der Christenheit und darüber hinaus«, sagte sie eisig.

»Lass gut sein, gehen wir.« Kunigunde hakte ihren Arm bei Ilse ein und zog sie mit sich fort.

»Denkt er, ich würde keine falschen Münzen erkennen?«, fragte sie erbost.

»Würdest du sicher. Die Fälschungen, die zurzeit auftauchen, sind alle schlecht. Wolfgang hat trotzdem jede Menge Schererein damit. Ständig bricht Streit deswegen aus.«

»Ich hatte die letzten Wochen kaum Einnahmen, aber morgen wollte ich ohnehin das Lager prüfen, wegen der Diebstähle, da sehe ich mir besser auch die Münzen an.«

Ilse verabschiedete sich am Eck zur Pfarrgasse von Kunigunde. Jetzt musste sie nur mehr Judith loswerden, denn sie brauchte keine Zeugen bei dem, was sie vorhatte.

»Gib mir den Korb und geh schon mal vor nach Hause, ich komme gleich nach.«

»Aber Herrin, der Herr Hohenfelder meinte, Ihr sollt zurzeit nie alleine sein.«

»Der Kaplan Mittenauer wird mich begleiten, da kann nichts passieren.«

Judith zögerte kurz, machte sich dann aber links über den Friedhof auf den Weg, während Ilse sich rechts hielt, um zum Benefiziatenhaus zu gelangen.

Hier hatte sich einiges getan, seit sie das letzte Mal hier gewesen war. Der Garten war eingezäunt, und hinter dem Zaun ließ sich Klepper das Gras schmecken. Auch wenn Ilse es erst nicht glauben wollte, der Herr Kaplan hatte ihr auf ihre Frage versichert, dass es kein Missverständnis war sondern sein Pferd wirklich Klepper hieß. Das Gerüst für einen kleinen Unterstand für ihn war ans Haus angezimmert worden, aber noch nicht ganz fertig. Eine Bank neben der Türe ermöglichte einen Blick über das bunte Treiben von Friedhof und Pfarrhof. Alles lag still und friedlich vor Ilse. Vielleicht war er gar nicht zuhause? Sie ging durch die offene Türe.

»Ehrwürden, seid Ihr hier?«, rief sie in den Raum hinein.

»Hier bin ich«, hörte sie von weiter hinten.

Lorenz saß am Tisch in seiner unbenutzten Küche und raufte sich mit der einen Hand die Haare, während er mit der anderen eine Schreibfeder hielt. Vor sich hatte er Papiere und Münzen in verschiedensten Häufchen verteilt.

»Frau Kramer, Ihr kommt gerade recht.«

Ilse kam erfreut näher. Sie hatte mit einer abweisenderen Begrüßung gerechnet. Das sollte sie nutzen und es gleich hinter sich bringen.

»Ich bin hier, um mich zu entschuldigen«, sagte sie mit hängendem Haupt.

»Ihr? Euch entschuldigen? Bei mir?«, erstaunt sah er sie an.

»Weil Ihr ja böse auf mich seid.«

»Wie kommt Ihr denn da drauf?«

»Ihr habt mich nicht besucht, und nach dem, was ich getan habe«, sagte sie zerknirscht.

»Natürlich habe ich Euch nicht besucht, nach dem, was ich getan habe.«

Ilse hob den Blick und sah ihn fragend an. »Was Ihr getan habt?«

»Ich habe Euch in ein lebensgefährliches Unterfangen verstrickt«, sagte er reumütig.

»Aber es war meine Schuld, ich war ungeschickt.«

»Der Herr von Hohenfeld sieht das anders. Er hätte mich fast wieder davongejagt, und er hat recht.«

»Das ist Unsinn. Und wie gesagt, ich bin hier, um mich zu entschuldigen. Wegen der Schuhe. Ich habe ein Geschenk für Euch.« Ilse reichte ihm den Korb.

Lorenz nahm die Stiefel und musterte sie. »Wegen der Schuhe?«, fragte er verwirrt.

Ilse nickte mit rotem Kopf. Da begann er schallend zu lachen.

»Ist das Euer Ernst? Ihr dachtet, ich hab Euch nicht besucht, weil Ihr auf meine Schuhe gekotzt habt?«

»Ja«, sagte sie kleinlaut. »Es tut mir leid und ich hoffe, Ihr nehmt die als Ersatz.«

Lorenz lachte immer noch. »Ich nehme sie gerne, aber einen Ersatz brauch ich keinen, ich habe die anderen in die Sonne gestellt und abgebürstet, man riecht fast nichts mehr.«

Ilse rümpfte die Nase, war aber erleichtert.

»Wenn Ihr mir nicht böse seid, warum habt Ihr mich dann nicht besucht?«

»Weil ich dachte, Ihr seid böse auf mich.«

Ilse lachte. »So sind wir uns also einig, dass keiner von uns einen Grund hat, dem anderen böse zu sein.«

Lorenz lächelte, dann fiel sein Blick auf den Tisch und verfinsterte sich. »Auch wenn Ihr nichts gutzumachen habt, könnte ich dennoch Euren Rat gebrauchen. Ihr führt Eurem Mann doch die Bücher, nicht wahr?«,

»Ja, alles andere wäre unpraktisch, er ist viel zu oft auf Reisen, um die Bücher in Ordnung zu halten.«

»Wie macht man das denn?« Er deutete auf das Chaos vor sich.

»Wie habt Ihr denn früher Eure Geschäfte geführt?«, fragte Ilse erstaunt.

»Welche Geschäfte? Ich hatte noch nie Geld, das ich nicht sofort wieder ausgegeben hätte, und erst Recht keine verpachteten Ländereien. Hier will mir einer für eine Wiese die Pacht in Heu zahlen, und hier hat mir einer statt barer Münze einen Zettel geschickt, auf dem steht, dass ein mir völlig Unbekannter seine Schulden für ihn begleichen wird.«

Ilse runzelte die Stirn. »Wenn Ihr nicht wisst, wie Ihr sie verwaltet, wird Euch Christophs reiche Pfründe herzlich wenig nützlich sein. Lasst mich mal sehen.«

Ilse setzte sich an den Tisch, und Lorenz schob einen Packen mit Papieren und Pergamenten in ihre Richtung. »Ich hoffe, Ihr werdet daraus schlau.«

»Habt Ihr denn kein Haushaltsbuch?«, fragte sie entsetzt.

»Nein, einen Haushalt hatte ich bisher genauso wenig wie Geld oder eine Pfründe«, gab Lorenz zurück.

»Ihr braucht ein leeres Buch, in dem Ihr dann Spalten einzeichnet, dann wisst Ihr genau, wo Ihr all Eure Einnahmen und Ausstände aufzeichnen müsst. Ich hab einen ganzen Stapel davon im Lagerhaus, meine Handelsdiener bereiten die immer für mich vor.«

»Gott sei Dank, das heißt, Ihr verkauft mir so ein Wunderbuch, und dann kann ich alles darin ordnen?«, fragte Lorenz erleichtert.

»Ganz so einfach ist es nicht, aber es lässt sich lernen, wenn Ihr des Schreibens und des Rechnens kundig seid.«

»Das kann ich wohl sagen.«

Ilse sah sich suchend um. »Wo habt Ihr denn die Truhe hingetan, die Große mit den geschnitzten Rosetten, die hier gestanden hat?«

»Die hab ich in die Schlafkammer getragen, für mein Gewand. Der Crusius hat helfen müssen, die war sehr schwer. Ich erinnere mich genau daran, weil wir fast damit die Treppe hinabgefallen wären.«

Ilse schüttelte den Kopf. »Das ist eine feste Truhe mit einem guten Schloss, darin solltet Ihr Euer Geld und die Buchhaltung aufbewahren.«

Lorenz sah sie zweifelnd an »Ein so großes Behältnis, nur für Münzen und Schriften?«

»Die Familie der ersten Gemahlin meines Mannes hat die Truhe speziell dafür anfertigen lassen, die übersteht sogar ein Feuer.«

»In meiner Lage nehme ich jeden Rat, den Ihr geben könnt.«

Es sollte Stunden dauern, bis Ilse Lorenz zumindest die Grundlagen erklärt hatte. Es war wenig hilfreich, dass sie immer wieder unterbrochen wurden. Judith kam vorbei, die sich Sorgen gemacht hatte, als Ilse nicht nach Hause gekommen war. Agnes brachte einen Korb voller Latwerg und Milch. Maria traute es einem Kirchenmann sichtlich nicht zu, ihre Herrin für ein paar Stunden mit ausreichend Nahrung zu versorgen. Die Buben kamen in Begleitung von Schulkollegen vorbei, um darum zu betteln, auf Klepper reiten zu dürfen. Den Reaktionen der Beteiligten nach war das wohl nicht der erste Versuch. Der Magister Crusius scheuchte sie ins Pfarrhaus zurück, nicht ohne sich etwas vom Latwerg mitgenommen zu haben.

Ilse rieb sich die müden Augen. Sie konnte es nicht länger leugnen, der Herr Kaplan hatte nicht die geringste Ahnung, wie man mit Geld umging. Der klügste Weg, dem Abhilfe zu verschaffen, nämlich ihm eine tüchtige Hausfrau zu suchen, blieb ihr in seinem Fall verwehrt. Dabei wüsste sie einige geeignete Kandidatinnen. Sie ging sie im Geiste durch, aber keiner von ihnen würde sie es zutrauen, sich mit der Position einer Pfarrerskonkubine zufriedenzugeben.

»Habt Ihr schon mal daran gedacht, eine Haushälterin einzustellen?«

Lorenz sah überrascht von seinen Münzhäufchen auf. Zumindest konnte er ordentlich zählen. »Was mache ich denn mit einer Haushälterin?«

»Die könnte Euch nicht nur den Haushalt führen. Wenn man eine kluge Frau aussucht, eine Händlerswitwe oder Kaufmannstochter am besten, die kein Auskommen mehr hat, die könnte Euch auch die Bücher führen.«

»Nein, die Witwe Aigner holt meine Wäsche und schrubbt meine Böden, nachdem sie Eure gemacht hat, mehr Weibsbilder brauche ich nicht im Haus.«

»Aber irgendeine Dienstbotin braucht Ihr doch.«

»Ich brauch nur einen Knecht, der sich um Klepper und mich kümmert. Macht Euch da keine Gedanken, ich weiß da wen und hab ihm schon geschrieben.«

»Er kann lesen? Wie schön, kann er Euch die Bücher führen? Ist es ein Bediensteter aus dem Stift?«

Lorenz lachte. »Ein Kloster hat er glaube ich noch nie von innen gesehen, zumindest kein ungeplündertes, und er kann wenigstens so weit lesen, dass er meinen Namen und den der Stadt erkennt.«

Ilse merkte, wie ihre Kopfschmerzen wieder begannen. Die Arznei würde helfen, aber dann würde sie stundenlang schlafen. Sie sah sich um. Der Auslöser war wohl ohnehin ein anderer als ihre Verletzung.

»Lasst uns eine Pause machen. Ich hab mein Lavendelbier heute noch nicht getrunken, gehen wir zur Katharina.«

Müde ließ sich Ilse auf eine der Bänke vor der Braustube sinken. Quer über den Stadtplatz und zwischen den anderen Tischen des Gastgartens hindurch konnte sie das Lagerhaus sehen. An die Probleme dort dachte sie lieber nicht. Christoph hatte für einige Verstimmungen gesorgt, und nur mit Mühe und klingender Münze hatte Sigmund dafür sorgen können, dass die Bauarbeiten weitergingen. Bedrückender aber waren die Blicke, mit denen sie von den anderen Bürgern und Bürgerinnen bedacht wurde. Manchmal beschlich sie das Gefühl, sie sahen sie nicht mehr so recht als eine der Ihren an. Sie seufzte und wandte den Blick vom Lagerhaus ab.

Aber auch das brachte sie nicht von dem Thema ab. Durch die Nähe zur Baustelle hatten es sich gleich mehrere der Arbeiter hier gemütlich gemacht und ließen sich Katharinas Bier schmecken. Selbst die Böhmen waren nicht alleine. Ilse runzelte die Stirn. Wenn sie sich am helllichten Tag hier mit Hübschlerinnen vergnügen konnten, war Sigmunds Belohnungszahlung wohl zu üppig ausgefallen.

»Du glaubst nicht, was die Pollheimer schon wieder getan haben!«, hörte sie Katharina.

Ilse zuckte zusammen. Das fehlte ihr jetzt gerade noch.

»Sei doch so lieb und bring mir etwas vom Lavendelbier«, sagte sie.

»Einen neuen Braukessel haben sie einbauen lassen. Ohne irgendwelche Abgaben zu bezahlen. Ich sag es dir, die werden noch der Ruin aller anständigen Bürger hier in Wels sein.« Sie hatte sich dem Tisch genähert und hielt inne. »Aber Ilse, du bist ja ganz blass!«

»Die Frau Kramer hat es ein bisschen übertrieben und braucht ihr Lavendelbier«, mischte sich Lorenz ein.

»Bleib hier sitzen und beweg dich nicht, ich lauf sofort los. Nicht, dass du noch die Fallsucht kriegst.« Nach einem letzten besorgten Blick eilte Katharina davon.

»Ist das schon wieder meine Schuld?«, fragte Lorenz.

»Nein, damit habt Ihr nichts zu tun. Sie regt sich immer über die Pollheimer auf, das machen die Welser alle gerne.«

»Das meinte ich nicht. Eure Müdigkeit. Ihr habt den ganzen Tag für mich eingekauft und mir bei den Büchern geholfen.«

»Das wart nicht Ihr, die Arzneien machen mich müde. Ohne wäre ich vermutlich schon gesund.«

Lorenz betrachtete sie skeptisch, ging aber nicht weiter darauf ein.

»Ich war gestern mit dem Herrn Hohenfelder in der Burg, ich hab dort keinen neuen Braukessel gesehen.«

»Sie meint die anderen Pollheimer.«

»Die anderen?«

Ilse lachte. »Daran müsst Ihr Euch erst gewöhnen, wir sind hier von denen umzingelt. Das Schloss gehört ihnen, und seit der Christoph nicht mehr Burgvogt ist, hat der Kaiser die Burg auch an die Pollheimer verpachtet.«

»Ah, daher kamen die vielen Waffenknechte so plötzlich.«

»Erinnert mich nicht daran.«

»Was ist denn so schlimm an den Pollheimern? Ich kenne den Martin und den Wolf von Pollheim durchaus gut, das sind beides ehrenwerte Männer. Und der Burgvogt scheint auch ein guter Mann zu sein.«

Ilse beugt sich zu ihm und senkte ihre Stimme. »Man darf es nicht zu laut sagen, aber eigentlich sind sie nicht schlimm. Sie zahlen nur keine Abgaben. Müssen sie auch nicht, da ist nichts Verwerfliches dran.«

»Da Ilse, trink, dann bekommst du gleich wieder Farbe.« Katharina war mit drei Humpen Bier gekommen und setzte sich zu ihnen. »Ich sag es euch, wenn der Kaiser nicht so eine Schlafmütze wäre, würden die Kumpane vom König sich hier nicht so aufführen.«

»Frau Tätzgern, übertreibt Ihr da nicht ein wenig? Die Pollheimer sind alles ehrenwerte Männer. Wenn Ihr denkt, sie würden Unrecht handeln, dann müsst Ihr ein Beschwerdeschreiben verfassen.«

Erschrocken sah Ilse Lorenz an. Er würde doch nicht wirklich damit anfangen wollen?

»Als ob das etwas bringen würde!«, rief Katharina und schüttelte den Kopf.

»Was werft Ihr ihnen denn vor?«, fragte Lorenz. Ilse trat ihn unter dem Tisch, aber er schien es nicht zu bemerken.

»Was ich ihnen vorwerfe? Einen Braukessel nach dem anderen bauen sie ein, und dann kochen sie auch noch groß auf, und das ohne irgendwelche Steuern drauf. Die treiben noch jeden ehrlichen Gastwirt in der Stadt aus dem Geschäft.«

Katharina war immer lauter geworden. Zustimmende Rufe waren von den anderen Tischen zu hören. Auch die Böhmen grölten, aber sie waren wohl nur betrunken dem Beispiel der liederlichen Frauenzimmer an ihrer Seite gefolgt.

»Wir sollten uns das nicht mehr gefallen lassen!«, rief einer der Trinker.

»Ehrliche Handwerker bringen sie ums Geschäft. Sie lassen ihre Unfreien schuften und bringen uns um Arbeit und Lohn«, stimmte einer der Maurer zu.

»Anständige Bürger werden in den Kerker geworfen, weil den hohen Herren die Nase nicht passt«, sagte einer verbittert. Ilse sah den Sprecher überrascht an. Es war ihr Dachdeckermeister, normalerweise ein vernünftiger und friedliebender Mann.

»Es ist ihr Schloss, da können sie brauen und bauen, was sie wollen«, warf ein anderer ein, einer der Stallknechte der Pollheimer, wenn Ilse sich recht erinnerte. Eine Brezel flog in seine Richtung. Ein Brezelständer folgte. Empört sprangen seine Trinkkumpane auf.

»Eine Ruhe ist hier!«, brüllte Katharina, aber es war zu spät. Sommerhitze, Bier und gekränkte Gemüter ließen die anständigen Handwerker, die die übliche Klientel der Braustube waren, ihre guten Manieren vergessen. Dem Brezelständer folgte ein Bierhumpen, dem Bierhumpen Fäuste. Ilse duckte sich unter den Tisch. Hier war sie aber nicht lange in Sicherheit, einer der Böhmen krachte neben ihr zu Boden. Mit Mühe wich sie der Sitzbank aus, die er mit sich gerissen hatte. Er sprang wieder auf, nur um vom Herrn

Kaplan auf den nächsten Tisch geworfen zu werden. Als dieser zu Boden krachte und alles darunter unter sich begrub, erkannte Ilse, dass sie sich besser einen anderen Unterschlupf suchte. Der Weg auf den Stadtplatz führte mitten durch die Männer. Ihr blieb nur der Weg in das Brauhaus. Auf allen Vieren kroch sie durch das offene Tor. Weibliche Schreie ließen sie alarmiert aufschauen, aber es waren nur die beiden Hübschlerinnen, die mit gelüpften Röcken auf einem Tisch standen und die Kämpfenden mit johlenden Rufen anfeuerten.

»Frau Kramer? Wo seid Ihr? Frau Tätzgern?«, hörte sie den Herrn Kaplan hinter sich, aber sie hatte nicht vor, so kurz vor dem sicheren Unterschlupf kehrtzumachen. Einer der Böhmen krachte neben ihr gegen den Torbogen. Sie hoffte, es war der andere. Zwei solche Zusammenstöße konnten nicht gesund sein.

Ilse hatte die Braustube erreicht und brauchte einen Moment, um sich nach dem hellen Sommertag draußen im Halbdunkeln der Stube zu orientieren.

»Hier Frau Kramer, schnell«, hörte sie und spähte angestrengt in das dunkle Eck, aus dem die Stimme kam. Die Schankmagd und der junge Schankbursche hatten sich unter der festen Eckbank mit dem großen Tisch versteckt. Schnell krabbelte sie zu ihnen.

»Ist das nicht aufregend?«, sagte der Schankbursche, der keine zwölf Jahre alt war. »Das passiert hier sonst nie.«

»Ich weiß nicht, was los ist, Frau Kramer«, jammerte die Schankmaid, die nur ein paar Jahre älter als ihr Kollege war. »Seit Tagen sind alle Gäste so komisch drauf, das ist doch eine anständige Schenke.«

Ilse nahm die Hände der zitternden Magd. »Keine Sorge, wir sind hier gut untergebracht. Wir warten hier, bis der Herr Tätzgern für Ordnung sorgt.«

Es benötigte dann nicht nur einen Herrn Tätzgern, sondern ihrer zwei, und eine Frau Tätzgern obendrauf, um die Ordnung wieder herzustellen. Katharina hatte das Wasser, mit dem sie die Humpen spülte, über die Gäste gegossen, und Sigmund war seiner Gemahlin bald zur Seite geeilt. Aber erst Wolfgang und seine Büttel konnten den Tumult endgültig beenden. Ilse und ihre beiden Leidensgenossen blieben in ihrer sicheren Zuflucht, bis die letzten empörten Schreie der Verhafteten verklungen waren.

»Frau Kramer? Frau Kramer!«, hörte sie die dumpfen Rufe ihres Kaplans. Sie wagte sich unter dem Tisch hervor. Er entdeckte sie und eilte auf sie zu. Ungläubig sah sie ihn an. Er hatte eines der schmutzigen Wischtücher an seine aufgeplatzte Lippe gedrückt, aus der Nase rann ihm Blut und Schmutzwasser tropfte von seinen Haaren und seinem Rock.

»Da seid Ihr ja. Ich dachte, Ihr wärt ins Lagerhaus gelaufen, aber da hat Euch niemand gefunden.« Sie meinte, er sah sie erleichtert an, doch genau konnte man das beim gegenwärtigen Zustand seines Gesichts nicht sagen.

»Der Tisch hier war näher«, sagte sie, ihn immer noch anstarrend.

»Macht Euch keine Sorgen wegen dem Böhmen, der Euch angefallen hat. Ich hab mich um ihn gekümmert«, sagte er.

»Der Böhme? Er war nur umgefallen.« Bildete sie es sich ein oder war ihr Kaplan bester Laune?

»Ich helf Euren Brüdern die Bewusstlosen aufladen, setzt Euch besser hier wo hin, ich bring Euch dann heim.«

Ungläubig sah Ilse ihm nach, als er hinkend, aber beschwingt die Braustube wieder verließ.

7. Kapitel

AM NÄCHSTEN TAG, DER ebenso heiß wie alle in den letzten Wochen zu werden versprach, machten sich Ilse und Gertrud frühmorgens mit Anna und Giso auf zu Wolfgangs Haus. Sie wollten Käthe und Liesl abholen, um den Vormittag an der Badestelle vor der Stadt am Mühlbach zu verbringen. Ilse stand zwar durchaus auch der Sinn nach Abkühlung, aber sie würde endlich die Bestände durchgehen, um den Diebstählen auf die Spur zu kommen. Ein umfangreiches Unterfangen, und sie war froh, Kunigunde zur Hilfe zu haben.

Käthe und Liesl hatten schon auf ihre Vettern gewartet und kamen freudig mit ihren Schwimmblasen in der Hand aus dem Haus gelaufen. Zu Ilses Überraschung waren die beiden Mädchen aber nicht alleine, der Herr Kaplan folgte ihnen, seinen Badesack über der Schulter.

»Großer Gott, Ehrwürden, was ist denn mit Euch geschehen?«, rief Gertrud, die angesichts des Anblicks, den Lorenz bot, ihre sonst übliche Zurückhaltung vergessen hatte.

Auch Ilse starrte ihn entsetzt an. Das linke Auge war zugeschwollen, der rechte Mundwinkel verkrustet und die linke Gesichtshälfte blutunterlaufen. Wahrlich kein schöner Anblick.

»Ihr wollt doch nicht etwa in diesem Zustand zur Badestelle?«, fragte Ilse ihn, ohne zu viel Mitleid zu zeigen. Sie wusste ja, dass er an seinem Zustand selbst schuld war.

»Zur Badestelle? Nein, warum?«

Ilse zeigte auf seinen Badesack. »Dort sind hauptsächlich Kinder und Frauen, Ihr würdet ihnen Angst machen, so wie Ihr ausseht.«

»Ihr meint, mich kann man niemandem zumuten? Bin ich so entstellt?«, scherzte Lorenz.

»Ich meine es ernst. So könnt Ihr da nicht hingehen. Die Männer baden an der Traun, dort würdet Ihr ohnehin besser hinpassen.«

»Frau Mutter, wir nehmen den Herrn Kaplan gerne mit«, warf Giso ein.

»Singt Ihr uns etwas vor?«, fragte Anna begeistert.

»Von dem großen Kampf bei der Tante Katharina«, stimmte Käthe mit ein.

Lorenz lachte und verzog das Gesicht. »Bringt mich nicht zum Lachen, das tut weh.«

»Lasst den Herrn Kaplan in Ruhe«, sagte Gertrud. »Lasst uns gehen, sonst wird die Zeit bis zum Frühmahl zu knapp.«

Unter Protest, der aber gleich in Vorfreude umschlug, setzte sich die kleine Gruppe aus Kindern und Kinderfrau in Bewegung.

Lorenz sah ihnen nach. »Da gehen meine letzten Verbündeten. Jetzt seid nur mehr Ihr hier, die Ihr mich für ein Monster haltet.«

Kunigunde war aus dem Haus getreten und sah ihn mitleidlos an. »Da seid Ihr ja selber schuld dran, was man so hört.«

Lorenz schüttelte bedauernd den Kopf. »Ich seh schon, hier gibt es niemanden, der meine Wunden gebührend beweint. Ich geh zum Bader und lass mir ein paar Egel setzen, dann sehe ich am Abend wieder aus zwei Augen.«

Eine kurze Verbeugung in Richtung der beiden Frauen, dann machte sich der Herr Kaplan auf den Weg. Kunigunde sah ihm missbilligend nach.

»Stell dir vor, er hat dem Wolfgang wirklich einreden können, dass er nichts getan hat, außer dich und sich zu verteidigen. Er habe nur friedensstiftend eingreifen wollen, hat er gesagt, genau mit den schwülstigen Worten, und das aus seinem zerschlagenen Gesicht.«

Ilse sah ihm ebenfalls nach. »Das habe ich anders in Erinnerung.«

»Die Katharina auch, die hat mir etwas ganz anderes erzählt. Einen eigenartigen Pfaffen hat sich der Hohenfelder da ausgesucht.« Sie schüttelte missbilligend den Kopf. »Er hat schon die zweite Seife gekauft, weil er so oft im Badehaus ist. Hast du so was schon einmal von einem Pfarrer gehört?«

»Ich glaube, wenn es wegen der Heilung ist, dürfen die auch ins Badehaus«, wandte Ilse ein.

»Wegen der Heilung. Na, wenn man das glaubt«, sagte Kunigunde skeptisch.

»Solange es den Christoph nicht stört, darf er, denke ich.« Ilse war sich nicht sicher, warum sie das Gefühl hatte, den Herrn Kaplan verteidigen zu müssen.

»Uns kann es ja egal sein, und zumindest ist er ein guter Kunde. Gehen wir lieber und suchen deinen Dieb.«

Die Arbeit im Lagerhaus ging gut voran. Kunigunde war zwar kein Ersatz für einen Handelsdiener, der mit dem Geschäft vertraut war, aber sie führte selbst ihre Bücher und kannte den Ablauf. Nach und nach kontrollierten sie jeden Wareneingang, der nicht als verkauft verzeichnet war, darauf, ob er sich im Lager befand. Trotz des reduzierten Warenbestands würde das den ganzen Tag in Anspruch nehmen.

»Sag, kommt der Johannes immer noch zu Mariä Geburt nach Hause?«, fragte Kunigunde. Sie schloss die Truhe mit den Gewürzsäckchen, die sie gerade gezählt hatte, und drehte sich zu ihrer Schwägerin um.

Ilse hielt inne und legte die Schreibfeder weg. »Ich fürchte, das schafft er nicht. Das sind kaum mehr drei Wochen, da hat er sonst immer schon eine Nachricht vorausgeschickt, wann wir ihn erwarten können.«

»Hat er denn für den Jahrmarkt eingekauft?«, fragte Kunigunde besorgt.

»Zum Glück nicht. Wir waren uns nicht sicher, ob wir bis dahin ein Dach haben.« Ilse sah betrübt aus dem Fenster. »Die Bauarbeiten gehen nicht so voran, wie ich es mir gewünscht hätte, das hab ich ihm auch geschrieben. Damit hab ich ihn wohl länger in Venedig gehalten.«

»Vielleicht kommt er ja überraschend doch zum Jahrmarkt. Ansonsten solltest du auch nicht traurig sein, außer einem guten Geschäft kann ihn nichts von dir fernhalten«, versuchte Kunigunde ihre Schwägerin zu trösten.

Ilse lächelte. »Ein gutes Geschäft oder ein Abenteuer.«

»Abenteuer kann er hier auch haben. Mord und Diebstahl im eigenen Lagerhaus! Das müsste selbst für den Johannes aufregend genug sein.«

»Davon hab ich ihm lieber nichts geschrieben.«

»Denkst du nicht, er würde es wissen wollen?«

»Was soll er denn machen? Er würde sich nur Sorgen machen und unvorsichtig werden. Handelsreisen sind so schon gefährlich genug.«

»Trotzdem, das wird ihn nicht freuen, wenn er heimkommt und es erst dann erfährt.«

»Wenn alles schon vorbei ist, dann wird es schnell vergessen sein.«

»Ein Toter und ein Dieb in seinem Lagerhaus? Sein Sohn beschuldigt, seine Frau verletzt?«

»Fang nicht davon an.«

»Aber ich hab recht, oder?«

Nachdenklich drehte Ilse die Schreibfeder in ihrer Hand. Wenn nur alles vorbei wäre.

»Der Christoph hat hier nichts gefunden, keine weiteren Verstecke, und keiner der Arbeiter hat etwas zugegeben. Hat der Wolfgang denn schon eine Spur?«, fragte sie Kunigunde.

Die schüttelte den Kopf. »Er hat Verdächtige, sagte er, aber ich weiß nicht mal, ob für den Diebstahl oder den Mord.«

»Wir können doch nicht gleich zwei Verbrecher in der Stadt übersehen«, sagte Ilse frustriert.

»Vielleicht suchen wir ja gar nicht nach einem Dieb und einem Mörder, sondern nur einen Mörder. Was ist, wenn der Gregor der Dieb war?«, überlegte Kunigunde laut.

»Daran will ich lieber nicht denken. Du weißt, was alle dann sagen werden.« Ilse sah düster die Schreibfeder an.

»Dass der Barnabas ihn erwischt und in seiner Wut erschlagen hat.«

Ilse nickte. Es musste eine andere Lösung sein.

»Was ich nicht verstehe, ist warum irgendwer den Gregor ermorden hat wollen. Er war doch ein lieber Bub, außer ein bisschen Würfelspiel ab und an hat keiner etwas Schlechtes von ihm mitbekommen«, sagte Kunigunde.

Das brachte Ilse auf einen Gedanken. »Vielleicht ist das die Lösung.«

»Was? Das Würfelspiel?«, fragte ihre Schwägerin überrascht.

»Nein, ich meine, dass wir vielleicht falsch an die Sache herangegangen sind. Wenn man herausfindet, warum jemand den Gregor hätte töten wollen, dann findet man den Mörder.«

»Wenn jeder zum Mörder wird, der einen töten will, würden wir den Galgen öfter als nur alle paar Jahre mal brauchen«, wandte Kunigunde ein.

»Aber jemand hat ihn ermordet, und der muss doch einen Grund gehabt haben.«

»Der Wolfgang denkt da sicher dran und kümmert sich darum.«

Die beiden Frauen widmeten sich wieder ihrer Arbeit, aber Ilse konnte den Gedanken nicht aus dem Kopf bekommen, dass einen Dieb im Lagerhaus seines Vaters zu erwischen, durchaus ein solcher Grund für einen Mord sein könnte.

Die beiden Frauen hatten fleißig gearbeitet, und so waren sie schon am späten Nachmittag auf dem Weg nach Hause. Zu ihrer Erleichterung fehlte nichts außer den Muskatnüssen, und alle davon waren in dem Säckchen, das sie gefunden hatten. Ilse hatte Kunigunde als Dank für ihre Hilfe mit Wolfgang und den Mädchen zum Sonntagsmahl eingeladen. Aber wie immer, wenn Christoph zuhause war, fand sie eine Ausflucht, um die Einladung nicht anzunehmen.

Ilse drängte ihre Schwägerin nicht. Sie hatte recht, man sollte die beiden Männer nicht an einen Tisch setzen, das endete immer in einem Streit. Außerdem war Ilse mit ihren Gedanken woanders als bei den Launen ihrer Verwandten. Sie hatte eine Idee, der sie nachgehen wollte, und so führte ihr Weg sie in die Schmiedgasse.

Ilse glaubte nicht, dass der Gregor ein Dieb war. Aber was hatte er sonst in der Nacht im Lagerhaus gemacht? Hatte ihn sein Meister geschickt, um die Fenster auszumessen? Doch warum war er alleine? In seinem Alter konnte er noch nicht lange in der Lehre sein, ein so wichtiger Auftrag würde ihm doch nicht anvertraut werden. Wenn sie Antworten auf diese Fragen wollte, würde sie mit dem Meister Brandtner sprechen müssen. Beim letzten Mal war er ja nicht gerade freundlich gewesen, aber zumindest sollte sie es versuchen. Entschlossen beschleunigte sie ihre Schritte. Sie war eine gute Kundin. Bei ihrem ersten Besuch war sein Zustand nach der schlimmen Nachricht verständlich gewesen, aber er würde sich inzwischen sicher beruhigt haben und sie höflich empfangen.

An der Schmiede angekommen war alles still. Ilse sah sich um. Auch in den anderen Werkstätten der Schmiedgasse wurde nur zum Teil gearbeitet. Ob das an der Hitze lag? Außer an kalten Wintertagen war die Temperatur in einer Schmiede wohl nie angenehm zu nennen, bei dem gegenwärtigen Wetter musste sie unerträglich sein. Der Meister Brandtner hatte ja erwähnt, dass er in der Nacht arbeitete.

Ilse trat in die Werkstatt ein und sah sich um.

»Meister Brandtner?«, rief sie. Weder von ihm noch von seinem Gesellen war etwas zu sehen. Hatte der Brandtner Frau und Kinder? Ilse konnte sich an keine Familie erinnern. Hatte er nicht die Witwe seines Vorgängers geheiratet, um die Schmiede und das Bürgerrecht zu bekommen? Dann war sie wohl wesentlich älter gewesen und hatte ihn als kinderlosen Witwer zurückgelassen. Ilse seufzte. Der arme Mann. Vermutlich hatte ihn deshalb Gregors Tod so mitgenommen.

Ob er aus Trauer die Stadt ganz verlassen hatte? Dann wäre die Schmiede schon länger kalt, das ließe sich herausfinden. Ilse ging zur Feuerstelle und nahm den Schürhaken.

»Was macht Ihr da?«, hörte sie eine Stimme hinter sich.

Erschrocken ließ Ilse den Schürhaken fallen. Eine Aschewolke stob auf und brachte sie zum Husten. Es dauerte etwas, bis sie wieder sprechen konnte. Mit Tränen in den Augen sah sie, wer in die Schmiede gekommen war.

»Meister Brandtner, Ihr seid es. Ihr habt mich aber erschreckt«, sagte sie.

»Dann treibt Euch nicht in fremden Häusern rum. Was macht Ihr da?«

»Ich wollte sehen, ob das Schmiedefeuer kürzlich gebrannt hatte.«

»Und warum?«, fragte er misstrauisch.

»Ich war mir nicht sicher, ob Ihr überhaupt in der Stadt seid.«

»Ich bin hier. Was wollt Ihr?«

Ilse betrachtete ihn. Freundlicher als beim letzten Mal war er nicht, aber er sah um einiges besser aus. Seine Schecke und die Beinlinge waren neu, und er hatte sich vom Bader Haare und Bart richten lassen. Er war ein gutaussehender Mann, auch wenn er schon auf die 50 zuging.

»Es ist wegen dem Gregor«, begann sie.

Seine Miene verfinsterte sich.

»Ich habe mich gefragt, was er denn am Abend im Lagerhaus gemacht hat«, fuhr Ilse schnell fort.

»Wir haben die Fenster vermessen. Für die Gitter. Das wisst Ihr doch«, antwortete er mürrisch.

»Dann wart Ihr bei ihm, als es geschehen ist?«

»Ich? Bei ihm? Wer sagt das?«

Er war laut geworden. Ilse trat einen Schritt zurück. »Ihr sagtet doch, Ihr hättet gemeinsam die Fenster vermessen.«

»Ja, haben wir. Dann bin ich gegangen und er ist zurückgegangen, wegen dem Maßstab.«

»Dem Maßstab?«

»Ja, der war im Lagerhaus geblieben und der Gregor sollte ihn holen.«

»Wann war das denn? Und wann hättet Ihr ihn zurückerwartet?«

»Das weiß ich nicht mehr. Alles Wichtige hab ich dem Stadtrichter erzählt. Das sind keine Dinge, an die man noch denken möchte. Ich hab jetzt eine Verabredung und bin in Eile. Einen schönen Tag noch, Frau

Kramer.« Er ließ Ilse stehen und verließ die Schmiede Richtung Stadttor.

Verärgert sah sie ihm nach. Sie verstand, dass an den Tod von seinem Lehrbub zu denken eine Belastung war, aber das hatte sie so gar nicht weitergebracht. Doch es gab noch jemanden, den sie befragen konnte.

Ilse erreichte den Pfarrhof und die dort untergebrachte Schule. Der Unterricht war noch in vollem Gange. Ob sie stören sollte? So dringend war ihr Anliegen dann doch nicht. Sie machte es sich auf der Bank vor dem Schulhaus bequem und hörte zu, wie eine Knabenstimme nach der anderen mit wenigen Mädchen dazwischen einen lateinischen Text rezitierte. Von hier aus konnte sie den um diese Tageszeit still vor ihr liegenden Friedhof überblicken und sah hinüber zum Benefiziatenhaus, vor dem Klepper zufrieden graste. Dass das Gras allmählich gelb und trocken wurde, schien ihn nicht weiter zu stören. Von seinem Herrn war nichts zu sehen.

»Frau Tante, braucht Ihr uns? Sollen wir nach Hause kommen?«, weckte sie die hoffnungsvolle Stimme ihres Neffen. Ilse war in der warmen Sonne eingedöst.

»Danke, Sebastian, aber ich bin wegen dem Herrn Magister hier«, sagte sie verschlafen.

»Wir könnten sofort mitkommen, wenn Ihr unsere Hilfe braucht.«

»Du hast die Frau Kramer gehört. Geh zu den anderen und mach deine Pause oder widme dich wieder deinen Studien«, sagte der Schulmeister streng, der hinter Sebastian an die beiden herangetreten war.

Mit einem letzten flehentlichen Blick auf seine Tante ließ der sie alleine.

»Frau Kramer, Ihr wollt zu mir?«

Ilse erhob sich und kam näher. »Ich wollte Euch etwas fragen, wenn ich Euch nicht störe.«

»Keineswegs, wir machen gerade Pause.«

»Die Sache mit dem Gregor lässt mir keine Ruhe.«

»Das ist nur zu verständlich. Aber ich kann Euch beruhigen und berichten, dass ich jegliche Böswilligkeiten gegenüber dem Barnabas sofort unterbunden habe.«

Ilse sah ihn entsetzt an. »Der Barnabas hatte deswegen Probleme in der Schule?«

»Ihr wisst doch, wie junge Leute sind, wenn man ihnen zu viel Zeit lässt. Ständig Flausen im Kopf.« Er fixierte etwas über ihre Schulter. »Markus, nimm sofort dieses Tier aus dem Ernst seiner Gugel«, brüllte er. Ilse drehte sich um und sah, wie einer der Schüler eine der vielen am Friedhof lebenden Katzen absetzte. »Aber das war vorbei, als Ihr krank geworden seid«, fuhr der Schulmeister fort, als ob nichts gewesen wäre. »Seine Mitschüler haben ohnehin nie wirklich geglaubt, dass er etwas mit der Sache zu tun hatte, da hat ihr Mitleid in seiner Situation natürlich schnell überwogen.«

»Ihr seid Euch also auch sicher, dass der Barnabas unschuldig ist?«, fragte Ilse erleichtert.

»So weit würde ich nicht gehen. Ich habe ein ernstes Gespräch mit ihm und dem Sebastian führen müssen.« Sie sah den Schulmeister erschrocken an. Dieser schüttelte missbilligend den Kopf. »Sie haben den Gregor immer wieder zum Würfelspiel und anderem unnützen Zeitvertreib überredet. Wer weiß, welch zwielichtige Gestalten er da kennengelernt hat.«

»Ja, der arme Gregor. Die Gertrud meinte, Ihr hättet Euch öfter mit ihm unterhalten? Und sein Lehrherr hat erwähnt, Ihr hättet Kontakt mit den Eltern gehabt?«

»Die Gertrud hat mit Euch über mich gesprochen?«, fragte Magister Crusius erfreut.

Zu einer anderen Zeit wäre Ilse gerne auf dieses Thema eingegangen, aber heute durfte sie sich nicht ablenken lassen.

»Ja. Sie meinte, Ihr hättet den Gregor zum Schulbesuch überreden wollen.«

Der Schulmeister nickte. »Was für eine Verschwendung. Ich habe seinem Lehrherrn gesagt, dass es ja nur ein paar Stunden in der Woche sein müssten, aber er wollte nichts davon hören.«

»War der Gregor denn so klug?«, fragte Ilse erstaunt, die nichts in dieser Art an ihm bemerkt hätte. Aber sie hatte auch immer nur kurz mit ihm zu tun gehabt.

»Das nicht gerade. Doch es wäre schon ausreichend für die Schule gewesen. Und seine Eltern wären auch einverstanden gewesen und das Schulgeld hätten sie auch gezahlt.«

»Aber warum wolltet Ihr denn unbedingt, dass er die Schule besucht?«

»Seine Stimme, wie ein Engel. Und Ihr wisst doch, in welchem Zustand unser Chor ist. Die Messen sind wahrlich kein Vergnügen. Aber im Schülerchor können nun mal nur Schüler singen.« Er seufzte.

Ilse wusste nicht recht, was sie sagen sollte. Der Chor war wirklich nicht schön anzuhören, obwohl der Herr Magister sich Mühe gab. Der Sebastian war der Einzige, der singen konnte. Sie nickte mitfühlend.

»Vielleicht sollte ich tun, was der Kaplan Mittenauer mir geraten hat«, sagte der Schulmeister.

Ilse lachte. »Er soll eine schöne Stimme haben, heißt es, aber niemand wird ihn für einen Schüler halten.«

»Ihr habt ihn noch gar nicht gehört? Selbst bei den Gedenkmessen für die verstorbenen Hohenfelder hat er den einen oder andern Zuschauer angelockt.«

»Leider nein. Erst hat er sich noch eingewöhnt und dann war ich krank.«

»Das müsst Ihr noch nachholen. Aber ich habe mich auf seinen Rat bezogen, einen Männergesangsverein der Pfarre zu gründen.«

»Das klingt ganz wunderbar.«

»Ja, wenn man weglässt, dass der Herr Kaplan uns ‚Marias minnende Mannsbilder' nennen wollte.«

Ilse lachte. Dass der Gregor eine schöne Stimme hatte, brachte sie auf der Suche nach einem Mordmotiv zwar nicht weiter, aber sie würde die Gelegenheit zu einem anderen Zweck ergreifen.

»Da muss man nochmal darüber reden, doch ansonsten klingt der Vorschlag ganz gut. Ihr solltet am Sonntag nach der Messe zu uns zum Frühmahl kommen, um alles zu besprechen. Die Gertrud interessiert sich auch sehr für die Chormusik, Ihr könntet ihr dazu Auskunft geben.«

Der Schulmeister wurde kreidebleich. Hätte sie Gertrud besser nicht erwähnen sollen? War sie zu plump vorgegangen?

»Das darf doch nicht wahr sein!«, rief er und lief los. Ilse ahnte, dass er nicht vor dem Gedanken an ihre Kinderfrau flüchtete, und sah ihm nach. Ungläubig betrachtete sie das Bild, das sich ihr bot. Die Schülerschar war zu Klepper in die Koppel gestiegen und ein besonders Wahnwitziger versuchte, auf ihm zu reiten. Der schien wenig erfreut über diese Störung an einem heißen Sommertag und schüttelte sich widerwillig, aber gutmütig. Ilse atmete erleichtert auf. Der Herr Magister würde gleich für Ordnung sorgen.

Der Moment, in dem sie erkannte, dass Barnabas auf Klepper saß, war auch der, in dem das Unglück seinen Lauf nahm. Unruhe kam in die Schülerschar. Eine schnelle Bewegung, etwas flog in hohem Bogen in die Luft und auf den Reiter zu. Ein schriller Schrei einer Schülerin, ein Wiehern, und los ging die wilde Jagd. Der Zaun splitterte, das Schlachtross gab nichts auf ein so unbedeutendes Hindernis.

Hier hätte sich noch alles zum Guten wenden können. Die Grabsteine ließen keinen geraden Weg zu, und nach rechts wäre sowohl durch die Pfarrgasse als auch durch die Gärten bald die Stadtmauer und damit das Ende des Ritts erreicht. Klepper aber ließ sich nicht aufhalten. Den Gräbern wich er gewandt aus, als würde es sich um feindliche Landsknechte handeln, und gezielt hielt er auf den einzigen größeren Durchlass zwischen Friedhof und Pfarrgasse zu, geradewegs auf den Stadtplatz hin.

Das alles nahm Ilse im Laufen wahr. Sie wusste nicht, ob es ihr Kopf oder die Arzneien waren, oder sie zu lange im Bett gelegen war, aber sie konnte nicht einmal mit dem Schulmeister mithalten. Dieser wiederum konnte nur mit Mühe seiner johlenden Schülerschar folgen, die Klepper und Barnabas mit immer größerem Abstand hinterherlief.

Das Getümmel am Stadtplatz würde die beiden sicher bremsen. Ein durchgehendes Pferd in der Stadt war ein seltener Anblick, kam aber durchaus vor. Zwischen den Geschäften und den Menschen würde bald kein Durchkommen sein und der wilde Ritt beendet.

Als Ilse den Friedhof verließ und einen freien Blick den Stadtplatz hinab hatte, erkannte sie ihren Irrtum. Für ein gewöhnliches Pferd mochten eine Menschenmenge und die Verkaufstische vor den Häusern ein Hindernis sein, für Klepper, der das unübersichtliche Stechen, Schreien und Sterben von Schlachtfeldern kannte, war das keinen Gedanken wert. Immer weiter ging sein wilder Lauf, immer schneller wand er sich durch die Menge. Ilse sah Barnabas schon gefallen und zerschmettert unter den riesigen Hufen liegen. Sie hörte seine Schreie, er hatte sich in der Mähne festgekrallt und lag hilflos halb auf dem Rücken, halb auf dem Hals des gewaltigen Schlachtrosses.

Die Mägde vor dem oberen Stadtbrunnen konnten nur mit Mühe ausweichen. Spielende Kinder wurden von mutigen Bürgern in Sicherheit gezogen. Wolfgang und zwei Ratsherren traten aus dem Rathaus und sprangen zu Seite.

Ilse sah alles verloren, als ein Minorit den Stadtplatz überquerte. Er war ins Gebet vertieft, den gesenkten Kopf unter seiner großen Kapuze verborgen hielt er auf die Gasse zu, die ihn in sein Kloster bringen würde. Klepper konnte er nicht bemerken, ein Zusammenstoß war unvermeidlich.

Die sich verdichtende Menschenmenge sah das drohende Unheil. Geschrei war zu hören, mutige Männer liefen auf das Schlachtross zu, um es zu stoppen, Magister Crusius beschleunigte seinen Lauf, Ilse wusste nicht, wie er das schaffte. Aber keiner von ihnen war nahe genug.

Die Aufmerksamkeit aller war auf Klepper und seinen hilflosen Reiter gerichtet, und so bemerkte niemand, dass die Rettung schon nahte. Achaz von Pollheim und ein junger Ritter aus seiner Familie waren durchs Lederertor geritten. Ein Zögern hätte auch sie zu spät kommen lassen, aber die Pollheimer standen nicht umsonst so hoch in der Gunst von Kaiser und König. Der Burgvogt hielt auf Klepper zu, sein junger Begleiter hatte vom Pferd den Minoriten an seinem weiten Gewand gepackt und halb in Sicherheit getragen, halb geschliffen. Einen schrecklichen Moment musste Ilse noch ertragen, als Klepper sich gegen den vermeintlichen Angreifer zur Wehr setzte. Aber der Burgvogt wich dem ausschlagenden Schlachtross so geschickt aus, umtänzelte ihn mit seinem leichteren und wendigeren Jagdpferd, dass nur ein Stand mit Obst zu Bruch gegangen war, bevor Klepper unter Kontrolle gebracht war.

Die Angst und Aufregung der Zuschauer schlug in Wut um, und sie hätten Barnabas wohl vom Pferderücken gerissen, wenn Wolfgang ihnen nicht zuvorgekommen wäre. Die Anwesenheit von Stadtrichter und Burgvogt hielt die wütende Menge auf Abstand. Ilse war mit ihren Kräften am Ende und ließ sich auf die Bank vor dem unteren Stadtbrunnen sinken. Die eben noch den Reiter anfeuernde Schülerschar verschwand eilig und unauffällig in der Menschenmenge.

»Klepper! Was machst du denn hier?«, hörte Ilse die Stimme des Herrn Kaplan. Er war in Begleitung einiger Minoriten und war wohl mit ihnen aus ihrem Kloster gekommen. Sein Gesicht sah kaum besser aus als am Morgen, und auch sein Gang war noch unstet. Mühsam bahnte er sich den Weg durch die Menge bis zu seinem Schlachtross, das die Aufregung vergessen hatte und vollauf mit dem am Boden verstreuten Obst beschäftigt war.

»Ist das Euer Ross?«, fragte ihn der Burgvogt.

Der Herr Kaplan hatte Klepper erreicht und legte ihm die Hand auf die Schulter.

»Muss es wohl sein, auch wenn mein Pferd eigentlich vor meinem Haus stehen sollte und nicht mitten am Stadtplatz.«

Klepper schnaubte zufrieden, rieb kurz seinen Kopf an seinem Herrn und widmete sich dann wieder dem verstreuten Obst. Der Herr Kaplan begann ihn abzutasten und auf Verletzungen zu untersuchen.

»Wie könnt Ihr nur so ein gefährliches Pferd an Eurem Haus halten? Mitten in der Stadt!«, fragte der Burgvogt erbost.

»Gefährlich? Er ist nicht gefährlich, er ist lammfromm«, beteuerte Lorenz.

»Ich kenne das Brandzeichen, der ist aus dem Stall des Königs.«

»Und wenn der König Maximilian meint, ich kann mit dem Klepper umgehen, dann muss das für Euch auch reichen.«

»Wie könnt Ihr es wagen, eine derartige Rede wider mich zu führen?«

»Wie könnt Ihr mein Pferd beleidigen?«

Ilse konnte nicht länger zusehen, auch wenn sie am liebsten unauffällig mit den Buben nach Hause gegangen wäre. Der Herr Kaplan schien kurz davor, den Burgvogt anzugreifen. In seinem Zustand sollte er sich wirklich nicht auf Handgreiflichkeiten einlassen, schon gar nicht mit dem Herrn von Pollheim. Sie kam näher und trat zwischen die beiden Männer.

»Habt vielen Dank für Eure Hilfe, Herr Pollheimer. Ihr habt meinem Sohn seine Knochen, wenn nicht das Leben gerettet.«

Der Burgvogt hielt inne und sah sie an. »Das ist Euer Sohn, Frau Kramer?«

»Ja, das ist er.«

»Und Ihr, Ihr seid der neue Hohenfelder-Kaplan?«, fragte er an Lorenz gewandt.

»Der bin ich.«

»Dann wollen wir mal froh sein, dass nichts weiter geschehen ist. Herr Tätzgern, ich überlasse Euch alles Übrige.« An Lorenz gewandt fuhr er fort. »Und Ihr sprecht mit dem Herrn Hohenfelder. Seine Pferde stehen im Schloss, das wäre für dieses Tier auch ein geeigneterer Stall.«

Ilse sah, dass Lorenz Widerworte geben wollte, und sagte hastig: »Habt vielen Dank, Herr Pollheimer, wir werden das zuhause besprechen.«

Damit sah Achaz von Pollheim seine Aufgabe als erledigt an und machte sich mit seinem Begleiter auf in die Burg. Ilse atmetet erleichtert auf. Das erste Problem war gelöst. Sie wandte sich an Barnabas.

»Was hast du dir nur dabei gedacht!«

»Aber Frau Mutter, ich kann nichts dafür. Ich hab ihn voll unter Kontrolle gehabt. Wenn der Markus nicht die Katze nach mir geworfen hätte, wäre nichts passiert.«

»Siehst du immer noch nicht ein, was du angestellt hast?«, schimpfte sie.

»Es ist doch nichts passiert«, sagte er trotzig.

Ilse fehlten die Worte. Was sollte sie nur mit dem Buben machen?

Wolfgang packte ihn wütend am Ohr. »Wie kannst du deiner armen Mutter nur immer so einen Kummer machen?«

»Aua, aber Herr Onkel, ich wollte das doch nicht«, jammerte Barnabas.

»Das ist mir völlig egal. Aber wenn du das Getier anderer Leute so interessant findest, wirst du morgen am Markt den Mistsammlern helfen, den Unrat des Viehs vom Stadtplatz zu entfernen.«

»Aber Herr Onkel, das ist unehrliche Arbeit.«

»Du hast dich auch unehrlich verhalten, leb mit der Schande!«

Aus der Menge wurde Zustimmung laut. Sebastian, der sich halb hinter Ilse versteckt hielt, kicherte.

»Und du, du steckst da sicher mit drin, du hilfst ihm«, sagte Wolfgang.

»Ich? Ich hab gar nichts getan, ich schaufle doch keinen Mist«, rief der entrüstet.

»Doch, das wirst du, und ich werde mit deinem Vater sprechen, warum das nötig ist«, sagte Lorenz und stellte sich neben Wolfgang. Der Schulmeister nickte. Sebastian erkannte, dass er keine Chance hatte, der Bestrafung zu entgehen.

Ilse war sich nicht sicher, ob er das verdient hatte, aber sie war zu erleichtert, um zu widersprechen. Durch den Beistand des Herrn Kaplan würde das nicht wieder zu einem Streit zwischen Christoph und ihrem Bruder führen, und die Fürsprache vom Magister Crusius würde ihr Übriges tun. Dankbar lächelte sie die beiden an. Ihr Lächeln erstarb, als sie in das trotzige Gesicht von Barnabas blickte. Was sollte sie mit dem Buben nur machen?

8. Kapitel

DER NÄCHSTE TAG SAH den ganzen Haushalt noch vor Sonnenaufgang zu einem Becher mit warmer Milch versammelt. Es war Markttag, und jeder hatte Besorgungen zu erledigen. Maria und Agnes hatten eine lange Einkaufsliste abzuarbeiten. Judith brauchte Garn, das zurzeit nicht im Lagerhaus vorhanden war, und Gertrud und die Kinder würden heute am Seifenstand aushelfen. Barnabas und Sebastian warteten missmutig darauf, ihre Strafe anzutreten. Der Magister Crusius war da, um die beiden zu begleiten. Alle Versuche, ihn davon zu überzeugen, dass das, was geschehen war, nicht seine Schuld war, waren vergebens geblieben. Auch Ilse hatte am Markt zu tun. Sie hoffte, jemanden zu finden, dem sie einen Brief an ihren Handelsdiener Rainald mitgeben konnte, der für die Zeit der Bauarbeiten seine Familie in der Nähe von Steyr besuchte. Christoph mied wie immer den Markt. Er wollte zum Burgvogt, um sich für die Hilfe vom Vortag zu bedanken und das Problem mit Klepper zu besprechen. Der

Herr Kaplan war hier, um jeden davon zu überzeugen, dass es kein Problem mit Klepper gab, das zu besprechen wäre.

»Aber er ist wirklich lammfromm, ein gutmütiger alter Klepper«, sagte Lorenz zum wiederholten Male.

»Er ist ein Schlachtross, und der Achaz Pollheimer hat recht, dass ein solches Tier nicht mitten in die Stadt gehört«, erwiderte Christoph.

»Es wäre viel weniger Arbeit für Euch, wenn er im Schloss untergebracht wäre«, wandte Ilse ein. »Und er hätte andere Pferde als Gesellschaft.«

»Aber Klepper mag keine anderen Pferde.«

»Dann bleibt immer noch die Arbeit. Denkt daran, wie mühsam es im Winter wird.«

»Viel Arbeit so Viehzeugs, ich bin froh, dass wir die Ziegen und die Schweine zum Schlachter gebracht haben«, sagte Maria.

»Frau Mutter, dürfen die Anna und ich Hühner haben und die Eier verkaufen?«, fragte Giso.

Gertrud zog ihn zur Seite. »Jetzt nicht, das besprechen wir ein andermal.« An Christoph gewandt fuhr sie fort: »Denkt Ihr, das Tier ist gefährlich für die Kinder? Die spielen doch alle so gerne am Friedhof.«

»Der Klepper ist doch keine Gefahr für Kinder! Eine ganze Schar war in seiner Koppel, und keiner hat einen Kratzer abbekommen«, rief Lorenz erbost. »Nicht einmal die, die es verdient hätten«, fuhr er mit einem finsteren Blick Richtung Barnabas fort.

Christoph runzelte die Stirn. »Auch wenn es mir nicht gefällt, es liegt nicht in unserer Hand. Der Stadtrichter entscheidet, ob Euer Schlachtross zu gefährlich ist, um in der Stadt gehalten zu werden.«

»Aber mein Haus gehört doch zur Pfarre.«

»Der Pfarrer Söllner liegt zwar oft und, wie ich denke, gerne mit den Bürgern im Streit, aber in diesem Punkt wird er auf den Herrn Tätzgern hören, fürchte ich. Wollt Ihr dem nicht zuvorkommen? Die Ilse hat recht, so ein Pferd macht viel Arbeit, und im Schloss wärt Ihr die Mühen los. Unsere Pferde werden dort hervorragend versorgt, selbst Ilse ihren alten Zelter hat noch niemand zum Abdecker gebracht.«

»Mein Knecht kommt bald«, sagte Lorenz trotzig.

Das führte zu nichts. Ilse setzte der Diskussion ein Ende, bevor ein Streit daraus entstand. »Warten wir doch ab, was der Herr Pollheimer und mein Bruder zu der Sache zu sagen haben. Vielleicht machen wir uns umsonst Gedanken und keiner will Klepper aus der Stadt haben.«

Das war für alle das Zeichen zum Aufbruch. Nach einem kurzen Durcheinander, weil die Buben sich weigerten, abgetragene Kleidung für ihre Arbeit anzuziehen, und einem Machtwort von Christoph, der entschied, dass nur weil sein Sohn sich neuerdings benahm wie ein Bauer, er nicht auch noch wie einer aussehen sollte, machte sich der Haushalt auf den Weg.

Christoph war der Erste, der sich am Marktplatz von ihnen trennte, um zur Burg zu gehen. Maria und die Mägde machten sich auf ins Getümmel, um die frischesten Waren zu bekommen. Lorenz verabschiedete sich, um ebenfalls einzukaufen. Er wirkte eher wie ein Mann mit einer Mission als ein Einkäufer. Ilse vermutete, dass er mit so vielen Welsern wie möglich sprechen wollte, um sie von der Harmlosigkeit von Klepper zu überzeugen. Sie selbst blieb mit Gertrud, Magister Crusius und den Kindern vor dem Haus von Wolfgang und Kunigunde zurück.

Käthe und Liesl halfen schon eifrig dabei, die Waren zu präsentieren, Giso und Anna schlossen sich ihnen an. Ilse spannte mit Gertrud den Baldachin über dem Verkaufstisch auf. Sie wollte bleiben, bis Wolfgang die Buben abholte, da konnte sie sich gleich nützlich machen.

Der war wie immer schon viele Stunden wach, um die Aufbauarbeiten zu überwachen, er ließ aber nicht lange auf sich warten.

»Da sind ja die fleißigen Markthelfer«, sagte er anstatt einer Begrüßung.

Ilse hatte alle Hände voll zu tun und winkte ihm nur kurz zu, aber er hatte sie hinter dem Vordach nicht gesehen. Magister Crusius hingegen schien nur auf diesen Moment gewartet zu haben.

»Guten Morgen, Herr Tätzgern. Ich bleibe heute bei den Buben, wenn es recht ist, und habe ein Auge auf sie. Die Frau Kramer ist wirklich froh, dass die beiden heute außer Haus zu tun haben«, begann er.

»Das kann ich durchaus verstehen, aber warum will sie sie nicht zuhause haben, gab es noch mehr Ärger?«, fragte Wolfgang besorgt.

»Es gab wohl heftige Dispute im Haushalt. Der Herr Hohenfelder möchte, dass der Kaplan Mittenauer das Pferd aus der Stadt schafft. Dabei ist es doch sein einziger Besitz.« Magister Crusius seufzte traurig. Ilse traute ihren Ohren kaum bei diesem Laientheater, aber Wolfgang ging darauf ein.

»Das kann so einer nicht verstehen, dass ein Pferd ein wertvoller Besitz ist. Einen ganzen Stall voll hat er bei den Pollheimern«, sagte er.

»Das alte Pferd ist alles, was dem Herrn Kaplan von früher geblieben ist. Und jetzt will der Herr Hohenfelder es fortschaffen lassen.«

»Das werden wir noch sehen, ich bestimme, welches Viehzeug eine Gefahr in der Stadt ist und welches nicht.«

»Das habe ich gegenüber dem Herrn Kaplan ebenfalls angeführt, um ihn zu trösten. Aber er hat verständlicherweise Sorge, dass sich die Stadt da nicht durchsetzen kann und das arme Tier zum Abdecker muss. Einen Stall bei den Pollheimern kann er sich nie leisten.«

»Sagt ihm, er soll sich da keine Gedanken machen, ich kümmere mich schon drum.«

Wolfgang scheuchte die Buben auf, die es sich im Haus gemütlich gemacht haben. Er hatte dem Schulmeister den Rücken zugewandt, und somit sah nur Ilse dessen triumphierenden Blick. Gertrud war ebenfalls am Verkaufstisch geblieben und hatte alles mitbekommen. Mit verschränkten Armen sah sie dem

Magister nach, der sich sputete, mit Wolfgang Schritt zu halten. Ilse trat zu ihr.

»Habt Ihr das gehört?«, sagte die Kinderfrau missbilligend.

»Mischen wir uns da besser nicht ein. Wenn mein Bruder endlich vernünftig mit dem Christoph sprechen würde, müsste er sich nicht auf Hörensagen verlassen und niemand könnte ihm etwas vormachen.«

Gertrud sagte darauf nichts, sondern widmete sich wieder der Aufbauarbeit.

Ilse ließ sie mit den Kindern zurück und machte sich auf den Weg zu Katharina. In ihrer Braustube erzählten die Marktfahrer etwas mehr von sich, sie würde wissen, wer aus der Gegend von Steyr kam und den Brief mitnehmen würde.

Es war nicht einfach, an einem Markttag seinen Weg über den Stadtplatz zu finden. Immer wieder blieb Ilse stehen, um mit Bekannten ein paar Worte zu wechseln oder die angebotenen Waren zu begutachten. Sie hatte Katharina fast erreicht, als sie der Haunoldin ausweichen musste und in eine Menschenmenge geriet, die sie weiter den Platz hinab Richtung Rathaus mitschob. Erstaunt sah sie, dass der Pranger in Verwendung war. Eine Frau steckte im Halseisen. Das kam zwar nicht so selten vor, aber Ilse hatte nichts davon mitbekommen, dass jemand verurteilt worden war. Zankereien, die den Pranger verdienten, waren normalerweise Stadtgespräch. Und führten dazu, dass beide Beteiligten bestraft wurden, nicht nur eine.

Ilse trat näher. Die Verurteilte war nicht alleine, und das war es, was die Menschenmenge angelockt hatte. Es waren die beiden Hübschlerinnen, die in den Tumult in Katharinas Braustube verwickelt gewesen waren. Die eine, ein junges Mädchen, das Ilse völlig unbekannt war, war ins Eisen geschlagen. Die andere, eine ältere Frau, die unter der Woche am oberen Stadtbrunnen ihrem Gewerbe nachging, stand neben ihrer Kollegin und beschimpfte die Zuschauer aufs Übelste. Diese waren davon aber eher belustigt als beleidigt. Boso der Spielmann nutzte die Gunst der Stunde, um eine Runde nach der anderen mit seinem Münzbeutel zu gehen. Er würde seinen Verdienst wohl mit der Hübschlerin teilen müssen.

Ilse zog sich schnell wieder aus der Menge zurück. Am Morgen war das noch lustig, es würde aber unerfreulich werden, wenn der Markt langsam dem Ende zuging und die Marktfahrer die ungenießbaren Reste ihrer Waren als billige Wurfgeschosse verkauften.

Sie fand ihren Weg in die Braustube. Hier war noch nicht allzu viel los, nur vereinzelt tranken Gäste ihr Frühstücksbier. Ilse suchte sich einen Platz und wartete auf Katharina, die bald zu ihr eilte.

»Was machen die beiden Hübschlerinnen denn am Pranger, ist das immer noch wegen dem Aufruhr vorgestern?«

»Beide? Ich dachte, der Wolfgang hätte nur eine verurteilt«, antwortete Katharina.

»Eine steht am Pranger, die andere beleidigt die Zuschauer«, erklärte Ilse.

Ihre Schwägerin schüttelte den Kopf. »Das wird die Lage für das arme Mädchen nicht besser machen.«

»Ist das wegen dem Tumult vorgestern?«

»Ja, stell dir vor, sie hat den Cuno gebissen, als er sie vom Tisch holen wollte.«

Ilse kicherte. Dann wurde sie aber schnell wieder ernst. »Das arme Kind, die kann kaum älter als vierzehn sein. Hast du sie schon mal hier gesehen?«

»Nein, die ist neu in der Stadt und gleich in schlechte Gesellschaft geraten.«

»Der Herr Pfarrer sollte mit ihr sprechen.«

»Das sollte man ihr besser ersparen.«

»Sei doch nicht so. Zu den Armen, den Kranken und den Sündern ist er doch ganz nett, nur den Rest der Menschen mag er nicht.«

»Wenn du meinst.«

Katharina war wieder weg, bevor Ilse sie nach einem möglichen Boten fragen konnte. Aber sie hatte es ja nicht eilig. Sie trank ihr Bier und hörte der Hübschlerin zu, deren Worte selbst hier noch vernehmbar waren. Ilse musste zugeben, dass sie äußerst unterhaltsam war. Sie hoffte dennoch, dass die Buben nicht in Hörweite waren.

»Die ist gut fürs Geschäft, Wolfgang sollte ihre Freundin öfter an den Pranger stellen«, sagte Katharina, als sie nach einiger Zeit wieder zu Ilse kam. »Möchtest du noch ein Bier?«

»Danke, nein, eigentlich bin ich aus einem ganz anderen Grund hier.«

»Ein anderer Grund als mein gutes Bier?«

»Deine gute Gesellschaft?«

»Davon hast du an einem Markttag nicht viel. Also, wie kann ich dir helfen?«

»Kennst du jemanden, der gegen Steyr fährt und eine Nachricht für mich überbringen kann?«

»Kommt drauf an, geschrieben oder gemerkt?«

Ilse hielt den gesiegelten Brief in die Höhe.

»Das sieht wichtig genug aus, dass selbst ein Saufkopf daran denkt. Der zweite Stand gleich beim Lederertor, die sind alle aus der richtigen Gegend.«

Wenig später hatte Ilse ihren Brief übergeben. Eine Bezahlung wollten die beiden Brüder, die ihn überbringen würden, zwar nicht akzeptieren. Dafür war sie aber nun im Besitz eines äußerst hässlichen Paars Schuhe, das sie zu einem völlig überhöhten Preis erstanden hatte. Aber stabil waren sie. Sie würde sie dem Herrn Pfarrer bringen, der wusste sicher jemanden, der sich darüber freuen würde. Und sie würde ihm von der neuen jungen Hübschlerin erzählen. Oder sollte sie sich besser raushalten? Ihr Blick fiel just in diesem Moment auf den eifrig schaufelnden Sebastian, kaum älter als das Mädchen. Nein, irgendjemand musste sich darum kümmern.

Ilse blieb stehen, um die Buben bei ihrer Strafe zu beobachten. Die hatten sich in ihr Schicksal gefügt und gingen fleißig ihrer Arbeit nach. Stolz betrachtete sie die beiden. Vielleicht hatte sie doch nicht alles falsch gemacht.

Ein Schrei riss Ilse aus ihren Gedanken.

»Du warst es, du!«

Ein aufgebrachter Mann hielt auf die beiden Buben zu. Kurz stockte der Unbekannte und drehte sich ratsuchend um. Ilse erkannte Meister Brandtner, der auf Barnabas deutete.

»Der da ist es, der hat den Gregor immer zum Würfeln und in die Braustube mitgenommen«, sagte er.

Der Fremde näherte sich Barnabas. »Erst hast du ihn verdorben, und dann hast du ihn abgestochen. Wer weiß, was mein Bub alles über dich hätte erzählen können.«

Die Menge lief zusammen, selbst die Hübschlerin war vergessen. Ein neues Drama versprach mehr Unterhaltung. Ilse sah, wie der Magister Crusius sich eilig entfernte.

»Gar nichts hab ich gemacht, der Gregor war mein Freund!«, rief Barnabas.

»Natürlich war er es«, schrie eine der Schuttträgerinnen. Ilse sah sie fassungslos an. Gleich morgen würde sie sie entlassen.

»Hängen wird man ihn wie seinen Großvater«, rief die Haunoldin.

Der Zuspruch der Menge stachelte den Fremden an. Er hielt auf den Buben zu. Ein Stoß, und Barnabas fiel zu Boden.

Die Menge johlte.

»Das geschieht, wenn man sich mit dem Adel einlässt.«

»Der Barnabas ist ein guter Bub, der junge Hohenfelder, der war es.«

Der Fremde machte sich daran, auf den am Boden Liegenden einzutreten. Wütend lief Ilse los.

Sebastian baute sich vor dem Angreifer auf. Obwohl gerade erst vierzehn geworden, überragte er diesen fast um Haupteslänge.

»Wag es ja nicht«, fuhr der Bub den Mann an.

Dieser stockte, sah sich um. Die johlende Menschenmenge ließ ihn wieder Mut fassen. Er erhob die Hand, Sebastian griff nach seinem Waffengurt. Aber er war zur Arbeit hier, dort hing kein Schwert, kein Dolch, nur sein Essmesser. Ilse schauderte, was er selbst damit anrichten könnte. Sie stellte sich vor ihn. Wenn der Fremde an die Buben wollte, musste er an ihr vorbei.

»Was ist das hier schon wieder für ein Aufruhr?«

Ilse war noch nie so erleichtert, die Stimme ihres Bruders zu hören. Wolfgang trat zu Sebastian und Barnabas, seine Büttel und den nach Atem ringenden Schulmeister hinter sich.

Aber es war zu spät, um den Fremden noch aufzuhalten. Die Hand, die er gegen Sebastian erhoben hatte, traf Ilse. Diese hatte sich zu Wolfgang gedreht und sah den Schlag nicht kommen. Sie taumelte zurück, ihr Neffe versuchte sie zu halten, und beide stürzten über Barnabas, der sich gerade halb aufgerichtet hatte.

Das sorgte erst recht für Erheiterung. Die einen johlten, die anderen schimpften, nur die Büttel taten ihre Arbeit und setzten den Fremden fest.

Der war kaum mehr zu halten. »Mordbuben und Dirnen, das seid ihr!«, brüllte er.

Magister Crusius eilte heran. »Frau Kramer, seid Ihr verletzt?«

»Nein, der Sebastian hat mich gehalten.«

Besorgt drehte sie sich nach den Buben um. Die schienen eher wütend als verletzt.

»Frau Mutter, seid Ihr auch nicht auf den Kopf gefallen?«

»Wenn ich mein Schwert mitgehabt hätte, dann hätte der Euch nicht angefasst.«

Ilse war erleichtert. Beide schienen wohlauf. Wolfgang war bei ihr und half ihr auf, der Schulmeister kümmerte sich um die Buben.

»Mich nehmt Ihr fest? Die da, die sind die Mörder!« Der Fremde war außer sich. Die Büttel hatten alle Mühe, ihn zu halten.

»Wer seid Ihr überhaupt?«, fragte Wolfgang.

»Dem Gregor sein Vater, der bin ich. Und das da, das sind seine Mörder«, schrie er.

»Unsinn. Ich weiß, wer die Mörder sind, und diese beiden Buben sind es sicher nicht.«

Ilse sah ihn überrascht an. Davon hatte Katharina ihr nichts erzählt.

Die Menge war in Aufruhr.

»Wo sind die Mörder?«

»Sucht doch in Eurer Familie!«

»Ein Hoch auf den Stadtrichter!«

»Wer ist es?«

Wolfgang baute sich auf und ließ den Blick streng über die Menge gleiten. »Ich bin kurz vor der Verhaftung. Wer ein anständiger Bürger ist, der kommt mir dabei nicht in die Quere. Und jetzt geht wieder Euren Geschäften nach und hört auf, den Marktfrieden zu stören.«

Unter Murren und Protest löste die Menge sich auf. Der Ärger der beiden Buben, der ihnen Mut verliehen hatte, war verflogen und sie standen mit hängenden Köpfen zwischen Ilse und dem Magister Crusius.

»Wolfgang, können die Buben die Strafe nicht ein andermal abbüßen?«, fragte sie ihren Bruder.

»Sie haben brav gearbeitet, nimm sie mit nach Hause.«

»Nein«, sagte Sebastian.

»Nein?«, fragte Barnabas.

»Wenn wir jetzt gehen, denken die, wir hätten Angst. Oder dass wir was getan haben.«

Barnabas dachte nach. Er nickte. »Das stimmt. Herr Onkel, wenn es Euch recht ist, dann bleiben wir noch.«

Ilse wusste nicht, ob sie stolz sein oder sich Sorgen machen sollte. Wolfgang nahm ihr diese Frage ab, indem er ihr freundlich, aber bestimmt sagte, dass sie stolz sein könnte und nach Hause gehen sollte. Magister Crusius versprach, bei den Buben zu bleiben. So machte sie sich auf den Heimweg, immer tiefer in ihren trüben Gedanken versinkend.

9. Kapitel

Alleine im stillen Haus hielt Ilse es nicht lange aus. Ihre Gedanken ließen ihr keine Ruhe. Sie pflückte ein paar Blumen im Garten und verließ ihn dann über den Pfad die Stadtmauer entlang. Schnell hatte sie ihr Ziel am Friedhof erreicht, ein ordentlich gepflegtes Grab in der Nähe der Kirche. Sie hielt davor inne und legte ihren Strauß nieder. Tränen rannen ihr über die Wangen. Sie hatte versagt, das musste sie sich eingestehen.

Sie wusste nicht, wie lange sie dort schon gestanden hatte. Jemand trat neben sie. Im ersten Moment dachte sie, Johannes wäre heimgekommen und würde sie trösten, aber es war der Herr Kaplan. Er leistete ihr still Gesellschaft, ohne Zeichen von Ungeduld.

»Ich habe versagt«, sagte Ilse leise.

»Wessen Grab ist das?«, fragte Lorenz.

»Das von der Grete, der ersten Gemahlin vom Johannes.«

Sie betrachteten das Grab.

»Wisst Ihr, ich hab mich so gefreut, dass der Johannes Kinder mit in die Ehe gebracht hat, weil ich ja selbst keine hatte und so gerne welche gehabt hätte. Ich hab der Grete hier an ihrem Grab versprochen, mich um die Buben zu kümmern.«

Ilse schluchzte und hielt inne.

»Das habt Ihr auch getan. Die beiden sind doch mit Ihrem Vater in Venedig und gut geraten, was man hört«, wandte Lorenz ein.

»Nein, der Heinrich und der Konrad sind brave Buben, die Grete wäre sicher stolz auf sie.« Ilse lächelte kurz. »Ich bin es gewiss. Außer, dass der Heinrich in der Ferne geheiratet hat und nicht mehr nach Hause kommt, haben sie mir nie Kummer gemacht.« Sie seufzte. »Aber der Barnabas. Die Großen waren schon aus dem Gröbsten raus, den Barnabas hatte ich viel länger, und seht, wie mir das misslungen ist.«

»Meint Ihr nicht, dass Ihr da ein wenig streng mit ihm und Euch seid? Ob er missraten ist oder nicht, das lässt sich doch noch gar nicht sagen. Aus so manchem dummen Buben ist ein anständiger Mann geworden.« Er machte eine Pause. »Der Barnabas ist also nicht Euer Sohn? Ich dachte, nur die beiden erwachsenen Söhne wären aus der ersten Ehe vom Herrn Kramer.«

Ilse schüttelte den Kopf. »Die Grete ist bei Barnabas seiner Geburt gestorben, erst ein paar Jahre später haben der Johannes und ich geheiratet, obwohl wir schon lange Nachbarn waren.« Sie lächelte. Damals hatte sie als Witwe bei Wolfgang und Kunigunde gewohnt und Johannes mit den Buben gegenüber in seinem Geschäftshaus. Sie hatte lange nicht gemerkt, dass er ihr mit seinen Sonderangeboten den Hof machen wollte. »Der Giso ist mein einziges eigenes Kind.«

Lorenz sah sie überrascht an. »Aber Eure Tochter, die Anna?«

»Die hab ich hier gefunden, ausgesetzt am Friedhof. Wir haben sie behalten.«

»Euer Gemahl war damit einverstanden?«

Ilse nickte. »Wir hatten doch gerade erst unsere eigene kleine Anna begraben, keine zwei Wochen alt, und ich war dem Tod lange näher als dem Leben. Er hätte allem zugestimmt.«

»Er muss ein guter Mann sein.«

Ilse brach in Tränen aus. Lorenz sah sich um und legte die Arme um sie.

»Beruhigt Euch, dafür gibt es doch keinen Grund.«

»Nur ein eigenes Kind hab ich durchgebracht, trotzdem hab ich dank der lieben Grete das Haus voller Kinder gehabt, und wie hab ich es ihr gedankt? Ich hab den Barnabas verdorben.« Sie schluchzte haltlos.

»Ich bin mir sicher, sie würde das anders sehen. Eure Familie ist gesund und glücklich, und wenn sich so ein Bub einmal danebenbenimmt, dann ist das so, das wächst sich aus.«

Ilse hielt inne und sah ihn an. »Meint Ihr?«

Lorenz nickte. »Schickt ihn erst ein Jahr oder zwei später zum Studieren, dann werden seine Flausen schon vorbei sein. Manche brauchen halt etwas länger, um erwachsen zu werden.«

»Er geht ja nur studieren, weil der Sebastian geht. Vielleicht bleibt er ja doch daheim.«

»Das wird sich weisen. Gebt ihm Zeit.«

Die beiden betrachteten wieder das Grab, ohne zu sprechen. Ilse schluchzte leise weiter.

»Ich habe gehört, was am Markt geschehen ist«, sagte Lorenz plötzlich in die Stille.

Ilse unterbrach ihr Schluchzen. Sie seufzte.

»Es hieß, Ihr wärt angegriffen worden und gestürzt. Man kann Euch wohl keine Stunde aus den Augen lassen.«

Ilse zuckte mit den Schultern. »Daran müsst Ihr Euch gewöhnen. Wenn sich jemand verletzt oder jemandem etwas passiert, dann bin ich es.«

Lorenz sah sie ungläubig an. »Das war nicht nur einfach Pech in letzter Zeit?«

Sie schüttelte den Kopf. »Nein, das ist normal für mich. Dächer werden auch immer dann marode, wenn ich darunter vorbeigehe, und Zäune morsch, wenn ich mich daran anlehnen möchte.« Sie lächelte. »Warum denkt Ihr möchte mein Gemahl, dass ich beim Christoph wohne, der ein schnelles Pferd hat und einen Medicus als besten Freund?«

Der Herr Kaplan nahm sie wohl nicht ernst, denn er lächelte. »Das war nicht in der Beschreibung des Benefiziums.«

Auch Ilse musste lächeln. »Das hätte Euch wohl abgeschreckt.«

»Ich werde Euch schon gesund und munter halten.«

Ilses Blick fiel wieder auf das Grab. Ihr Lächeln erstarb. »Das ist vielleicht mehr Arbeit, als Ihr denkt. Ich kann ja nicht mal ein einziges lebendes Kind zur Welt bringen, ohne fast daran zu sterben.«

Lorenz musterte sie. »Das war ein langer Tag. Ihr müsst auf andere Gedanken kommen. Lasst uns ins Badehaus gehen.«

»Ins Badehaus?«, fragte Ilse erstaunt.

»Da ist immer für Unterhaltung gesorgt, das wird Euch aufheitern.«

Ilse war sich da nicht so sicher. »Es ist Samstag, da wird es sehr voll sein.«

»Keine Sorge, ich bin ja bei Euch.«

»Anständige Badehäuser, die Frauen und Männer gemeinsam einlassen, gibt es nicht allzu viele.«

»Wir brauchen auch nicht viele, eines genügt.«

»Ich bade eigentlich immer mit den Kindern zuhause, wir haben ja zwei beheizbare Stuben, und der Christoph in der Burg.«

»Im Badehaus ist es lustiger.«

Ilse lachte.

»Seht Ihr, es ist jetzt schon lustig«, sagte Lorenz.

»Gut, ich hole meinen Badesack und die Judith.«

Entsetzt stellte Ilse fest, dass sie nach all der Zeit keinen Badekittel mehr hatte. Am Mühlbach war sie immer nur bis zu den Knien hineingewatet, ein Kleid hatte gereicht. Ein kurzer Besuch bei Kunigunde wurde nötig, die Ilse mit einem Kittel und mit einem

Rat aushelfen konnte. So traf sie etwas verspätet auf den Herrn Kaplan, der aber nicht ungeduldig wirkte.

»Also, in welches Badehaus möchtet Ihr?«, begrüßte er sie.

»Der Meister Damian, der sich immer um meine Verletzungen kümmert, der soll ein ordentliches Haus führen, sagt die Kunigunde.«

»Da war ich bisher auch immer, der Magister Crusius hat ihn empfohlen. Dann können wir wohl nichts falsch machen.«

Ilse war sich da nicht so sicher, aber jetzt würde sie auch nicht mehr kehrtmachen. Nach einem kurzen Handgemenge zwischen dem Herrn Kaplan und Judith, weil er den Badesack tragen wollte und sie auf keinen Fall bereit war, sich ihre Arbeit abnehmen zu lassen, machten sich die drei auf den Weg.

Das Badehaus lag an der Stadtmauer gleich nach dem Minoritenkloster. Judith trat als Erste ein, um Ilse die Tür zu öffnen.

»Hab schon gehört, dass deine Herrin wieder gestürzt ist, ich komm gleich«, hörte sie die Stimme vom Meister Damian.

»Nicht nötig, ich hab sie mitgebracht«, sagte Lorenz.

»Frau Kramer, welch seltener Gast. Kommt rein, kommt rein. Wo tut es denn weh?« Der Bader hatte das Fässchen, das er gerade durch die Eingangshalle getragen hatte, abgestellt und war dienstbeflissen herbeigeeilt. »Lasst Euch mal ansehen. Ich hätt Euch fast den Kopf aufbohren müssen, aber die Arzneien von Eurem Apotheker haben es auch getan.«

»Habt vielen Dank für Eure Sorge, aber ich muss nicht untersucht werden, ich spüre nichts mehr. Wir sind nur zum Baden hier.«

Meister Damian schüttelte den Kopf. »Da kann man sich leicht täuschen. Solche Sachen mit dem Schädel, die sind tückisch. Ins Schwitzbad lass ich Euch nicht, geht gleich in die Wanne.« An Lorenz gewandt fuhr er fort. »Und Ihr, Ehrwürden, wieder zum Reiben hier? Ich sag der Magdalena Bescheid.«

Ilse sah ihn entsetzt an, aber der Herr Kaplan schien nicht im Geringsten verlegen.

»Nein, wir sind zum Baden hier. Wenn die Frau Kramer nicht schwitzen darf, geh ich auch gleich in die Wanne.«

»Seid Ihr Euch da sicher? Solche Sachen wie Euer Bein muss man regelmäßig reiben, wenn Ihr es beweglich halten wollt. Und Euer Gesicht könnte noch ein paar Egel vertragen.«

»Danke, nur Baden. Aber die Frau Kramer solltet Ihr nach dem Sturz heute vielleicht ansehen.«

»Da ist nichts, ich bin weich gelandet.«

Der Bader sah sie ernst an. »Wenn sich eine bei so etwas verletzt, dann Ihr.«

Ilse sah ihn entrüstet an. Sie musste aber zugeben, dass er recht hatte. Ihre Entrüstung verflog. »Vielen Dank, vielleicht später.«

Fast hätte sie den Gewandraum nicht verlassen. Kunigunde war zwar etwas größer und kräftiger als Ilse, aber sie hatte dennoch nicht damit gerechnet, in deren Badekittel derart zu versinken. Sie sah an sich hinab und drehte sich zu Judith.

»Ich sehe aus wie ein halbwüchsiges Mädchen, so kann ich doch nicht unter die Leute.«

Judith zupfte die Schulterpartie des Kittels zurecht. »Macht Euch da keine Gedanken, Ihr seid ja gleich in der Wanne.«

Ilse drehte sich unsicher und sah, wie sich der Stoff um sie aufbauschte. »Du meinst also auch, dass es unmöglich aussieht?«

»Wie ein Kind, das heimlich die Kleider seiner Mutter probiert.«

»Das ist nicht hilfreich.«

»Zumindest ist es züchtig.«

Es dauerte einige Zeit, bis Ilse bei Lorenz angekommen war. In der Badestube herrschte rege Betriebsamkeit, und aus so manchem Zuber sprachen Bekannte Einladungen aus, die sie jedes Mal erst nach ein paar Worten Geplauder ablehnen konnte. Das Stimmengewirr der Badenden und zwei Spielleute sorgten für eine unangenehm laute Geräuschkulisse. Sie war froh, dass der Herr Kaplan eine Wanne in einem ruhigeren Seitengewölbe ausgesucht hatte. Er saß schon bis zur Brust im Wasser. Ilse wusste, dass es sich nicht gehörte, aber sie hätte zu gerne sein Bein gesehen.

»Verzeiht das lange Warten, ich hatte Probleme mit dem geliehenen Badekittel.«

Lorenz grinste. »Warum, hat er Löcher an unpassenden Stellen?«

»Seht mich an, er ist viel zu groß.«

»Ach, das meint Ihr. Ich dachte, das tragen ehrbare Frauen so.«

»Nein, nur Frauen, die normalerweise zuhause und unbekleidet baden und sich dann einen Kittel leihen müssen.« Ilse raffte den Saum, um in die Wanne steigen zu können.

»Ihr könnt ihn gerne ausziehen, wenn er Euch stört, wir sind hier in einem dunklen Eck.«

Ilse wich zurück. Der Herr Kaplan sah sie erschrocken an.

»Verzeiht, das war nicht so gemeint, wie es sich angehört hat. Ich wollte nur sagen, dass Ihr es bequem haben sollt und dass hier keiner hersieht. Wirklich.«

Judith nutzte diesen Moment, um einen Badeschemel geräuschvoll näher an die Wanne zu schieben.

»Soll ich mich hierhersetzen oder Euch erst ins Wasser helfen?«, fragte sie mit einem warnenden Blick Richtung Lorenz.

Ilse war sich einen Moment unsicher, dachte dann aber an die ehrbaren Männer und Frauen, die sie hier getroffen hatte. Sie ließ sich in die Wanne sinken und setzte sich auf den Badeschemel, um nicht unterzugehen.

»Also, wer hat über meinen Sturz heute am Marktplatz getratscht? Ich dachte nicht, dass das erwähnenswert wäre, nach dem, was sonst so geschehen ist.«

»Ihr meint die Sache mit dem verrückten Bauern?« Lorenz machte eine wegwerfende Handbewegung. »Das ist doch kaum der Rede wert. Seine Reaktion ist verständlich, aber jedem, dem die Trauer nicht das Denken schwer macht, muss doch klar sein, dass niemand einen ermordet und dann nachträglich seine Waffe reinsteckt.«

»So hab ich das noch gar nicht gesehen!«, rief Ilse erfreut. Wie hatte sie das nur übersehen können?

»Ihr habt auch mehr gefühlt als gedacht. Das ist verständlich. Aber ich sage Euch, man muss nicht beweisen, dass der Barnabas unschuldig ist. Er ist so ziemlich der Einzige, der als Täter nicht in Frage kommt.«

Ilse war erleichtert. »Da habt Ihr völlig recht.«

»Eben. Und darum war das einzig Interessante, das Euer Bruder zu der Sache gesagt hat, dass Ihr mit den Buben im Schweinemist gelandet seid.«

»Hoffentlich schickt der Wolfgang sie erst baden und nicht gleich nach Hause.«

»Da würde ich mich nicht drauf verlassen. Der Herr Stadtrichter hat viel zu tun. Das mit dem Falschgeld wird immer rätselhafter.«

»Es taucht immer noch auf?«

Lorenz nickte. »Er war sich sicher, einer der Marktfahrer würde es in die Stadt bringen, aber da hat er nichts gefunden.«

»Aber dann haben wir ja einen Falschmünzer in der Stadt.«

»Der Meister Damian ist auch schon ganz wild deswegen«, hörte Ilse die Stimme einer jungen Frau neben sich. Eine der Bademägde war herangetreten, ohne dass sie sie bemerkt hatte.

»Magdalena, was bringst du uns denn Schönes?«, fragte Lorenz sie.

»Einen Kräuteraufguss. Der Meister meint, den braucht Ihr beide, denn der hilft, wenn man wo anstößt, egal ob Holz oder Fäuste.«

»Dann kipp es rein.«

Ein angenehmer Duft nach Thymian und Ringelblume stieg Ilse in die Nase. Seufzend legte sie den Kopf am Wannenrand ab. Der Herr Kaplan hatte recht gehabt, sie fühlte sich besser.

»Soll ich Euch einen der Spielleute schicken? Oder möchtet Ihr etwas essen?«, fragte die Bademagd.

»Danke, wir genießen die Ruhe«, sagte Lorenz mit einem Blick auf Ilse. Diese nickte.

»Sonst ruft, Ihr wisst ja, für Euch bin ich immer da!« Magdalena zwinkerte Lorenz zu und lief dann zurück in das große Gewölbe.

»Sie mag Euch«, sagte Ilse.

»Sie mag mein Geld.«

Der Duft der Kräuter und die Wärme ließen beide für eine Zeit verstummen.

Entspannt ließ Ilse ihre Gedanken schweifen. Die letzten Tage war so viel geschehen.

»Wisst Ihr, vor der Aufregung gestern war ich beim Meister Brandtner.«

»Mhm«, war alles, was Lorenz sagte. Mit geschlossenen Augen atmete er den Kräuterdampf ein.

»Ich dachte, er müsste der Mörder sein.«

Das Wasser platschte über den Rand des Zubers. Lorenz fuhr hoch und sah sie ungläubig an.

»Und da dachtet Ihr, Ihr geht zu ihm? Alleine?«

»Das ist mir ja erst währenddessen eingefallen. Er war ja mit dem Gregor am Abend alleine im Lagerhaus, die Fenster vermessen.«

Lorenz nickte.

»Aber ich hab mich getäuscht, der Gregor ist noch einmal alleine zurückgegangen. Sie hatten Werkzeug liegen lassen.«

»Was denn für Werkzeug?«

»Ein Maßstock. Warum?«

»Nur so.«

Nach einer Pause fuhr Lorenz fort. »Ich glaube, sein Geselle war es. Den hat seit der Nacht keiner mehr gesehen.«

Jetzt fuhr Ilse hoch. Merklich weniger Wasser platschte über den Rand. »Aber dann ist ja alles gelöst und der Barnabas in Sicherheit.«

Lorenz schüttelte den Kopf. »So schnell geht das nicht. Angeblich ist er nach Hause zu seiner Familie. Vielleicht hat er auch Angst bekommen.«

»Das muss man überprüfen«, meinte Ilse aufgeregt.

»Keine Sorge, der Herr Hohenfelder hat dem Grundherrn der Eltern eine Nachricht geschickt, der wird den Burschen befragen.«

Glücklich ließ Ilse sich wieder ins Wasser sinken. Der Mörder würde bald gefasst werden, Christoph kümmerte sich darum.

Es war der späte Nachmittag, als die beiden langsam daran dachten, das Badehaus zu verlassen. Sie hatten über ihre Familien geplaudert. Oder besser gesagt, Ilse hatte von ihren ältesten Söhnen erzählt. Von Heinrich, der eine Venezianerin geheiratet hatte und die Geschäfte der Familie in Venedig führte. Und von Konrad, der schon das zweite Jahr mit auf Handelsreisen war. Selbst Judith gab den einen oder anderen Schwank aus ihrer Jugend in Linz zum Besten. Dem Herrn Kaplan hingegen konnten sie kaum mehr entlocken, als dass er Eltern gehabt hatte und in Wien geboren worden war, aber selbst da war Ilse sich nicht sicher.

Sie musste ihre Neugier wohl noch länger zügeln, denn inzwischen war es unangenehm laut geworden.

»Da draußen wird es mir langsam zu munter, wir sollten besser gehen«, sagte sie.

Judith kam näher, um ihr aus dem Zuber zu helfen, Lorenz aber runzelte die Stirn.

»Das ist nicht die Art Badehaus, in der man mit derartigen Störungen rechnen müsste.«

»Wir haben wohl die Zeit übersehen und es ist schon Abend.«

»Ich war mit dem Crusius auch schon am Abend hier. Das ist ein anständiges Haus, sonst hätte ich Euch nicht mitgenommen.« Der Herr Kaplan schien die Ruhestörung persönlich zu nehmen.

Meister Damian war inzwischen herbeigeeilt.

»Ist das Wasser zu kühl, soll ich noch Heißes bringen lassen? Habt Ihr keinen Hunger?«

»Habt vielen Dank, wir machen uns für heute auf den Heimweg«, sagte Ilse.

»Aber die Egel? Und die Reibung?«

»Ein andermal. Die Frau Kramer geht jetzt besser, hier scheint es immer munterer zu werden«, sagte Lorenz missbilligend.

»Verzeiht, ein neuer Kunde. Erst das zweite Mal hier, in Zukunft werd ich ihn wohl nicht mehr einlassen können.«

Dienstbeflissen folgte der Bader den drei durch den Hauptraum. Ilse wäre lieber nicht durchgegangen, aber einen anderen Weg gab es nicht.

Das Bild, das sich ihr bot, war nicht so schlimm wie befürchtet. Der Meister Brandtner saß in einem der Zuber und hatte sich ein großes Mahl bringen lassen. Das hatte andere Badende angelockt. Der Lärm kam aber nur zum Teil von der Menschenmenge. Sämtliche Spielleute des Badehauses umringten den Schmied, die Konkurrenz stachelte sie zu immer energischerem Spiel an. Die Badenden mussten lauter und lauter werden, um sich Gehör zu verschaffen, und mittendrin der Meister Brandtner, der gut gelaunt grölte, um von seinen neuen Freunden verstanden zu werden.

Ilse betrachtete die harmlose Szene. Doch ihre Stimmung schlug um, als der Schmied unsanft nach der Bademagd griff. Magdalena wehrte sich, aber vergeblich, mit einem Platschen landete sie im Zuber. Ilse wollte zu ihr eilen, um ihr zur Seite zu stehen, doch der Herr Kaplan hielt sie fest.

»Lasst das, das Personal kümmert sich drum.«

Ilse sah, dass Magdalena zwar lachte, als sie versuchte, sich aus der Wanne zu befreien, aber nach einem Spaß sah das nicht aus.

Lorenz zögerte mit einem Blick auf die Bademagd. Dann aber schob er Ilse einen Schritt weiter. »Ihr mischt Euch da nicht schon wieder ein. Wir gehen«, sagte er, ohne seinen Worten Taten folgen zu lassen.

Der Bader näherte sich dem Zuber. Im ersten Moment dachte Ilse, er würde die arme Magdalena tadeln, aber weit gefehlt.

»Das ist ein anständiges Haus. Lasst meine Bademagd los und geht, bevor ich mich vergesse.«

»Ein anständiges Haus? Bei dem Fraß, den ich für mein Geld bekommen habe? Für die Preise muss da mehr drin sein, stellt Euch nicht so an.«

Magdalena nutzte die Ablenkung, um aus dem Zuber zu kommen. Die Spielleute waren verstummt, die Badeknechte kamen näher, und unter den Badegästen begannen manche für die eine, manche für die andere Seite Partei zu ergreifen. Der größte Teil jedoch beendete hastig das Bad.

»Jetzt gehen wir aber wirklich, in den Gewandräumen wird es gleich zugehen«, sagte Lorenz und zog die beiden Frauen aus dem Gewölbe.

Mit einem letzten Blick auf Magdalena, die in Sicherheit war, verließ Ilse den Raum. So schnell es eben ging, ohne ihr Seidenkleid zu nass zu machen, zog sie sich mit Judiths Hilfe um. Der Herr Kaplan wartete vor der Türe.

»Ich muss sagen, für das anständigste Badehaus der Stadt ist hier einiges los«, sagte sie scherzend.

Vor dem Haus drehte sich Lorenz zu ihr um. »Ich versichere Euch, die letzten Male, als ich hier war, geschah nichts Schlimmeres, als dass ein Ratsherr im Zuber eingeschlafen ist und fast ertrunken wäre.«

»Es ist ja nichts passiert. Und der Meister Damian hat ja für Ordnung gesorgt, es ist schon wieder ruhig.« Sie deutete auf die anderen Gäste, die das Badehaus hinter ihnen verließen. »Seht Ihr, wenn das kein anständiges Haus wäre, würden die Leute nach so einem kleinen Vorfall nicht gehen.«

Der Herr Kaplan wirkte erleichtert.

Sie gingen die Stadtmauer entlang zum Minoritenkloster und überquerten dann den Minoritenplatz Richtung Stadtplatz. Wenn sie gewusst hätten, dass dort gleich der nächste Tumult auf sie wartete, hätten sie einen anderen Weg genommen.

Der Markt ging dem Ende zu. Die meisten der Marktstände waren schon leergekauft, die Marktfahrer auf dem Weg nach Hause oder auf die umliegenden Schenken verstreut. Die junge Hübschlerin stand immer noch am Pranger. Ihrer Begleiterin war der Tag wohl zu lang geworden, von ihr war nichts mehr zu sehen. Stattdessen hatte sich eine Gruppe von Männern vor dem Rathaus versammelt. Ilse erkannte den Meister Achleitner und den Stadtrat Haunold. Auch Sigmund war unter den Versammelten. Die Buben konnte sie nicht entdecken. Wolfgang kam aus dem Rathaus, seine beiden Büttel neben sich.

»Ilse, hervorragende Neuigkeiten«, rief er ihr schon von Weitem zu.

»Habt Ihr den Falschmünzer erwischt?«, fragte Lorenz.

»Viel besser, wir machen gerade die Mörder dingfest«, sagte Wolfgang triumphierend. »Der Meister Achleitner hat ausgesagt, dass er seine böhmischen Wandergesellen mit dem Gregor gesehen hat. Üble Gesellen anscheinend, die dem Meister nur Ärger gemacht haben.«

»Die beiden Böhmen? Aber die waren doch so vergnügt die letzten Tage, das macht doch niemand nach einem Mord«, sagte Ilse.

»Die waren wohl vergnügt, weil sie dachten, niemand kommt ihnen auf die Schliche«, erwiderte Wolfgang.

Lorenz nickte. »Das hört man öfter, dass Mörder keine Reue zeigen, sondern in bester Stimmung sind. Selbst im Beichtstuhl hat so mancher schon mit seiner Tat geprahlt.« An Wolfgang gewandt fuhr er fort: »Benötigt Ihr meine Hilfe?«

Dieser schüttelte den Kopf. »Habt vielen Dank, Ehrwürden, aber es haben sich schon ein paar ehrenwerte Bürger gefunden, die mitkommen. Bringt lieber meine Schwester nach Hause.«

Ilse passte das gar nicht. Sie wollte für ihren Bruder so viele helfende Hände wie möglich. »Die Judith und ich können bei der Katharina warten.«

»Wer weiß, wie lange wir brauchen, um beider habhaft zu werden. Geh lieber nach Hause«, sagte Wolfgang. Dann wandte er sich an Lorenz. »Ehrwürden, bleibt doch bitte bei meiner Schwester, bis der Herr Hohenfelder heimkommt. Die Buben hab ich an die Traun geschickt, bei ihr zuhause ist wohl niemand außer der Maria und der Agnes. Die Kinder sind bei der Kunigunde geblieben und unser Knecht ist bei ihnen.«

Der Herr Kaplan versprach es und Ilse stimmte zu, um ihn schnell für sich alleine zu haben. Sie wartete, bis Wolfgang außer Sicht war.

»Wir müssen an die Traun, die Buben abholen.«

»Ihr müsst nach Hause, die Buben werden nachkommen.«

»Aber hier könnte es gefährlich werden.«

»Die beiden können auf sich aufpassen. Ihr nicht.«

»Was sollte mir denn am Stadtplatz passieren?«

»So ziemlich alles, nach dem, was Ihr mir erzählt habt.«

»Es ist kaum ein Umweg.«

»Wenn Euer Bruder die Böhmen aufscheucht, aber nicht festsetzen kann, können sie überall auftauchen. Ihr solltet wirklich besser zuhause sein.«

»Ohne den Barnabas und den Sebastian geh ich nicht.«

Lorenz wirkte kurz, als ob er sie über die Schulter werfen und nach Hause tragen würde. Dann seufzte er.

»Gut, Ihr wartet mit der Judith im Lagerhaus. Ich hol die Buben und dann gehen wir gemeinsam zu Euch.«

Früher als erwartet hörte Ilse ein Pochen am Tor. Sie wollte den Riegel zur Seite schieben, aber Judith hielt sie zurück.

»Wartet, Herrin. Fragt erst, wer da ist.«

»Mörder klopfen doch nicht.«

»Frau Kramer? Wir sind es«, hörte sie von draußen den Herrn Kaplan. Eilig öffnete sie das Tor.

»Frau Mutter, wir sind hier, um Euch nach Hause zu bringen«, sagte Barnabas.

»Der Herr Kaplan meint, die Mörder sind gefunden«, fügte Sebastian aufgeregt hinzu.

»Das wird sich noch zeigen. Jetzt gehen wir alle erst mal nach Hause«, sagte Lorenz.

»Seht, der Krapfenstand ist noch da«, rief Barnabas.

»Ich hab Hunger nach all dem Schaufeln heute«, klagte Sebastian.

»Frau Mutter, kriegen wir einen Krapfen?«

Ilse zögerte. Sie hatte seit dem Tag, an dem sie den armen Gregor gefunden hatte, keinen mehr gegessen. Es war an der Zeit, ihre Angst vor Apfelkrapfen zu überwinden.

»Zuhause gibt es mehr als genug zu essen«, sagte der Herr Kaplan, aber Ilse hielt schon auf den Krapfenstand zu.

Wenn sie gewusst hätte, wohin das führen würde, wäre ihr der Appetit wohl vergangen, doch wenig später standen alle zufrieden kauend um den großen Kessel mit dem heißen Butterschmalz versammelt. Selbst der Herr Kaplan hatte nicht nein sagen können.

Die Aufregung begann in der Schmiedgasse. Erst waren die Schreie zu hören, dann folgte die wilde Jagd. Einer der Böhmen kam aus der Gasse auf den Stadtplatz geeilt. Kurz sah er sich mit vor Schrecken geweiteten Augen um, dann hielt er auf die Traungasse zu. Wenn der Markt noch im vollen Gange gewesen wäre, hätte er keine Chance gehabt. So aber musste er nur einzelne Tische umlaufen, der Großteil leer, ihre Besitzer in den Schenken. Bis auf den Krapfenstand, der sich eines unverhofften späten Geschäfts erfreute.

Ilse konnte sich nicht erklären, warum er es tat, aber im Vorbeilaufen riss der Böhme an dem Dreibein, das den Kessel mit dem heißen Butterschmalz zum Frittieren der Krapfen über dem Feuer hielt. Dabei versetzte er auch Ilse einen Stoß.

Judith war die Erste, die sah, was passieren würde. Mit einem Aufschrei stürzte sie sich auf ihre Herrin, die von dem siedenden Fett übergossen worden wäre.

Eine mutige Tat, die sie mit dem Leben bezahlt hätte, denn nun stand sie schutzlos vor dem Kessel, wären da nicht Lorenz und Sebastian gewesen, die die beiden Frauen packten und zur Seite rissen. Doch zu spät. Judith war dem heißen Fett und der Herdstelle darunter zu nahe gekommen, ihr Kleid hatte Feuer gefangen. Ilse zögerte nur kurz, zu ungewohnt war es, dass es nicht sie war, die sich in Gefahr befand. Dann ging es schnell. Sie öffnete den Badesack, zog den immer noch tropfnassen und viel zu großen Badekittel heraus und wickelte ihn hastig über Judiths brennende Säume. Das Badehemd vom Herrn Kaplan folgte, das Kleid war gelöscht.

Was man vom Marktstand nicht sagen konnte. Das Butterschmalz hatte sich an der offenen Flamme entzündet und verbreitete sich in einer brennenden Lache am Stadtplatz. Die Ersten schütteten die Schmutzwasserkübel, die sich unter den Markttischen befanden, ins Feuer, doch die Situation verschlimmerte sich nur. Dichter schwarzer Rauch stieg auf und nahm den Helfern die Sicht. Die Männer, die eben noch den Böhmen verfolgt hatten, schaufelten Dung und anderen Unrat auf das Feuer. Schutt von der Baustelle im Lagerhaus wurde herbeigebracht. Der Brand war schließlich gelöscht, aber der Böhme entkommen.

Ilse und Judith standen am Rande der Aufregung, jede die andere nach Verletzungen absuchend.

»Judith, bist du verbrannt? Zeig her.«

»Herrin, habt Ihr was von dem heißen Schmalz abbekommen?«

Beide waren unverletzt, nur eine Rötung zeigte sich an Judiths Beinen. Ilse sah sich um. Der Herr Kaplan sollte sie besser nach Hause tragen. Aber von Lorenz und den Buben war nichts zu sehen.

Sie betrachtete Judith. Die Verbrennung war zwar leicht, aber großflächig. Sie würde sie nicht alleine lassen, um nach den drei zu suchen.

»Komm, wir gehen zur Kunigunde. Dort bekommst du einen Kräuterumschlag und wir warten mit den Kindern, bis uns der Wolfgang heimbringen kann.« Ilse sah sich um, aber von ihrem Bruder war nichts zu sehen. Ob er den anderen Böhmen erwischt hatte?

»Was ist denn hier passiert?« Erleichtert drehte sie sich um. Die Pollheimer und ihre Bediensteten waren aus der Burg auf den Stadtplatz gekommen. Ob aus Neugier oder um zu helfen, vermochte niemand mehr zu sagen. Christoph war bei ihnen und sofort zu den beiden Frauen geeilt.

Ilse wollte zu einer Erklärung ansetzen, aber Judith kam ihr zuvor.

»Die Herrin wäre fast herausgebacken worden«, sagte sie.

»Du bist was?«, fragte Christoph und sah Ilse entsetzt an.

»Einer der Mörder hat auf der Flucht den Kessel umgestoßen, aber mir ist nichts passiert. Die Judith hat mich gerettet und hat sich verbrannt.«

»Kann man nun nicht einmal mehr anständige Frauen alleine auf den Markt gehen lassen?«

Christoph wurde laut. Der Burgvogt nickte. Ilse seufzte. Sie brauchte jetzt wirklich keine Aufregung mehr.

»Christoph, lass es gut sein, gehen wir nach Hause. Die Judith hat Schmerzen und braucht einen kalten Wickel.«

Ganz ohne Drama ging es natürlich nicht. Bedienstete aus der Burg brachten Sand, um das Fett vollständig abzudecken, und der Herr von Pollheim ließ eine Sänfte bringen. Ilse war zu besorgt um Judith, um etwas auf das Murren der Bürger zu geben, als die beiden einstiegen, um nach Hause gebracht zu werden.

10. Kapitel

Erst in den frühen Morgenstunden kamen Barnabas und Sebastian nach Hause. Der Herr Kaplan hatte noch in der Nacht einen Boten mit einer Nachricht geschickt. Er war den Buben gefolgt, die dem flüchtenden Böhmen nachgestellt hatten. Doch vergeblich, und Wolfgang hatte mit dem zweiten Mörder auch nicht mehr Glück gehabt. Lorenz und die Buben waren geblieben, um mit anderen Bürgern die Suche in der Nacht fortzusetzen. Christoph war auf diese Nachricht hin aufgebrochen, um zu helfen. Voll gerüstet ritt er mit den Pollheimern und ihren Waffenknechten um die Stadtmauer. Er kam in den ersten Tagesstunden erfolglos nach Hause. Es war zu spät gewesen. Keine Spur war von den Böhmen mehr zu finden. Sie hatten Wels verlassen und sich ihrer gerechten Strafe entzogen.

Wolfgang brachte wenig später Gertrud und die Kinder nach Hause. Auch er wusste nichts Neues zu berichten. Die Böhmen waren entkommen und wohl schon auf dem halben Weg nach Prag, aber die Gefahr war damit gebannt.

Ilse hatte sich mit Marias Hilfe um Judith gekümmert. Es waren weiterhin nur Rötungen, die gefürchteten Brandblasen, die eine Entzündung nach sich ziehen konnten, waren ausgeblieben.

Der Haushalt war schläfrig, auch die zuhause Gebliebenen hatten aus Sorge kaum ein Auge zugetan. Irgendjemand aus der Familie musste aber am Gottesdienst teilnehmen, und da Ilse sich sicher war, dass sie Gott am meisten zu danken hatte, machte sie sich alleine auf den Weg.

Die Kirche war wenig besucht für einen Sonntag. Viele Männer waren nach der durchwachten Nacht zuhause geblieben. Der Pfarrer Söllner hatte genug Zeit, um sich von Katharina und Ilse von der neuen jungen Hübschlerin erzählen zu lassen. Auch für die hässlichen Schuhe versprach er, einen bedürftigen Besitzer zu finden.

Auf dem Kirchhof waren die Frauen eifrig damit beschäftigt, Neuigkeiten auszutauschen. Eine jede hatte aus einem anderen Winkel der Stadt von der Mörderjagd zu berichten. Keine aber war einem der Böhmen so nahe gekommen wie Ilse. Mit Katharina und Kunigunde an ihrer Seite war sie von Neugierigen umringt, und so dauerte es eine Weile, bis sie sich auf den Heimweg machte.

Am Benefiziatenhaus traf sie auf den Herrn Kaplan. Zumindest dachte sie, dass er es war. Genau konnte man es nicht sagen, da er seinen Kopf in

Kleppers neuem Wassertrog hatte. Dieser stand daneben und betrachtete seinen Herrn ohne Spuren von Überraschung, das schien wohl öfter vorzukommen. Lorenz richtete sich auf und schüttelte sich.

»Ihr seid schon wach, Ehrwürden? Ich hab Euch in der Kirche gar nicht gesehen.«

Lorenz begrüßte sie tropfend und etwas verschlafen. »Ich wär lieber noch im Bett nach letzter Nacht. Aber ein alter Bekannter hat mich rausgeklopft, um nach dem Weg zu fragen, da dachte ich, ich bleib gleich wach und mach was Sinnvolles. Für die Messe war es schon zu spät.«

»Kommt Ihr mit zum Frühmahl?«

Lorenz schüttelte den Kopf. »Habt vielen Dank, aber ich bin noch nicht richtig munter, ich habe keinen Hunger.«

Ilse verabschiedete sich vom gähnenden Herrn Kaplan und schloss sich der Liebeneckerin an, die ebenfalls am Heimweg war. Dieser sollte sich etwas länger hinziehen, da der Lambert und der Liebenecker der Suchgruppe in der Vorstadt angehört hatten und es so einige Neuigkeiten auszutauschen gab. Während der eine Böhme das Chaos am Stadtplatz angerichtet hatte, war der andere über die Dächer auf die Stadtmauer geflohen und dann entkommen. An der Kreuzung von Pfarrgasse und Johannisgasse machten die beiden Frauen halt. Sie waren nicht alleine in der Gasse.

»Hattet Ihr Besuch, Frau Kramer? Wer ist das denn?«, fragte die Liebeneckerin.

Ilse betrachtete den Fremden, der aus ihrem Haus kam. »Ich hab ihn noch nie gesehen.«

»Erzählt es mir dann später, falls es jemand Interessanter war.«

Ilse versprach es und die beiden verabschiedeten sich.

Zuhause traf sie nur auf Maria und Agnes, die dabei waren, den Tisch zu decken.

»Da war ein Fremder in der Pfarrgasse, war der bei uns?«

»Beim Herrn Hohenfelder war er, Herrin, gleich zweimal«, antwortete Maria und stellte die große Vorlegeschüssel ab.

Christoph kam mit seinen Hunden aus dem Garten. »Ilse, ich habe erfreuliche Nachrichten bekommen. Der Kaplan Mittenauer ist wirklich der Kaplan Mittenauer.«

Erstaunt sah sie ihn an. »Wie meinst du das? Das wussten wir doch, der Abt Widmar hat ihn dir doch aus Kremsmünster geschickt.«

Christoph nahm Agnes die Schüssel mit den Essensresten für die Hunde ab und stellte sie unter den Tisch. »Wir wissen, dass ein Lorenz Mittenauer Kremsmünster verlassen hat, und wir wissen, dass jemand, der sich Lorenz Mittenauer nennt, hier angekommen ist. Was dazwischen passiert ist, entzieht sich unserer Kenntnis. Angesichts der Vorfälle der letzten Zeit war es doch angebracht, gewisse Zweifel zu hegen.«

»Für einen Pfarrer isst er sehr wenig«, wandte Maria ein.

»Das ist doch nicht verdächtig, der Pfarrer Söllner ist auch kein Völlerer«, sagte Ilse.

Christoph lächelte. »Ich hatte eher andere Verdachtsmomente im Kopf. Wie dem auch sei, der Abt Widmar hat mir nicht nur den Pater Mittenauer genau beschrieben, er hat auch einen Boten geschickt, der ihn kennt. Beide haben die Identität unseres neuen Kaplans bestätigt, wir können ihn also behalten.«

»Ach, das muss der Ruhestörer gewesen sein«, sagte Ilse.

»Ruhestörer?«, fragte Christoph.

»Ja, der den Herrn Kaplan rausgeklopft hat, obwohl er ausschlafen wollte.« Sie wandte sich an Maria. »Er ist noch zu müde fürs Frühmahl, sagte er.«

»Dann wird er beim Pfarrer später auch nichts mehr kriegen. Ich schick die Agnes nachher mit einem Korb zu ihm. Er hat doch die ganze Nacht auf die Buben aufgepasst.«

Mit einem Krachen schob Christoph ruckartig seinen Stuhl nach hinten und griff schnell unter den Tisch.

»Da haben wir jemanden, der niemals eine Mahlzeit auslassen würde.«

Er hatte Annas Kätzchen am Nacken gepackt und hielt es in die Höhe. Ilse war etwas schreckhaft nach der letzten Nacht und versuchte, ihr wie wild rasendes Herz zu beruhigen.

»Geht sie immer noch an die Hundeschüssel? Vielleicht lernt sie es erst, wenn du sie mal lässt«, sagte sie.

»Sie hat Glück, dass ich nur mehr Vogelhunde habe, andere Jagdhunde würden sich das nie gefallen lassen.«

»Wo ist denn die Anna? Schlafen die Kinder noch?«

»Die Buben schon, aber die Anna und der Giso pflücken Blumen für die Judith an der Stadtmauer.«

Ilse war glücklich. Die Mörder waren, wenn auch nicht gefasst, so doch gefunden, und kein Verdacht würde mehr auf Barnabas und Sebastian fallen. Ein Falschmünzer und ein Dieb waren noch auf freiem Fuß, beide aber bemerkenswert erfolglos. Der eine stellte schlechte Fälschungen her, der andere hatte das Diebesgut nicht einmal aus dem Lagerhaus schaffen können. Wer weiß, vielleicht gab es diesen Dieb gar nicht und sie hatte im Chaos der Baustelle nur nicht ordentlich auf die Waren aufgepasst.

Schreie aus dem Garten rissen sie aus ihren Gedanken. Die Kinder! Ilse eilte hinaus, doch Christoph und die Hunde kamen ihr zuvor. Es waren nur wenige Schritte durch die Halle und die Rauchkuchl in den Garten, aber das reichte, um sich in den leuchtendsten Farben den Angriff der Böhmen vorzustellen.

Doch dort war kein Angreifer, nur Gertrud, die Anna und Giso an sich drückte und sich suchend umsah. Ilse lief auf sie zu.

»Was ist, waren die Böhmen hier?«, rief sie.

»Ich weiß es nicht, ich habe niemanden gesehen«, sagte Gertrud, den Blick immer noch suchend nach oben gerichtet.

»Da war ein Mann auf der Mauer«, rief Anna und deutete auf die Mauerkrone.

»Ganz grimmig hat er uns angesehen, das war sicher ein Böhme.« Giso ließ Gertrud los und drückte sich an Ilse.

Die Hunde liefen bellend um ihren Herrn im Kreis. Ihre Aufregung fand kein Ziel, sie hatten wohl keine fremde Witterung bemerkt.

»Geht nach drinnen, ich warte auf den nächsten Wachmann«, sagte Christoph.

Ilse betrachtete die Stadtmauer, die an der Längsseite und am Ende des Gartens das Grundstück umrahmte. Dann ging sie mit Gertrud und den Kindern nach drinnen.

Christoph folgte wenig später.

»Es gab wohl nur einen Wechsel bei den Wachleuten wegen der Aufregung letzte Nacht.«

Ilse atmete erleichtert auf und machte sich wieder am Esstisch zu schaffen.

Schnell war die Aufregung vergessen. Alle hatten sich zu einem späten sonntäglichen Frühmahl versammelt. Selbst Judith war herabgekommen. Ein kurzer Streit entstand darüber, ob sie sich nun schonen müsste oder nicht, den sie aber verlor und statt ihre Arbeit aufzunehmen zurück in die Kammer geschickt wurde. Christoph hatte das letzte Wort. Er führte an, dass ohnehin nichts zu tun wäre, außer an den Kleidern ihrer Herrin zu nähen, und davon hätte diese mehr als jede andere Welserin. Es wäre unsinnig, deswegen eine Infektion zu riskieren. Ilse stimmte lachend zu.

Gut gelaunt machte sich Ilse auf zum Benefiziatenhaus. Maria hatte ihr einen Korb für den Herrn Kaplan gepackt, damit dieser wegen des verpassten Frühmahls nicht Hunger leiden musste. Dass er in der Nacht auf die Buben aufgepasst hatte, hatte ihn wohl in der Gunst der Köchin deutlich steigen lassen und ihm für lange Zeit das Recht auf Mahlzeiten auch außerhalb der Essenszeiten gesichert.

Der Korb war schwer, und so widerstand Ilse der Versuchung, sich von Bekannten am Friedhof aufhalten zu lassen, um über die Ereignisse der letzten Nacht zu tratschen. Es war gut, dass sie sich beeilt hatte, denn als sie am Benefiziatenhaus ankam, war Lorenz gerade dabei, aufzubrechen.

»Frau Kramer, was macht Ihr denn hier?«, fragte er erstaunt.

»Ich bringe Euch Euer Frühmahl.«

»Das ist nett, aber habt Ihr denn für so etwas Zeit nach den schlimmen Nachrichten?«

»Welche schlimmen Nachrichten?«, fragte Ilse, unsicher, ob sie es wirklich wissen wollte.

»Der Kaiser Friedrich ist tot. Gestern ist er gestorben.«

»Der Kaiser tot? Seid Ihr Euch da sicher?«, fragte Ilse entsetzt. »Der Christoph hat ihn erst vor ein paar

Wochen besucht, als er operiert worden ist. Davon hat er sich gut erholt, da kann er doch jetzt nicht tot sein.«

»So sicher, wie man sich sein kann, wenn etwas in einer anderen Stadt geschieht. Der Achaz Pollheimer kam gerade über den Friedhof und hat gemeint, er hätte eine Meldung aus Linz von seinem Bruder bekommen. Er wollte dem Herrn Hohenfelder davon berichten«, antwortete Lorenz. »Ihr müsst ihn knapp verpasst haben.«

»Zum Christoph wollte er? Dann muss ich mich sputen, das wird ihn schwer treffen«, rief Ilse über ihre Schulter. Sie hatte sich schon zum Gehen gewandt, der Korb stand vergessen auf dem Boden.

»Ich war gerade auf dem Weg zu ihm. Wartet, ich begleite Euch.«

Ilse lief auf die Stadtmauer zu, aber Lorenz bremste sie ein.

»Dem Herrn Hohenfelder ist nicht geholfen, wenn Ihr über Eure Schnabelschuhe fallt und Euch das Genick brecht«, sagte er und hielt sie an der Schulter zurück.

Ilse dachte nicht daran, sich aufhalten zu lassen. »Aber der Christoph braucht mich.«

»Denkt Ihr wirklich, dass es ihn so sehr trifft?«, fragte Lorenz skeptisch, ohne Ilse loszulassen.

Sie nickte. »Ich weiß, viele reden schlecht über den Kaiser, aber der Christoph mag ihn wirklich.«

»Er hat unter ihm einen bemerkenswerten Aufstieg erlebt. Der Kaiser hat ihn immer begünstigt, da ist er sicher dankbar.«

Ilse schüttelte ungeduldig den Kopf und riss sich los.

»Das ist es nicht, das hat der Christoph verdient, da muss man nicht allzu sehr dankbar sein. Aber er hat ihn wirklich gemocht.«

Sie nahm den Weg die Stadtmauer entlang. Sobald sie den Friedhof verlassen hatte, konnte man sie außer vom stets verwaisten Nachbarhaus und der Mauerkrone nicht sehen, und so raffte sie das Kleid bis über die Knie und rannte los.

Es sagte viel über Ilses Schuhwahl aus, dass selbst der nach letzter Nacht wieder deutlich hinkende Lorenz mit ihr Schritt halten konnte.

»Meint Ihr wirklich, dass es ihn aufregt? Ihr müsst zugeben, die meisten werden froh über den Wechsel zu König Maximilian sein.«

Ilse war zu besorgt, um wütend zu werden, aber langsam ertrug sie das Gerede nicht mehr. »Christoph nicht. Und ob Ihr mir das glaubt, ist mir herzlich egal.«

Im Garten angekommen, strich sie sich das Kleid zurecht, rückte ihr Gefrens gerade und betrat das Haus durch die Küche. Die Zeit, sich herzurichten, hätte sie sich nicht nehmen müssen, denn vom Burgvogt war nichts mehr zu sehen. Christoph saß alleine auf der Bank. Er sah auf, als die beiden sich näherten.

»Ilse, hast du es schon gehört?«

»Der Herr Kaplan hat es mir gerade erzählt.«

»So kurz, nachdem er alles überstanden hatte. Der Schlag hat ihn getroffen, sagte der Achaz.«

Ilse sah mit Sorge, wie blass Christoph war.

»Er war schon fast 80«, wandte sie ein, aber das klang selbst in ihren Ohren wenig tröstlich.

»Ihm war vergönnt, was andere sich wünschen würden. Er hat vor seiner Operation seinen Frieden mit Gott gemacht. Das muss uns allen ein Trost sein«, sagte Lorenz.

Christoph wandte sich ihm zu. »Kanntet Ihr den Kaiser?«

»Das Vergnügen hatte ich leider nicht. Ich habe ihn nur einmal kurz gesehen, bei der Königswahl seines Sohnes in Frankfurt.«

»Ihr wart auch dort? Ich kann mich nicht erinnern.«

Lorenz lächelte. »Meine Position unter den Gästen war nicht so weithin sichtbar wie Eure.«

»Das hat er gut geregelt, der Kaiser, nicht wahr, dass wir jetzt keine Sorgen um seinen Nachfolger haben. Der König ist jetzt unser Landesherr und bald wird er unser Kaiser.«

Ilse bemerkte, dass Christoph immer abwesender wirkte. Er war blass und sie dachte, dass er zitterte. Sie legte ihm die Hand auf die Schulter.

»Du solltest deine Arznei nehmen und dich hinlegen.«

»Danach ist mir jetzt nicht.«

»Du wirst sicher in den nächsten Tagen nach Linz gerufen, da musst du ausgeruht sein.«

»Eine solche Reise schaff ich schon noch.«

»Schon, aber du hast heute Nacht nicht geschlafen.«

»Möchtet Ihr in die Kirche, um für den Kaiser zu beten?«, unterbrach Lorenz die beiden.

Ilse schüttelte hinter Christoph den Kopf. Wenn dort jemand schlecht über den Kaiser sprach, würde es ein Unglück geben. Der Herr Kaplan verstand den Hinweis.

»Oder lieber in der Stille Eures Hausaltars?«, fügte er hinzu.

Christoph erhob sich. »Ja, das werde ich.« Er nahm kurz Ilses Hand und drückte sie, dann ging er gefolgt von seinem Kaplan nach oben.

Eifrige Betriebsamkeit erfasste den Haushalt. Die Sonntagsmesse auszulassen, war das eine, aber einer Gedenkmesse für einen Kaiser konnte man auch nach einer durchwachten Nacht nicht fernbleiben. Nichts war bereit für einen Messgang. Die Kinder waren staubig vom Spiel im Garten, die Buben hatten sich nach dem Frühmahl wieder ins Bett gelegt und die Sonntagskleider waren in den Truhen verstaut.

Das Schwierigste war es, Sebastian und Barnabas zu wecken, ohne Christoph zu stören. Die beiden schliefen zwar nur im Winter bei ihm in seiner beheizbaren Schlafkammer, aber nur eine dünne Wand trennte ihre Kammer von seiner. Ilse benötigte ihre Botendienste. Es war unklar, wie weit sich die Nachricht von den Pollheimern aus schon verbreitet hatte. Die Buben mussten Wolfgang und Sigmund informieren und dann zum Magister Crusius laufen, damit er den Schulchor für die Messe zusammenrufen konnte. Murrend machten sie sich auf den Weg.

Dann begannen die Boten einzutreffen. Die Pollheimer von der Burg und vom Schloss luden Christoph und seinen Haushalt zu den Gedenkmessen in die dortigen Kapellen. Ilse lehnte dankend ab und bat mitzuteilen, dass der Herr Hohenfelder das Totengedenken mit seinem Kaplan in stiller Einkehr beging. Für sie selbst hielt sie es für angemessener, an den Gedenkfeierlichkeiten der Bürger teilzunehmen. Sebastian hatte die Wahl, doch er wollte lieber bei der Familie bleiben.

Briefe aus Linz trafen ein, mit dem kaiserlichen Siegel, dem königlichen Siegel und ein dicker Umschlag mit dem Siegel der Apothekerzunft und der vertrauten Handschrift von Doktor Wallich. Überrascht sah Ilse, dass auch für den Herrn Kaplan ein königliches Schreiben dabei war. Sie legte alle zur Seite. Ein weiterer Bote brachte einen Brief von einem der benachbarten Grundherren, auch der landete auf dem immer höher werdenden Stapel.

Erst am frühen Nachmittag kam Lorenz wieder in die Halle. Ilse hatte darauf gehofft, ihn alleine anzutreffen, und hatte auf ihn gewartet.

»Wie geht es ihm?«, fragte sie besorgt.

»Gefasst, aber getroffen. Das Beten hilft ihm, aber mir wäre es lieber, er würde etwas essen und trinken.«

Maria hatte nur darauf gewartet und reichte Agnes die bereitstehende Schüssel mit den Leckereien, um sie nach oben zu bringen. Ilse hatte ebenfalls etwas vorbereitet.

»Gebt ihm dieses Glas da«, sagte sie und drückte Lorenz zwei der venezianischen Trinkgläser in die Hand. »Das andere ist für Euch, verwechselt es nicht.«

Er betrachtete sie skeptisch. »Verzeiht, wenn ich Euch nahetreten sollte, aber ich lasse mich nicht zum Handlanger von Giftmischerei machen.«

Maria lachte. »Herrin, er hat Euch durchschaut.«

Ilse warf ihr einen bösen Blick zu.

»Das sind nur Kräuter, die ihn friedlich schlafen lassen. Sonst betet er den ganzen Tag und die ganze Nacht durch.«

»Das ist die Art der Ritter, das wisst ihr doch.« Er schnupperte an Christophs Glas. »Habt Ihr das gebraut?«

»Natürlich nicht, ich verstehe mich bei Kräutern nur auf ihren Preis. Das ist vom Doktor Wallich, die Arznei nimmt der Christoph immer, wenn er von den Erinnerungen an seine Kämpfe Alpträume hat und nicht schlafen kann.«

Lorenz sah das Glas erstaunt an. »Da gibt es Kräuter dagegen? Die Rezeptur würde mich auch interessieren.«

»Gebt Ihr es ihm?«

»Würde er es nehmen, wenn ich ihn frage?«

Ilse überlegte kurz, zu lügen, aber gegenüber einem Priester ging das wohl nicht. »Nein, wahrscheinlich nicht.«

»Er nimmt sie öfter und sie schaden ihm nicht?«

Ilse nickte. »Er muss doch ausgeruht sein, bevor er nach Linz reist.«

»Nun gut, aber wenn er es bemerkt, schiebe ich die ganze Schuld auf Euch.«

»Damit kann ich leben.«

»Ich sage ihm, Ihr habt mit weiblichem Geschick meine unschuldige Pfaffenseele verwirrt.«

Ilse sah ihn entsetzt an. Er lachte. Sie musste zumindest lächeln.

Er nickte zufrieden »Schon besser. Wenn das wirkt, lege ich ihn ins Bett und komme runter. Ich will dem Herrn Pfarrer mit den Gedenkmessen helfen, es geht sicher schon hoch her in der Pfarrkirche.«

Als der Herold eintraf, um offiziell das Ableben des Kaisers zu verkünden, war es zu spät. Stadtrichter und Burgvogt hatten die Meldung verbreitet, jeder unter den Seinen, und so stand der Herold alleine am Stadtplatz. Die Bevölkerung hatte sich in den Kirchen und Kapellen versammelt, um für ihren toten Herrn zu beten. Er mochte nicht der beliebteste Kaiser gewesen sein, aber kaum einer konnte sich an eine Zeit ohne ihn erinnern.

11. Kapitel

Als der Haushalt von der Messe kam, war es still im Haus. Maria, die zuhause geblieben war, falls ihr Herr erwachte und Hunger bekam, war ebenfalls eingeschlafen. Ilse machte sich Vorwürfe. Die alte Köchin hatte in der Nacht zuvor vor lauter Sorge kaum geschlafen, sie hätte Agnes bei ihr lassen sollen.

Es war nicht leicht, für Ruhe zu sorgen. Die Kinder waren aufgeregt wegen der Unruhe der letzten Tage, die Frauen waren übermüdet und die Hunde, die immer in Christophs Kammer schliefen und sonst nie Probleme machten, schlugen ständig an und drohten ihn trotz seiner Arzneien aufzuwecken. Ilse wusste sich nicht anders zu helfen, als Agnes mit ihnen zum Schloss zu schicken, wo der Jagdhundeführer der Pollheimer sich ihrer annehmen würde.

Als wieder jemand an den Türrahmen klopfte, war die Versuchung groß, die Störung zu ignorieren. Aber es war Sommer, die Türe stets offen und der Haushalt zu laut, um vorzugeben, dass niemand zu Hause war.

Zu Ilses Überraschung waren es der Meister Brandtner und Gregors Vater, die hereinkamen. Der eine sah sich suchend um, der andere hielt mit reumütiger Miene seinen Hut in der Hand.

»Frau Kramer, wir sind hier, weil der Bogner Euch etwas zu sagen hat«, begann der Meister Brandtner.

Dieser tat einen Schritt nach vorne auf Ilse zu. »Entschuldigen will ich mich. Ich hab es nicht böse gemeint, aber der Bub war tot und das Bier hat dann den Rest getan.«

Mitleidig betrachtete Ilse den Mann. »Eure Reaktion war nur allzu verständlich. Seid gewiss, dass niemand hier es Euch krummnimmt«, sagte sie.

»Da gibt es nichts schönzureden, angegriffen hab ich Euch und Eure Söhne, dabei war es der Böhme.«

»Das ist schon vergessen. Wir wissen es jetzt alle besser, machen wir uns keine Gedanken um Dinge, die vergangen sind.«

Der Meister Brandtner machte abrupt einen Schritt nach vorn. »Was war das?«, sagte er.

»Was war was?«, fragte Ilse verwirrt.

»Das Geräusch.«

»Welches Geräusch?«

Ilse sah sich suchend um. Die anderen taten es ihr gleich. Außer dem Meister Brandtner hatte wohl niemand etwas gehört.

»Es kam aus dem Garten«, sagte er.

Noch ehe Ilse etwas sagen konnte, war der Schmied durch die Küche bei der Gartentüre hinaus. Sie folgte ihm.

»Meister Brandtner, so wartet doch, ich denke nicht ...«

Weiter kam sie nicht, denn der Blick in den Garten hatte ihr die Sprache verschlagen. Ein klägliches Miauen war zu hören. Nur der Gedanke an Christoph und an die Kinder, die nichts mitbekommen sollten, hielt Ilse davon ab, auch dieses Mal wieder gellend zu schreien. Da, neben dem Kätzchen, lag eine Leiche mitten im Garten, eine Leiche, aus deren Rücken Sebastians Messer ragte.

Ilse war dankbar, dass der Meister Brandtner hier war. Er warf Gregors aufgebrachten Vater hinaus, der lauthals Sebastian und Barnabas des Mordes bezichtigte. Dann lief er los, um Wolfgang zu benachrichtigen. Der Aufruhr hatte gereicht, um die Nachbarn zu alarmieren. Die Liebeneckerin blieb bei Ilse, der Liebenecker durchsuchte mit seinem Sohn und seinen Gesellen die Gärten und den Pfad zum Friedhof.

Ilse haderte mit sich, ob sie Christoph wecken sollte oder nicht. Die Arzneien würden ihn ohnehin verwirrt sein lassen, warum sollte er sich nicht weiter ausruhen? So blieb sie mit der Liebeneckerin auf der Bank im Garten sitzen und streichelte Annas Kätzchen, das den Toten wohl als Erste bemerkt und Alarm geschlagen hatte. Sie warteten nicht lange auf Wolfgang.

»Was ist denn hier passiert, der Bogner läuft durch die Stadt und schreit herum, hier wäre jemand abgestochen worden?«, fragte er an Ilse gewandt. Die deutete nur auf den im Gras liegenden Toten.

»Ich hab es Euch doch gesagt, der Böhme liegt tot im Garten, mit dem jungen Hohenfelder seinem Messer im Rücken«, sagte der Meister Brandtner, der ihm gefolgt war. »Der war es wohl auch beim Gregor, nicht der Kramer. Oder die beiden stecken gemeinsam dahinter.«

Wolfgang ignorierte ihn ebenso wie die Leiche und fragte Ilse noch einmal: »Was ist passiert?«

»Ich weiß es nicht. Der Meister Brandtner hat ein Geräusch gehört, da sind wir alle raus und da lag der Tote.« Ilse schauderte. »Das Messer hab ich mir noch nicht genauer angesehen, kann sein, dass es das vom Sebastian ist. Es wurde ja gestohlen.« Sie hatte mit dem Gedanken gespielt, es verschwinden zu lassen, aber zu viele hatten es schon gesehen.

Der Schmied schnaubte ungläubig. Wolfgang sah ihn an. »Habt Ihr etwas zu sagen?«

»Es ist doch klar, was hier passiert ist. Ein anderer Saufkumpan war dem jungen Hohenfelder nicht mehr recht und er hat ihn abgestochen. Hat ja auch beim ersten Mal schon funktioniert. Oder er hat den Kramer angestiftet.«

Wolfgang schüttelte den Kopf. »Die Buben können es nicht gewesen sein. Die waren in der Kirche.«

»Sie haben ihn wohl schon vorher abgestochen.«

»Und das Geräusch, das Ihr gehört habt?«

»Was ist damit?«

»Das muss etwas damit zu tun haben, aber da waren die Buben nicht hier.« Der Meister Brandtner runzelte die Stirn. Wolfgang fuhr fort. »Der andere Böhme ist wohl mit ihm in Streit geraten, und dann hat er ihn abgestochen und von der Stadtmauer geworfen.«

»Und warum hätten sie das tun sollen?«

»Meister Brandtner, vielen Dank für Eure Hilfe, aber Ihr könnt jetzt gehen. Ich komme zu Euch in die Schmiede, falls ich noch Fragen habe.«

»Ich geh hier nicht weg, bevor ich nicht weiß, was mit dem Gregor passiert ist.«

»Ihr geht jetzt, vielen Dank.«

Wolfgang drehte dem Schmied den Rücken zu und untersuchte die Leiche. Der Meister Brandtner zögerte kurz, dann ging er.

»Liebeneckerin, sei so nett und schick nach dem Totengräber«, sagte Wolfgang, ohne den Blick von dem toten Böhmen abzuwenden.

Ilse war sich nicht sicher, ob sie ihre Nachbarin gehen lassen wollte, aber die nickte nur und machte sich auf den Weg. Wolfgang sah ihr nach, bis sie im Haus verschwunden war.

»Ilse, das ist gar nicht gut.«

»Ich weiß. Aber wenigstens kann dieses Mal niemand die Buben verdächtigen. Sie waren die ganze Nacht und den ganzen Tag in Begleitung.«

Wolfgang schüttelte den Kopf. »Das ist es ja, das waren sie nicht. Jeder hat gestern gesehen, was am Stadtplatz passiert ist. Und dass die Buben dem da«, er deutete auf die Leiche, »wütend nachgelaufen sind.«

»Aber das war schon gestern Nachmittag. Der ist jetzt erst heruntergefallen, Barnabas und Sebastian sind in der Kirche, im Chor, jeder hat sie gesehen.«

»Der ist seit mindestens letzter Nacht tot.«

Ilse sah ihn entsetzt an. »Aber was machen wir denn jetzt?«

»Wir begraben die Leiche, bevor jemand sie ansehen kann und erkennt, wie alt sie ist.«

»Denkst du, das reicht?«

»Nicht nach der Szene gestern. Wenn du mich fragst, sollte ich den jungen Hohenfelder verhaften, bevor er alles auf den Barnabas schiebt.«

»Aber sie sind beide unschuldig!«

»Ilse, du musst vernünftig darüber nachdenken. Einer von den beiden war es wohl, je eher wir den Sebastian verhaften, desto eher hat der Barnabas seine Ruhe.«

»Wie hätte denn der Sebastian eine Leiche in den Garten legen sollen, wenn er doch in der Kirche ist?«

»Ich hab seinen Vater schon den ganzen Tag nicht gesehen.«

»Der betet.«

»Wenn du meinst.«

»Du meinst doch nicht wirklich, der Christoph würde eine Leiche im Garten zwischenlagern, wo ich und die Kinder jederzeit drauf stoßen könnten?«

Ein entrüstetes Miauen unterbrach die beiden. Ilse hatte sich wütend erhoben und dabei das Kätzchen von ihrem Schoß geworfen.

Wolfgang seufzte. »Du hast recht, der Hohenfelder hat vermutlich nichts damit zu tun. Aber der Sebastian, der kann es gewesen sein.«

»Wie denn?«

»Die Bürger sind alle müde nach letzter Nacht, und wer nicht schläft, ist in der Kirche. Die Stadtmauer war unbewacht. Er hat den Leichnam wohl auf euer Dach geschafft, wollte ihn über die Mauer werfen. Er wurde gestört, musste in die Kirche. Und irgendwann ist der Böhme dann einfach runtergefallen.«

Ilse schüttelte energisch den Kopf. »Der Sebastian macht so etwas nicht.«

»Kräftig genug wäre er.«

»Das denke ich nicht.«

»Das musst du denken, denn die Alternative ist, dass der Barnabas ihm geholfen hat.« Er nahm ihre Hände. »Ilse, du weißt, wie wichtig mir der Barnabas ist, egal ob er dein Sohn ist oder nicht. Aber wenn du ihn schützen willst, dann musst du mich meine Arbeit machen lassen.«

Ilse schüttelte weiter den Kopf. Das wollte sie nicht glauben. Das konnte sie nicht glauben.

»Der andere Böhme, der war es. Sie haben sich gestritten.«

Wolfgang seufzte. Dann drehte er sich um und ging.

Ilse war nicht lange alleine. Der Totengräber kam mit seinem Knecht. Der Haushalt hatte sich in die große Stube zurückgezogen, um den ehrlosen Männern nicht zu begegnen. Ilse aber blieb im Garten, weiter das Kätzchen streichelnd. Sie sah zu, wie der Böhme davongetragen wurde. Der arme Mann, sie kannte nicht einmal seinen Namen. Und jetzt würde er hier in der Fremde in einem unmarkierten Grab landen. Ob man es als ein Schuldeingeständnis sehen würde, wenn sie ein ordentliches Begräbnis bezahlte? Sie würde den Herrn Pfarrer fragen.

Die Schritte der Totengräber waren kaum verhallt, als die Gartentür zur Stadtmauer hin aufging. Der Liebenecker kam herein, mit dem Lambert. Zu Ilses Überraschung folgten ihm die Buben und der Herr Kaplan. Sie lief auf sie zu, umarmte erst Barnabas, dann Sebastian.

»Frau Mutter, lasst das, Ihr erdrückt mich.«

»Ich habe gesehen, dass die Buben abgeholt werden, und bin mitgekommen. Ist etwas geschehen?«

»Frau Tante, geht es Euch nicht gut? Der Meister Liebenecker sagte, wir sollen heimkommen.«

Der wandte sich an Ilse. »Ich hoffe, das war recht so, Frau Kramer. Bei all der Aufregung dachte ich, die Buben wären besser daheim.«

Er warf ihr einen ernsten Blick zu. Er konnte wohl ahnen, welche Beschuldigungen nun folgen würden.

»Vom zweiten Böhmen keine Spur?«

»Nein, der ist wohl über alle Berge nach seiner zweiten Mordtat.«

Ilse brachte Vater und Sohn Liebenecker zur Haustüre und bedankte sich herzlich, für mehr als nur die

Suche nach dem Böhmen. Dann drehte sie sich um. Der Herr Kaplan und die Buben sahen sie fragend an.

»Es ist hier doch nicht etwa ein Unglück geschehen? Mit den Arzneien«, fragte Lorenz besorgt.

Im ersten Moment wusste Ilse nicht, was er meinte. Dann fiel ihr wieder ein, warum Christoph in all der Aufregung so fest schlief. Der arme Herr Kaplan befürchtete wohl immer noch, in Giftmischereien verwickelt worden zu sein.

»Nein, damit hat es nichts zu tun. Ich habe eine Leiche im Garten gefunden.«

»In unserem Garten?«

»Warum denn Ihr schon wieder!«

»Wo ist mein Herr Vater, verfolgt er den Mörder?«

Ilse ignorierte die Fragen und setzte sich. Sie sah sich suchend um, aber das Kätzchen war im Garten geblieben und würde sie nicht mehr beruhigen.

Der Herr Kaplan kam näher und betrachtete sie besorgt. »Frau Kramer, habt Ihr seit gestern geschlafen?«

»Es war keine Zeit.«

»Die Leiche ist weg, wer hat sie denn weggeschafft?«

»Die Liebeneckerin hat den Totengräber geholt.«

»Es waren also die Nachbarn hier? Und die wissen, was geschehen ist?«

Ilse nickte. »Die Liebeneckerin ist bei mir geblieben, der Meister Brandtner hat den Bogner rausgeschmissen und der Wolfgang dann den Meister Brandtner.«

»Die waren alle da? Und eine Leiche im Garten?«

»Einer der Böhmen. Und das Kätzchen. Das hat dem Meister Brandtner Bescheid gegeben. Die Hunde sind mit der Agnes im Schloss, die hätten schon früher was gesagt.«

Eine Hand tastete nach Ilses Stirn.

»Wo ist denn der Rest des Haushalts?«

»Oben, wegen dem Totengräber.«

»Da geht Ihr jetzt auch hinauf und legt Euch zur Judith ins Bett. Schlaft erst mal, dann reden wir weiter.«

»Aber die Buben sind in Gefahr.«

»Frau Tante, macht Euch keine Sorgen. Wir holen unsere Schwerter und passen auf Euch auf.«

Ilse war zu müde, um zu erklären, warum das keine gute Idee war. Sie ging nach oben. Der Herr Kaplan hatte recht, nach einem kurzen Schlaf würde sie wieder klarer denken können. Seine Stimme begleitete sie die Stufen hinauf, dann bekam sie nichts mehr mit.

»Ich gehe zum Herrn Tätzgern und erkunde mich, was geschehen ist. Ihr beide gürtet Euch und seht zu, dass niemand Fremder ins Haus kommt.«

12. Kapitel

Aus dem kurzen Schlaf wurde ein langer, erst am nächsten Tag erwachte Ilse. Sie war alleine, Judiths Betthälfte kühl. Ein Blick durchs Fenster zeigte, dass der Tag schon viele Stunden alt war. Wie hatte sie nur so lange schlafen können, bei all dem, was passiert war? Bei all dem, was zu tun war?

Ilse beeilte sich, nach unten zu kommen. Der Duft von heißem Obst und frischen Krapfen stieg ihr in die Nase. Da waren schon alle zum Frühmahl versammelt, auch der Herr Kaplan war da, nur Christoph fehlte. Sie hatte tatsächlich den halben Vormittag verschlafen.

Sie setzte sich zu Tisch, doch sie hatte keinen Hunger. Ein Becher Milch würde reichen. Ihr Haushalt aber hatte andere Pläne. Maria schob die Schüssel mit den Krapfen in Ilses Richtung und Agnes legte ihr gleich zwei davon auf ihren Teller.

»Krapfen mit Zwetschkenmus, Herrin, für den Herrn Hohenfelder. Ich bin mir nicht sicher, ob sie so geraten sind, wie er sie möchte, Ihr müsst sie probieren«, sagte die Köchin.

Ilse kannte Marias Tricks, sie zum Essen zu bringen, und schob ihren Teller von sich in Richtung der Buben. Dort konnte sie immer damit rechnen, dass er geleert würde.

»Die sind sicher wie immer köstlich, ich muss sie nicht probieren.«

Lorenz schob den Teller zurück, noch bevor Sebastian danach greifen konnte. »Ihr solltet nach der Aufregung gestern trotzdem etwas essen.«

»Ihr müsst essen, Frau Mutter. Es sind nämlich gefährliche Zeiten, und in gefährlichen Zeiten lässt man nie eine Mahlzeit aus«, sagte Barnabas eifrig mit einem Blick auf Lorenz.

Dieser nickte. »Genau. In Gefahrenzeiten schläft und isst ein Mann, wann immer er kann.«

Ilse bemerkte den bewundernden Blick, den die Buben dem Herrn Kaplan zuwarfen. Sie lächelte. Es ging doch nichts über eine gemeinsame nächtliche Mörderjagd, um Männer zu verbrüdern, egal welchen Alters.

Sie deutete auf Lorenz' Teller. »Ihr esst doch auch nichts.«

»Ich? Ich sitze jetzt schon beim zweiten Frühmahl, ich habe beim Herrn Pfarrer gegessen und jetzt auch noch einen Krapfen, den mir die Maria aufgenötigt hat. Ich bin nicht zum Essen hier.«

»Warum dann?«

»Ich muss mit dem Herrn Hohenfelder etwas Wichtiges besprechen, ihm etwas zeigen, aber er schläft immer noch.«

Er sah Ilse vorwurfsvoll an. Sie musste zugeben, dass auch sie sich langsam Sorgen machte. Sie hatte sich doch noch nie in der Dosierung der Arznei geirrt, nicht einmal mitten in der Nacht und im Halbschlaf.

»Was müsst Ihr ihm denn zeigen?«, fragte sie und betrachtete den Korb, den er neben sich abgestellt hatte. Es war derselbe, in dem sie ihm gestern sein Frühmahl gebracht hatte, aber er war mit einem Tuch abgedeckt.

Der Herr Kaplan wollte zu einer Erklärung ansetzen, doch Tumult aus der Pfarrgasse unterbrach sie. Wolfgangs Stimme war zu hören.

»Doch nicht jetzt, das fehlt mir gerade noch«, entfuhr es Ilse. Sie konnte es nicht fassen. Er würde doch nicht heute die Strafe wegen des gezaddelten Kleides holen? Sie wusste ja noch nicht einmal, ob Judith es hatte retten können.

Aber irgendetwas war anders. Wütende Schreie mischten sich in Wolfgangs Vortrag, und von dem üblichen fröhlichen Gejohle war nichts zu hören.

Ilse erhob sich, um nach draußen zu gehen und nachzusehen. Der Herr Kaplan hielt sie zurück.

»Lasst mich das besser machen. Bleibt hier bei den Kindern.«

Ilse sah sich um. Die bedrohliche Stimmung war nicht nur ihr aufgefallen. Gertrud hatte Anna und Giso an der Hand genommen, Agnes hatte sich hinter

Maria versteckt und Judith musterte besorgt die Türe, als ob jeden Moment jemand hereinkommen würde. Der Herr Kaplan war auf dem Weg nach draußen, Sebastian wollte ihm folgen, Barnabas schloss sich an.

»Ihr beide bleibt hier«, wies Ilse sie an. Sie selbst dachte aber nicht daran, im Haus zu bleiben.

Draußen bot sich ein anderes als das gewohnte Bild. Die übliche Menge an Nachbarn aus der Johannisgasse und Tagedieben vom Friedhof war in deutlicher Unterzahl. Von überall aus Wels und selbst aus der Vorstadt erkannte Ilse die Gesichter. Wolfgang stand zwischen seinen Bütteln, doch auch die wirkten nicht wie sonst belustigt, sondern blickten grimmig in die Menge. Cuno erhob kurz die Hand zum Gruße, als Ilse aus dem Haus trat, ließ sie aber sofort wieder sinken. Der Himmel war wolkenverhangen, ein starker Wind war aufgekommen, und nur mit Mühe konnte man Wolfgangs Worte verstehen.

»… und so wird der oben genannte Sebastian Hohenfelder, wohnhaft zu Wels, des heimlichen Mordes in diesen Fällen …«

»Das kann doch nicht dein Ernst sein«, rief Ilse.

Wolfgang fuhr unbeirrt fort: »Und des Diebstahls zum Schaden von Johannes Kramer, Bürger zu Wels, angeklagt.«

»Ich war das nicht!«, schrie Sebastian, der hinter Ilse aus dem Haus gekommen war.

»Da ist er, setzt ihn fest!«, gellte es aus der Menge.

»Redet doch keinen Unsinn, der Sebastian Hohenfelder ist ein guter Bub«, rief die Liebeneckerin.

»Du sei ganz still, du bist nicht mehr als eine Leibeigene vom Hohenfelder, so wie du um die Kramerin rumschwänzelst«, fuhr sie der Meister Eferdinger, ein Klingenschmied, an.

Ein Tumult brach aus. Die Liebeneckerin hatte ihren Mann noch zurückhalten können, aber der Lambert und zwei der Lehrbuben gingen auf den Eferdinger los, dem sein Geselle zur Hilfe kam.

Lorenz nutzte die Ablenkung, um Sebastian ins Haus zu stoßen und die Türe hinter ihm zu schließen. Ilse hoffte, Judith und Agnes würden den Riegel vorschieben.

Die Büttel hatten die Raufenden getrennt. Der Herr Kaplan hob beschwichtigend die Hände

»Wir sollten in Ruhe darüber reden. Ich kann selbst bezeugen, dass der Sebastian immer in meiner Nähe war und keine Gelegenheit hatte, den Böhmen zu töten.«

»Hört nicht auf den Pfaffen.«

»Den hat sich der Hohenfelder gekauft«, schrie die Haunoldin.

»Holt den Mörder aus dem Haus raus.«

»Und seinen Komplizen gleich mit, holt auch den Barnabas Kramer.«

»Hier wird der Gerechtigkeit Genüge getan, ich gehe und verhafte den Sebastian Hohenfelder«, rief Wolfgang weithin vernehmbar über den Lärm der aufgebrachten Menge. Er nahm sein Richtschwert und hielt auf das Haus zu. Ilse stellte sich vor ihn.

»Ilse, geh aus dem Weg.«

»Aber Wolfgang, er war es doch nicht.«

»Hörst du sie nicht nach dem Barnabas schreien?«, sagte er und senkte die Stimme. »Geh aus dem Weg, dann bin ich gleich mit dem Burschen weg und du hast wieder Ruhe.«

»Ihr habt gehört, was die Frau Kramer gesagt hat. Sie möchte nicht, dass Ihr ihr Haus betretet«, sagte Lorenz, der neben Ilse getreten war.

»Ihr sagt mir nicht, was meine Schwester will«, brüllte Wolfgang ihn an. »Geht zur Seite, wenn der feige Bursche nicht rauskommt, geh ich rein und hole ihn.«

Ilse hörte die Türe hinter sich. Sie drehte sich um, bereit sich auf Sebastian zu werfen, aber es war Christoph, der aus dem Haus getreten war.

»Habt Ihr da nicht etwas Wichtiges vergessen, Herr Tätzgern?«, fragte er bedrohlich. Mit bangem Blick sah Ilse, dass er seinen Schwertgurt trug. Sie würde nicht zulassen, dass Wolfgang und Christoph sich etwas antaten. Notfalls würde sie sich dazwischenwerfen.

»Vergessen?«, rief der Stadtrichter laut vernehmbar über das Brausen des Windes. »Ich denke nicht, meine Anklage war umfangreich, aber wenn Ihr weitere Untaten zur Anzeige bringen wollt, könnt Ihr das gerne hier und jetzt tun, Hohenfelder.« Aufgeregtes Gemurmel und das eine oder andere Gejohle folgten dieser respektlosen Anrede.

»In dem Punkt habt Ihr Eure Arbeit gemacht, auch wenn es Euch wahrlich dabei nicht an Fantasie gefehlt hat. Ich meine etwas anderes.«

»Dann erhellt uns stupiden Pöbel.« Wolfgang sah sich beifallheischend um. Das Gejohle wurde aggressiver.

»Das ist mein Haus. Ein Freihaus«

Der Stadtrichter wurde blass, der Triumph verschwand aus seinem Gesicht. »Werdet nicht spitzfindig, meine Schwester wohnt hier.«

»Sie wohnt bei mir, in meinem Haus«, betonte Christoph. »Eure Gerichtsbarkeit erstreckt sich nicht auf diesen Grund und Boden, ich bin keiner Eurer Bürger und unterstehe nicht Eurem Stadtrecht. Wenn Ihr Probleme mit jemandem aus meinem Haushalt habt, wendet Euch an den Kaiser.« Kurz war ihm der Schmerz bei dieser Erinnerung anzusehen, aber er hielt Wolfgangs Blick stand.

Ein Schrei unterbrach die Konfrontation der beiden Männer.

»Wir verlangen Gerechtigkeit!«, keifte die Haunoldin. »Es kann nicht sein, dass ein heruntergekommener Adeliger, der sich nicht zu schade ist, sich von seiner Schwägerin durchfüttern zu lassen, Mord und Sünde in unsere friedliche Stadt bringt. Wer vom Geld eines unserer Händler lebt, der ...«

Patsch! Was mit einer solchen Person geschehen sollte, würde nie jemand erfahren, den Ilse war nach vorne gestürzt und hatte der Haunoldin eine Ohrfeige verpasst, die diese fast zu Boden taumeln ließ.

»Wie kannst du es wagen, so über den Herrn von Hohenfeld zu sprechen! Wenn ich noch ein schändliches Wort aus deinem zänkischen Mund höre, dann reiß ich dir die Zunge raus.«

Mit bebender Brust stand Ilse vor der Haunoldin, die nach einem ersten Moment des Zögerns zu ihrer gewohnten Streitsamkeit fand. Sie schlug zurück.

Chaos brach aus. Die tobende Menge, die eben noch nichts sehnlicher wünschte, als einen Mörder verhaftet zu sehen, fühlte sich vom Kampf der beiden Frauen um einiges besser unterhalten. Man sah nicht jeden Tag zwei Bürgerinnen aus den besten Familien, eine davon eine Dame in feinster Seide, sich kratzend und an den Haaren ziehend im Staub der Straße wälzen.

Auch wenn Ilse es nicht so geplant hatte, war ihr Angriff die Rettung aus der Situation. Die Menge war abgelenkt, und Christoph konnte handeln. Er packte Ilse, die sich heftig wehrte und wieder zu ihrer Kontrahentin gelangen wollte. Es schien, als würde er nur die Streitenden trennen, und so griff niemand ein, bis es zu spät war und er Ilse ins Haus getragen hatte. Lorenz schlug die Türe hinter ihnen zu. Judith hatte schon mit dem Riegel gewartet und legte ihn wieder vor. Mit Mühe drehte sie zusätzlich den selten gebrauchten Schlüssel im Schloss.

»Ist die Hintertüre verschlossen?«, fragte Christoph und setzte Ilse ab.

»Alles verschlossen, Herr«, sagte Maria, die auf einem Schemel an die Hintertüre gelehnt saß und einen Bratspieß in der Hand hielt. Agnes und Judith standen bei den Fenstern, deren schwere Läden sie geschlossen hatten.

Lorenz rückte einen Stuhl für Ilse heran, drückte sie nieder und schob ihren Oberkörper nach vorne. Dicke Blutstropfen fielen auf den Boden.

»Haltet die Nase immer nach unten, dann hört es gleich auf.«

Judith kam herbeigeeilt. »Herrin, was ist mit Euch?«

»Dieses bösartige Weib! Du hättest mich lassen sollen«, Ilse richtete sich auf und sah Christoph vorwurfsvoll an. Der sah nicht minder vorwurfsvoll zurück.

»Du siehst aus wie ein Straßenbengel. Was ist nur in dich gefahren?«

»Sie hat angefangen.«

»Sieh dich nur an«, sagte er schon etwas sanfter. Lorenz hatte inzwischen zwei nasse Tücher geholt und reichte sie Ilse.

»Legt das in Euren Nacken und das haltet an Euer Auge, sonst seht Ihr bald nichts mehr.«

Judith kniete sich neben sie, um ihr zu helfen.

Lorenz wandte sich an Christoph. »Ich kenne die Stadt noch nicht. Was meint Ihr, wie ungemütlich könnte es werden?«

»Ilse hat für Unterhaltung gesorgt, das könnte zu ruhigeren Gemütern führen.«

Lorenz trat näher an Christoph heran, die beiden flüsterten aufgeregt. Ilse konnte kaum ein Wort mehr verstehen, aber das wenige genügte.

»Feuer? Ihr meint, sie zünden uns das Haus an?«, fragte sie entsetzt.

Christoph beschwichtigte. »Der Herr Kaplan meinte lediglich, dass Derartiges schon einmal vorgekommen wäre, wenn der Pöbel sich im Recht wähnt. Ich habe ihn darüber informiert, dass man in Wels nicht auf solche Abscheulichkeiten gefasst sein muss.«

»Ich möchte nur auf alles vorbereitet sein«, wandte Lorenz ein.

Christoph nickte. »Ihr habt recht. Ich halte es zwar für unnötig, aber wir schaffen das Wichtigste in die Dachkammern. Von dort können wir jederzeit durch die Dachluke auf die Stadtmauer und zur Burg.«

Ilse durfte nicht helfen, aber sie wusste, dass sie Judith in diesem Punkt vertrauen konnte. »Nimm nur den Schmuck, die Kleider lass liegen«, sagte sie zu ihr.

»Aber Herrin, die sind wertvoll.«

»Aber zu viele. Der Johannes kann alle Kleider ersetzen, aber keinen von uns, wenn wir uns zu schwer beladen und nicht rechtzeitig wegkommen.«

Ein Streit mit Maria folgte.

»Ich bin zu alt, um auf Dächern rumzuklettern.«

»Bist du nicht, wir helfen dir doch«, sagte Ilse.

»Nein, Herrin, ich bleib da. Ich bin schon unter dem alten Herrn von Hohenfeld und dann bei Euch und dem Herrn Hans hier in dieser Küche gewesen. Es ist nur recht, wenn ich da auch sterbe.«

»Red nicht so einen Unsinn«, fuhr Ilse sie an.

»Mach dir keine Sorgen Maria, ich schieb dich die Luke rauf«, sagte Barnabas.

»Und ich steh oben und zieh«, fügte Sebastian hinzu.

Maria lächelte, fuhr aber mürrisch fort: »So ein Aufwand für ein altes Weib. Ich stell mich in die Türe, und dann sehen wir, ob sie sich trauen, das Haus anzuzünden.«

Protest erhob sich, aber insgeheim war sich Ilse sicher, dass es nicht dazu kommen würde. Die Menge vor dem Haus löste sich auf, die ersten Regentropfen fielen und kühlten die Gemüter ebenso wie sie ein Feuer löschen würden. Den meisten dort draußen war wohl bewusst, dass alte Streitereien sie hierhergeführt hatten und nur wenig dafür sprach, dass Sebastian wirklich der Mörder war. Wolfgang würde nicht zulassen, dass ihr und den Kindern etwas passierte.

Ein Donnern ließ sie auffahren. Nach wochenlanger Hitze war das lange erwartete Gewitter ausgebrochen. Den Rest des Tages würde jeder, der konnte, in den schützenden Wänden seines Zuhauses verbringen. Ihre Familie war sicher.

13. Kapitel

Das Gewitter tobte immer heftiger. Nur mit Mühe konnte Ilse Lorenz davon abhalten, nach Klepper zu sehen. Unangenehme Minuten folgten, als Christoph bemerkte, dass seine Hunde fehlten. Ilse musste gestehen, dass sie sie wegbringen lassen hatte.

»Du kannst doch eine läufige Hündin nicht zu einer Hundemeute bringen«, sagte er erbost.

»Das wusste ich doch nicht, und sie haben so gebellt.«

»Natürlich, sollen sie einen Mörder im Garten herumlaufen lassen?«

»Wir holen sie ab, wenn das Unwetter nachlässt.«

»Und das in ihrem Alter.«

Ilse war zerknirscht, aber zumindest lenkte der Gedanke an Welpen Giso und Anna von ihrer Angst ab.

»Herr Onkel, darf ich dann einen Welpen haben?«, fragte sie.

»Was machst du denn mit einem Jagdhund, mein Kind? Wir brauchen nicht noch einen Hund im Haus.« Trotz seiner ablehnenden Worte strich er ihr liebevoll übers Haar. Ilse beobachtete die beiden lächelnd. Auch Christophs Töchter hatten ihre ersten Jahre nicht überlebt. Anna würde den Welpen bekommen.

Ilses Blick fiel auf den Herrn Kaplan. Immer wieder hielt dieser auf Christoph zu, wollte ihn ansprechen, aber zögerte dann. Hatte er noch Schlimmeres am Herzen als die Sorge, dass ihnen jemand das Haus anzündete? Es war wohl besser, die Kinder wegzuschicken.

»Hört auf, euren Onkel zu belästigen. Geht lieber nach oben und übt für den Schulanfang.«

Gertrud nahm erst Anna, dann Giso an der Hand. »Kommt, ich lese euch aus dem Buch vor, dass der Magister Crusius für uns abgeschrieben hat.«

Sobald die drei aus dem Raum waren, wandte sich Lorenz an Christoph.

»Herr von Hohenfeld, da gibt es etwas, was ich Euch zeigen wollte. Euch und der Frau Kramer.«

Er holte den Korb, den er am Morgen mitgebracht hatte, unter der Bank hervor und stellte ihn vor Christoph auf den Tisch. Die Buben kamen neugierig näher. Maria und Agnes sahen vom Herd aus zu, Judith blickte über die Schulter ihrer Herrin. Die war sich nicht sicher, ob es eine gute Idee war, alle zu versammeln. Wenn der Herr Kaplan nicht wollte, dass die Kinder es sehen, musste es etwas Schlimmes sein.

»Barnabas, Sebastian, geht doch nach oben und helft der Gertrud beim Vorlesen. Euch kann die Übung auch nicht schaden«, sagte sie.

»Aber Frau Mutter, wir wollen sehen, was der Herr Kaplan mitgebracht hat.«

»Ich glaube, das Tuch hat sich bewegt.«

Lorenz lachte. »Wenn es sich bewegt, haben wir wohl größere Probleme, als ich dachte.« An Ilse gewandt fuhr er fort: »Lasst die Buben hier, sie können vielleicht etwas dazu sagen.«

Ilse sah Christoph an, dieser nickte.

»Ihr habt unser aller Aufmerksamkeit, was habt Ihr uns da mitgebracht?«, fragte er Lorenz.

»Etwas, das ich vergangene Nacht gefunden habe. Nach den Ereignissen in letzter Zeit wollte ich nachsehen, ob mein alter Waffenrock noch was taugt. In Wels geht es doch munterer zu, als ich vermutet hatte.«

Ilse nickte, Christoph hörte regungslos zu. Niemand außer Lorenz schien die letzten Wochen für außergewöhnlich zu halten. Er fuhr fort.

»Wie dem auch sei, den Waffenrock hab ich gefunden. In der großen Truhe, von der Ihr meintet, ich soll sie für die Buchhaltung nehmen.«

»Die alte Truhe von der Pechrerin, die mit dem guten Schloss«, sagte Ilse.

»Genau die. Und die war so schwer, da dachte ich, mein Kettenhemd, das ich verloren geglaubt habe, müsste da auch drin sein. War es aber nicht. Die Truhe war aus einem anderen Grund schwer.«

Alle folgten gebannt seinen Worten.

»Was war dann drin?«, fragte Sebastian.

»Der andere Böhme, in Stücken?« Barnabas betrachtete mit Abscheu den Korb. Judith und Ilse wichen zurück.

»Natürlich nicht, wie kommst du denn darauf?«, fragte Lorenz.

»Den alten Kaiser Barbarossa haben sie doch auch in einem Fass heimgebracht«, verteidigte sich Barnabas.

»Den haben sie aber vorher eingepökelt«, erklärte Sebastian.

»Herr im Himmel, Ihr habt einen gepökelten Böhmen in meinem Korb?« Maria bekreuzigte sich entsetzt.

Unruhe brach aus.

»Jetzt lasst den Herrn Kaplan doch ausreden«, rief Christoph den Haushalt zur Ordnung.

»Was ich gefunden habe, war ein doppelter Boden. Und darunter das da.«

Lorenz zog das Tuch vom Korb und kippte den Inhalt auf den Tisch. Vor den staunenden Zuschauern ergoss sich ein glänzender Strom, ein Strom aus Silbermünzen.

»Ein Schatz!«, rief Barnabas. »Ihr habt einen Schatz gefunden.«

»Das gehört alles der Witwe Pechrer, das müssen wir ihr bringen«, sagte Ilse.

Christoph blieb still und nahm eine der Münzen. Prüfend dreht er sie vor sich im Licht.

»Ihr seht es auch, nicht wahr?«, fragte ihn Lorenz.

Christoph schüttelte den Kopf. »Ich sehe nichts, aber ich denke, ich weiß, was Ihr meint.«

»Was ist damit?«, fragte Ilse und griff nach einer der Münzen.

»Du hast die Truhe aus dem alten Haus von der Witwe Pechrer?«

»Ja, sie wollte sie mit ein paar anderen Möbeln der Pfarre spenden, aber das Benefizium war ihr ebenso recht.«

»Ihr verstorbener Gemahl war der Zäsarius Pechrer, Enkel von Paul Erdinger?«

Ilse dachte kurz nach. »Ja, das müsste hinkommen. Der Bruder vom Peter Erdinger, dem Großvater von der Grete.«

»Dem Vater von Augustin Erdinger.«

Barnabas Miene verfinsterte sich. »Was hat denn mein Großvater schon wieder damit zu tun? Niemand will noch etwas von ihm wissen.«

Christoph sah ihn ernst an. »Genau das steckt wohl hinter der Sache. Deine Mutter war eine gute Frau, vom Erbe ihres Vaters wollte sie nichts wissen. Auch deine Großmutter hat nur wenig bekommen, erst Jahre später.«

Ilse erinnerte sich. »Da gab es einen Erbschaftsstreit, nicht wahr? Die Grete hat nur wenig darüber gesprochen, aber der Hans hat etwas in die Richtung erwähnt.«

»Das Erbe eines zum Tode Verurteilten fällt an den Landesherrn. Die Witwe vom Augustin Erdinger war aber eine Hohenfelderin, aus einem anderen Zweig der Familie zwar, aber doch eine Verwandte. Ich habe meinen Einfluss beim Kaiser geltend gemacht, damit sie nicht mittellos dasteht.« Er betrachtete die Münze. »Die Jahre, in denen die Verhandlungen liefen, hat der Rest der Familie wohl genutzt, um unauffällig einzelne Gegenstände aus dem Haus zu schaffen.«

»Und sie haben nicht bemerkt, dass sie einen Schatz mitgenommen haben?«, fragte Sebastian.

»Das da ist kein Schatz«, sagte Christoph.

»Sieht für mich aus wie ein Schatz«, brummte Maria.

»Ilse, weißt du noch, warum der Augustin Erdinger damals zum Tod durch den Strang verurteilt worden ist?«, fragte Christoph.

Sie schüttelte den Kopf. »Nein, ich war nicht bei der Hinrichtung. Ich war eine junge Frau und frisch verheiratet, mir stand der Sinn nicht nach solchen Dingen.« Sie dachte angestrengt nach. »Hieß es nicht, es wäre wegen Landesverrats gewesen?«

»Was ich euch jetzt mitteile, darf diesen Raum nicht verlassen.« Christoph sah sich um. Sein Blick blieb an Lorenz hängen.

»Meinethalber braucht Ihr Euch keine Gedanken machen. Eure Familiengeheimnisse sind Teil meines Amtes.«

»Landesverrat trifft es nicht ganz. Der König, damals noch Erzherzog, wollte ihn tot sehen.«

»Warum das denn?«, fragte Ilse.

»Dann war Großvater unschuldig?«, rief Barnabas erfreut.

»Leider nein, er war schuldig, daran gab es keinen Zweifel. Aber Landesverrat wollte er nicht begehen.« Christoph deutete auf die Münzen vor sich. »Ein Falschmünzer war er. Und ein guter noch dazu.«

»Also sind sie wirklich unecht? Ich war mir nicht sicher«, sagte Lorenz. Er nahm eine Münze und untersuchte sie. Die anderen taten es ihm gleich.

Ilse biss in die ihre. »Ich habe schon viele falsche Münzen gesehen, aber die hier hätte ich nicht erkannt.«

»Es hätte auch keiner bemerkt, wenn der Erdinger nicht auch ein Trunkenbold gewesen wäre und vor treuen erzherzöglichen Landsknechten mit seiner Tat geprahlt hätte.«

Lorenz runzelte die Stirn. »Aber hätte er dann nicht als Falschmünzer gehängt werden müssen? Das alleine ist doch schon ein todeswürdiges Verbrechen, warum dann der Landesverrat?«

»Weil der Augustin Erdinger ein liederlicher Mensch und der Großmannssucht verfallen war. Sein Großvater, sein Vater, sein Onkel, alle waren immer höher im Ansehen ihrer Mitbürger gestiegen. Der Name Erdinger galt etwas, genug, dass der Peter Erdinger für seinen Sohn eine Heirat in den Adel vermitteln konnte.« Christoph hielt inne. »Eine tragische Geschichte war es, wenn man es recht bedenkt. Der Augustin war ein Nichtsnutz und ein Trinker, der den Ruhm seiner Väter, aber nicht deren harte Arbeit wollte. Er hat einen in seinen Augen einfacheren Weg gefunden.«

»Er wollte mit Falschgeld reich werden?«, fragte Ilse. Sie zweifelte, dass das genügen würde. So mancher war reich und trotzdem nicht gut angesehen.

»Nein, reich war er ja schon, auch wenn er sein Erbe langsam aber sicher verprasst hat. Ihm war es gelungen, über die Verbindungen seiner Gemahlin Kontakt zu den erzherzöglichen Kreisen zu erhalten. Ihr wisst ja, der König Maximilian ist ständig in Geldnot, seine Kriege sind teuer.«

Ilse nickte. Sie konnte nur ahnen, wie viel von Christophs Vermögen schon in den Schatullen des Königs verschwunden war.

»Der Augustin Erdinger ist als großer Mann aufgetreten, hat Schuldscheine für den König übernommen und abbezahlt. Zum Glück dauerte es nicht lange, bis einer der Kaufmänner, die den König mit Geld versorgen, den Betrug bemerkt hat.«

»Er hat doch nicht etwa königliche Schulden mit Falschgeld bezahlt?«, fragte Ilse entsetzt.

Christoph nickte. »Das hat den König in eine schlimme Lage gebracht. Wenn es öffentlich würde, dass der Erdinger ein Falschmünzer war, würden alle Schuldner erneut eine Zahlung verlangen. Selbst die, die er mit echtem Geld aus seinem Erbe bezahlt hatte.«

Alle betrachteten nachdenklich die Münzen vor sich. Nur Barnabas wirkte erleichtert.

»Dann war er kein Mörder? Er hat nur falsches Geld gemacht?«

Ilse sagte ihm lieber nicht, wie oft sein Großvater die arme Margarethe halbtot geschlagen hatte.

Sebastian drehte die Münze in seinen Händen.

»Herr Vater, wie macht man denn falsche Münzen?«

»So etwas musst du nicht wissen.«

Etwas stimmte nicht mit den Buben. Barnabas wirkte gerade noch erleichtert, dann tauschten er und Sebastian Blicke, immer wieder musterten sie die Münzen.

»Was habt ihr beide zu sagen?«, fragte Ilse.

Alle Augen richteten sich erstaunt auf die Buben. Außer Ilse hatte wohl niemand etwas bemerkt. Die beiden sahen sich an. Es war Sebastian, der zögernd zu sprechen begann.

»Wir haben doch der Frau Pechrer geholfen, das Haus herzurichten, weil sie zu ihrer Schwester wollte.«

»Und dann meinte sie, wir dürfen uns Andenken an den Onkel Zäsarius aussuchen«, fuhr Barnabas fort.

»Ihr habt doch nicht etwa Münzen gefunden?«, fragte Ilse. Hatten die Buben das Falschgeld in Umlauf gebracht?

Er schüttelte den Kopf. »Aber wir haben etwas Spannendes gefunden, das so ähnlich aussieht.«

»Vorne wie die Münzen, aber umgekehrt, wie ein Siegel«, sagte Sebastian. »Wir wollten damit unsere Briefe siegeln, zum Spaß.«

Lorenz unterbrach sie. »Ich denke, ich weiß, was die Buben da beschreiben. Das muss ein Prägestempel sein.«

»Ihr habt damit doch nicht etwa Falschgeld gemacht?«, fragte Christoph.

»Gar nichts haben wir gemacht«, sagte Barnabas entrüstet.

»Wir hatten gar keine Zeit dazu, wir haben das Ding dem Gregor gezeigt, weil er sich ja mit Metall auskennt, und haben es beim Würfelspiel an ihn verloren.«

Erschrockenes Schweigen folgte Sebastians Worten.

»Wann war das?«, fragte Ilse.

»War das an dem Tag, an dem der Magister Crusius euch zum Arbeiten eingeteilt hat, im Lagerhaus?«, fragte Lorenz.

Sebastian nickte. Barnabas musterte betreten die Tischplatte.

Christoph sah sie streng an. »Ihr habt an dem Tag seines Todes dem Gregor einen ungewöhnlichen Gegenstand gegeben und fandet es nicht der Mühe wert, es zu erwähnen?«

»Bei seiner Leiche hab ich keinen Prägestempel gefunden«, sagte Lorenz.

Schweigen machte sich breit.

»Frau Mutter, haben sie den Gregor deshalb umgebracht?«, fragte Barnabas kleinlaut.

Sie wollte ihn beschwichtigen, aber Christoph kam ihr zuvor.

»Ich fürchte, genau so ist es gewesen. Die beiden Böhmen waren wohl am Abend im Lagerhaus, um das Diebesgut zu holen.«

»Meine Muskatnüsse?«, fragte Ilse.

Christoph nickte. »Als Diebe taugten sie wohl recht wenig, sodass sie nicht einmal einen wehrlosen Lehrbuben bestehlen konnten, ohne ihn zu töten.« Er sah Lorenz an »Ihr meintet, der Gregor wäre an der Kopfverletzung gestorben, nicht am Messer?«

»Ja, da war er wohl schon länger tot.«

Christoph fuhr fort. »Sie haben den Gregor im Streit ermordet und den Prägestempel an sich genommen. Das minderwertige Falschgeld, das seither in Umlauf ist, ist wohl ihr Werk.«

»Aber wie sind sie an Barnabas sein Messer gekommen?«, fragte Ilse.

Christoph wandte sich an die Buben. »Hattet ihr die Messer bei euch, als ihr mit dem Gregor im Lagerhaus gewürfelt habt?«

»Ja, hatten wir«, sagte Barnabas.

Sebastian nickte eifrig. »Wir haben sie neben uns gelegt, damit wir besser sitzen können beim Würfeln. Und dann ist der Herr Magister gekommen und hat uns an den Ohren weggezerrt.«

»Das ist es!«, rief Barnabas. »Da haben wir sie vergessen, und die Mörder haben sie genommen.«

Christoph nickte zustimmend, als ob er mit dieser Antwort gerechnet hatte. »Die Mörder hatten das Mittel, von ihrer Schuld abzulenken, also bei der Hand. Und auch später, als sie wegen ihrer üblen Taten aneinandergerieten, hat der Überlebende zum selben schändlichen Trick gegriffen und das zweite Messer benutzt.«

»Dann waren das alles die Böhmen, der Diebstahl, der Mord, das Falschgeld?«, fragte Ilse. Sie konnte es kaum glauben.

»Genau so war es. Und morgen, oder noch heute, wenn das Unwetter nachlässt, gehe ich zum Herrn Tätzgern und werde die Sache aufklären.« Christoph sah sich zufrieden um. »Dann haben wir alle wieder unsere Ruhe.«

14. Kapitel

Das Gewitter ließ nach, die sintflutartigen Regenfälle blieben. Der Haushalt war aber zu gelöst, um sich die Stimmung verderben zu lassen. Das Tosen des Sturms machte es unmöglich, wie von Ilse vorgeschlagen gemeinsam zu musizieren, und so vertrieben sich die Männer den Rest des Tages mit dem Kartenspiel. Maria und Agnes waren in der Küche zugange, um ein festliches Nachtmahl vorzubereiten. Judith kümmerte sich um das im Kampf mit der Haunoldin beschädigte Kleid. Ilse saß mit Gertrud in einer Ecke, um sie flüsternd, damit Anna und Giso nichts mitbekamen, über alles zu informieren, was sie verpasst hatte.

Etwas wollte ihr dabei nicht so recht passen.

Nach dem Nachtmahl war der Herr Kaplan nicht mehr aufzuhalten.

»Müsst Ihr wirklich gehen? Dort draußen tobt doch immer noch das Unwetter«, sagte Ilse.

Lorenz nahm den letzten Schluck Gewürzwein aus seinem Becher und erhob sich.

»Es ist nur mehr der Regen, ich halte das aus. Aber der Stall ist noch nicht dicht und Klepper nicht mehr jung.«

»Aber die Nacht ist warm.«

»Viel zu nass, er ist empfindlich auf seine alten Tage. Ich muss ihn ins Haus mitnehmen und ordentlich mit Stroh abreiben.«

»Das wäre nicht nötig, wenn Ihr auf mich gehört und eine Magd angestellt hättet.«

»Ich sagte doch, mein Knecht kommt bald.«

»Auf eine Magd müsstet Ihr nicht warten.«

»Die hätte sich bei dem Gewitter vor Angst im Haus versteckt.«

»Nicht, wenn ich sie aussuche.«

»Ilse, jetzt lass doch den Herrn Kaplan in Ruhe.« Christoph hatte seinen Lodenumhang von oben geholt und reichte ihn Lorenz. »Er hat doch nicht weit.«

»Es könnte trotzdem gefährlich sein.«

»Ehrwürden, wir begleiten Euch.« Sebastian war aufgesprungen, Barnabas folgte ihm.

»Ihr bleibt hier«, sagten Ilse und Lorenz gleichzeitig.

»Aber der Herr Kaplan könnte unsere Hilfe brauchen.«

»Ihr geht nirgendwo hin, bevor ich nicht mit dem Herrn Tätzgern gesprochen habe«, sagte Christoph.

Ilse sah dem Herrn Kaplan mit bangem Blick nach, bis er durch die Gartentüre verschwunden war.

»Weißt du, ich habe einen Kaplan eingestellt, damit es uns leichter um die Seele wird, nicht, damit du einen mehr hast, um den du dir ständig Sorgen machst.« Christoph war neben sie getreten.

»Er hätte auf dem Truhenbett in der Stube übernachten sollen.«

»Er kann auf sich aufpassen, glaub mir.«

Mit einem letzten sorgenvollen Blick schloss Ilse die Türe.

Kurz darauf begab sich der Haushalt zur Ruhe. Es hätte eine geruhsame Nacht werden können. Der Regen hatte allen die Angst vor einem Feuer genommen, von dem aufgebrachten Pöbel war bei dem Wetter niemand mehr zu sehen und die schlimmen Verdächtigungen der letzten Tage würden bald der Vergangenheit angehören. Christoph hatte alles geklärt, er hatte unzweifelhaft recht. Doch Ilse lag neben Judith im Bett und fand keinen Schlaf. Etwas stimmte nicht.

»Judith? Bist du wach?«, flüsterte Ilse. Aber nichts regte sich.

Sie dachte kurz nach. Dann erhob sie sich leise. Sie entzündete die Kerze auf der Truhe neben dem Bett und schlüpfte in das Kleid, das sie für den nächsten Tag bereitgelegt hatte. Umständlich nestelte sie an den Wechselärmeln herum. Es war dafür gedacht gewesen, triumphierend über den Stadtplatz zu spazieren, nachdem der Verdacht von ihrer Familie abgefallen war, nicht dafür, im Dunkeln selbstständig angezogen werden zu können. Beim Griff nach den Schuhen zögerte sie. Dann schlüpfte sie in Judiths bequeme Schnürstiefel. Sie verließ die Schlafkammer. Draußen angekommen hielt sie inne. Alles war still, aber aus der großen Stube drang Licht. Christoph war noch wach. Ob sie zu ihm gehen sollte?

Sie entschied sich dagegen und setzte ihren Weg nach unten fort. Dort musste sie nur mehr an Maria und Agnes vorbei, die in ihren Truhenbetten schliefen. Sie nahm ihren schweren Umhang und entzündete an ihrer Kerze eine der Laternen, die neben der Türe bereitstanden, dann war sie vor dem Haus.

Der Regen fiel so dicht, dass man die Häuser auf der anderen Seite der Gasse nicht erkannte. Das Licht der Laterne gelangte kaum bis zum Boden. Aber Ilse wusste, wohin sie wollte. Sie wickelte sich fest in ihren Umhang und machte sich auf den Weg Richtung Stadtplatz.

Der Friedhof lag verlassen vor ihr. Der Regen hatte ihn in kürzester Zeit in einen Morast verwandelt und die üblichen nächtlichen Besucher vertrieben. Trotz des Lichts der Laterne strauchelte Ilse mehrmals im schlammigen Boden und vermied es nur mit Mühe, der Länge nach im Schlamm zu landen.

Auch der Stadtplatz lag verlassen vor ihr. Vom Nachtwächter war weit und breit nichts zu sehen. Ilse bog in die erste Straße auf der rechten Seite ein und folgte ihr bis zum Stadttor. Die Wachstube am Tor war dunkel. Auch das Haus, von dem Ilse erwartet hatte, geschäftiges Treiben vorzufinden, lag still und finster vor ihr. Sie zögerte kurz, dann änderte sie ihren Plan und betrat die Schmiede vom Meister Brandtner.

15. Kapitel

Sie musste zugeben, etwas enttäuscht zu sein. Sie war sich fast gewiss gewesen, den Übeltäter mitten in seinem finsteren Werk zu erwischen und nur dem Nachtwächter Bescheid geben zu müssen. Stattdessen stand sie nun in einer ordentlich aufgeräumten Schmiede.

Wenn sie schon einmal hier war, würde sie sich auch umsehen. Sie legte den tropfnassen Lodenumhang ab und hielt die Laterne in die Höhe. Die Werkstatt war auch auf den zweiten Blick aufgeräumt. Der Geruch nach heißem Metall und Schweiß, den man meist in der gesamten Schmiedgasse wahrnehmen konnte, fehlte. Ilse kannte sich mit solchen Dingen nicht aus, aber es wirkte nicht, als ob hier kürzlich gearbeitet worden war. Doch das musste nichts bedeuten. Die Aufregung der flüchtigen Mörder und das Unwetter hatten so manchen aufrechten Bürger von seinem Tagewerk abgehalten.

Wonach sollte sie suchen? Sie war sich nicht sicher, wessen sie den Meister Brandtner verdächtigen sollte.

Mit den Münzen hatte er wohl etwas zu tun, der Prägestempel wäre also ein Hinweis. Ob er auch ein Mörder war? Blut und Zeichen eines Kampfes würden es zeigen.

Sie begann mit der Werkzeugleiste an der Wand, aber nichts davon kam ihr ungewöhnlich vor. Auf und unter den Tischen war alles sauber. Der Boden verriet keine Hinweise auf einen Kampf, und erst recht nicht auf eine Leiche.

Ilse sah sich ratlos um. Anscheinend war der Meister Brandtner der einzige reinliche und ordentliche Witwer in ganz Wels. Alles in der Werkstatt war an seinem Platz, nichts war zu finden, was nicht hierher gehörte. Ob er die Werkzeuge seines Verbrechens in den Wohnräumlichkeiten hatte? Konnte sie es wagen, sich auch oben umzusehen? Ihr Blick fiel auf das Schmiedefeuer.

Ilse beugte sich über die große Feuerstelle. Vielleicht hatte er Spuren verbrannt und sie würde Reste davon finden. Sie stellte die Laterne ab, nahm den Schürhaken und begann in der schon lange erkalteten Asche zu stochern. Nichts war zu sehen, nur der Duft von Ringelblumenseife stieg ihr unvermittelt in die Nase. Hatte hier jemand Kräuter verbrannt?

Ilse schauderte bei dem Gedanken, was beim letzten Mal an dieser Stelle passiert war. Aber heute war der Meister Brandtner nicht zuhause, oder er schlief tief und fest.

Zu früh gefreut. Ein Arm legte sich von hinten um sie, eine Hand drückte sich auf ihren Mund. Verzweifelt wand sie sich und versuchte zuzubeißen, aber vergeblich.

»Nicht schreien, ich bin es«, hörte sie eine vertraute Stimme. Ilse hielt inne. Sie nickte als Zeichen, dass sie verstanden hatte.

»Was macht Ihr hier?«, fuhr Lorenz sie im Flüsterton an, sobald sie sich zu ihm umgedreht hatte.

Sie hatte sich nicht getäuscht, es war wirklich der Herr Kaplan. Unter der Kapuze des schweren Lodenumhangs war er kaum zu erkennen, aber sein Geruch war ihr vertraut geworden. Sie hätte ihn früher bemerken müssen. »Was ich hier mache? Was macht Ihr hier?«, flüsterte sie.

»Vermutlich dasselbe wie Ihr«, gab er zurück und schüttelte den Regen ab.

»Ich wollte nur nachsehen, ob hier die falschen Münzen gemacht worden sind«, sagte Ilse.

Lorenz legte seinen Umhang auf den Amboss neben sich und rückte seinen Schwertgurt zurecht. »Wie kommt Ihr darauf?«

»Die Böhmen waren Zimmerleute, die hatten weder das Wissen noch die Ausrüstung dazu.«

Lorenz nickte. »Und der Meister Brandtner hatte plötzlich Geld.«

»Ihr habt sein neues Wams und die Beinlinge bemerkt?«, fragte Ilse erstaunt. Sie war sich fast sicher gewesen, dass der Herr Kaplan von solchen Dingen keine Ahnung hatte.

Lorenz lächelte. »Nicht ganz. Ich habe die Huren bemerkt, die er sich plötzlich geleistet hat.«

Ilse errötete. »Die Böhmen waren neuerdings auch in Frauenbegleitung. Denkt Ihr, die steckten gemeinsam drin?«

Lorenz grinste und wollte antworten, aber so weit kam er nicht.

»Was macht Ihr hier?«, unterbrach sie die Stimme des Hausherrn. Er stand neben dem Abgang aus den Wohnräumen, den großen Schmiedehammer in der Hand.

»Der Regen hat uns überrascht«, sagte Ilse rasch.

Der Schmied sah sie misstrauisch an. »Überrascht? Es regnet seit Mittag durch.«

»Was die Frau Kramer meint, ist dass nicht der Regen als solcher uns überrascht hat, sondern der Zustand der Straßen. Wir wollten uns kurz ausruhen und dann weitergehen«, sagte Lorenz.

Meister Brandtner war weiterhin skeptisch. »Warum seid Ihr nicht ins Torwächterhaus? Dort brennt auch ein Feuer.«

Ilse setzte eine schuldbewusste Miene auf und wandte sich an den Herrn Kaplan. »Da hattet Ihr wohl recht, wir hätten wirklich zum Tor gehen sollen.« Sie drehte sich zum Meister Brandtner: »Ich wollte nicht mehr weitergehen.«

Der Schmied musterte sie. Dann schüttelte er langsam den Kopf. »Ich weiß, warum Ihr hier seid. Ihr schnüffelt schon wieder rum.«

»Warum sollten wir das denn tun?«, fragte Lorenz.

»Ihr? Das weiß ich nicht. Aber die Kramerin war schon mal da und hat ihre Nase in alles reingesteckt.« Er sah Ilse eindringlich an. »Ihr wisst es.«

»Was weiß ich?«, fragte sie.

Doch die Antwort ließ auf sich warten. Meister Brandtner hatte seine Aufmerksamkeit auf Ilse gerichtet, und Lorenz nutze die Gunst der Stunde, um anzugreifen. Er zog sein Schwert, doch der Schmied war geübt im Umgang mit der Waffe seiner Wahl, klirrend traf die Klinge auf den Schmiedehammer. Ilse schrie auf und wich zurück, bis die Wand sie aufhielt. Sie musste Hilfe holen, doch an den beiden Männern und ihren weit ausladenden Waffen führte in der engen Schmiede kein Weg vorbei.

Doch Hilfe würde nicht nötig sein. Immer wieder sauste das Schwert auf den Hammer herab, dem Schmied blieb nichts, außer zu reagieren, er konnte keinen eigenen Angriff setzen. Der Herr Kaplan trieb ihn in die Enge, bald würde er als Sieger den Kampf beenden.

Das Geräusch war das Erste, was sich änderte. Das Klirren, das das Aufeinandertreffen der beiden Waffen begleitete, wurde heller. Dann war es geschehen. Mit dem nächsten Hieb brach Lorenz' Schwert entzwei, mit einer halben Klinge in der Hand geriet er aus dem Gleichgewicht und torkelte auf seinen Gegner zu. Ilse stürzte nach vorne, aber sie kam zu spät. Der erste Schlag des Hammers streifte seine Schulter. Beim Zweiten hatte Ilse sich schon über ihn geworfen. Er packte sie mit dem guten Arm und sie drehten sich, sie wurde an der Hüfte getroffen. Der Herr Kaplan lag nun über ihr, der dritte Schlag traf ihn am Bein.

»Wir wollen Eure Dienste kaufen. Die Münzen, wir sind wegen der Münzen hier«, schrie Ilse.

Der Schmied hielt inne.

»Ihr wollt was?«

»Wir haben Interesse an Euren Diensten als Münzmacher. Das seid doch Ihr, oder?«

Lorenz rollte sich von Ilse. Halb zog, halb schob er sie in die Zimmerecke, vor der sie zu liegen gekommen waren. Erleichtert sah Ilse, dass er nicht blutete.

Meister Brandtner stand vor ihnen, jeder Fluchtweg war versperrt, doch den Hammer hielt er gesenkt neben sich. »Ihr wollt meine Münzen kaufen?«

»Ihr seid es also wirklich. Ich wusste es. Ich wusste es, dass die Böhmen das Geschick dazu nicht hatten. Ihr seid der Falschmünzer«, rief Ilse triumphierend.

»Das heißt nicht, dass ich es war. Jeder Schmied hätte ihnen helfen können.«

Ilse schüttelte den Kopf. »Das kommt dazu, aber das war es nicht, was mich Euch verdächtigen ließ.«

»Was dann?«

»Ihr habt den Gregor nicht vermisst.«

»Jeder hat gesehen, dass ich getrauert habe.«

»Ich meinte in der Todesnacht. Ihr habt gesagt, Ihr hättet ihn geschickt, etwas zu holen, Ihr habt auch gesagt, Ihr habt die ganz Nacht durchgearbeitet. Wegen der Hitze. Da hätte Euch auffallen müssen, dass er nicht zurückgekommen ist. Ihr hättet ihn suchen müssen, und dann hättet Ihr die Leiche gefunden, aber das wolltet Ihr nicht, darum seid Ihr nicht zurückgegangen ins Lagerhaus.«

Der Schmied sah sie mit einem eigenartigen Gesichtsausdruck an. »Klug gedacht, aber da irrt Ihr. Ich bin zurückgegangen ins Lagerhaus. Mit den Messern, die wir vorher dort gefunden haben. Und dann hab ich ihm eins reingesteckt.«

Ilse bekreuzigte sich.

»Das hat ihn nicht getötet«, unterbrach ihn der Herr Kaplan. »Der arme Bub war schon tot, als das geschah.«

Meister Brandtner wandte seine Aufmerksamkeit von Ilse ab. Das erste Mal sah sie etwas wie Reue in den Augen des Schmiedes. Sie nutzte die entspannte Situation, um nach dem Herrn Kaplan zu tasten. Seine Schulter und sein Bein waren getroffen, doch an beiden Stellen konnte sie kein Blut fühlen, keine Knochen, die unter der Haut herausragten.

»Das war ein Unfall. Er stand plötzlich vor mir, hat mir den Prägestempel hingehalten, den alten Prägestempel vom Augustin.«

»Ihr wusstet von dem Augustin seiner Falschmünzerei?«, rief Ilse erstaunt und hielt in ihrer Untersuchung inne.

Er nickte. »Ich hab ihm die Münzen gemacht, er hat die dann versilbert. Das hat nie jemand rausgefunden.« Seine Miene verfinsterte sich wieder. »Bis der Gregor mir das Ding unter die Nase gehalten hat und ganz frech gefragt hat, ob ich denn weiß, was das ist.«

»Dann habt Ihr ihm den Prägestempel entrissen und ihn ermordet?«, fragte der Herr Kaplan. Er war von Ilse weggerückt. Sie hätte ihn wohl nicht abtasten sollen.

Der Schmied bekam wieder diesen merkwürdigen Gesichtsausdruck. Ilse konnte ihn nicht deuten. Sah so jemand aus, den seine Untaten wahnsinnig werden hatten lassen? »Es war ein Unfall, das müsst Ihr mir glauben. Ich hab ihm eine gelangt, und er ist runtergefallen. Er war gleich tot, und ich bin nach Hause. Da hab ich dann nachgedacht. Die beiden Bengel, die wussten sicher Bescheid, die Pechrer oder der Hohenfelder haben alles erzählt. Also hab ich die Messer genommen und hab eine falsche Spur gelegt.« Er grinste schief, zufrieden mit seinem Plan.

»Wie konntet Ihr nur!«, rief Ilse wütend. Sie wollte aufspringen, doch der Schlag auf die Hüfte hatte ihr Bein taub werden lassen. Lorenz zog sie an sich und drückte sie warnend.

Meister Brandtner fuhr fort, als wenn niemand ihn unterbrochen hätte. »Das war wohl mein Fehler. Die Böhmen, das Gesindel, die wollten ihr Diebesgut abholen und haben mich gesehen. Erpresst haben sie mich.«

Ilse wollte etwas sagen, doch Lorenz kam ihr zuvor. »Aber wie seid Ihr an die Messer gekommen?«, fragte er.

»Die Messer? Die lagen im Lagerhaus rum, hinten beim Holz. Ich hab sie eingesteckt und wollte sie verkaufen.«

»Ihr habt mich bestohlen!«, rief Ilse. Lorenz schüttelte den Kopf und bedeutete ihr, still zu sein.

»Dann haben die Böhmen Euch also erpresst?«, sagte er laut und rückte wieder Stück für Stück von Ilse weg.

»Das war kein Problem, ich hab ja genug Geld gehabt und die beiden waren zu dumm, um falsche Münzen zu erkennen. Aber der Augustin hat mir nie gezeigt, wie man das Silber macht. Das Gerede hat angefangen, der Tätzgern hat überall nach dem Falschmünzer gesucht.«

»Dann habt Ihr den einen ermordet, liegt der andere hier auch wo?«, fragte Lorenz mit einer ausladenden Handbewegung, die die ganze Schmiede umfasste. Der Meister Brandtner folgte der Bewegung, sah sich ebenfalls um. Kurz war er abgelenkt. Erschrocken sah Ilse, wie der Herr Kaplan auf ihn zuspringen wollte, doch sein Bein knickte ein.

Meister Brandtner hatte nichts davon mitbekommen. Er wandte sich den beiden wieder zu und schüttelte den Kopf. »Das wäre nicht nötig gewesen, die beiden haben immer noch nichts bemerkt. Aber als der Tätzgern sie fast erwischt hatte, da wollten sie mehr Geld, und alles auf einmal, um abzureisen. Da hat es mir gereicht.«

»Dann habt Ihr sie erschlagen«, sagte Ilse. Sie ahnte langsam, was der Herr Kaplan vorhatte, aber sie würde nicht zulassen, dass er die Wut vom Meister Brandtner auf sich alleine zog. Ein einzelnes Ziel war leichter zu treffen als zwei.

Der Schmied grinste. »Dieses Mal bin ich klüger vorgegangen. Jeder wusste, dass der Böhme Euch angegriffen hat. Ich musste nur den Verdacht wieder auf den jungen Kramer und den jungen Hohenfelder lenken, dann wäre ich die Erpresser und die Verdächtigungen los.«

»Also habt Ihr das zweite Messer benutzt«, sagte Lorenz mit einem mahnenden Blick Richtung Ilse, doch endlich still zu sein.

»Das hätte vermutlich gereicht, aber dann ist der Kaiser gestorben und alle sind brav in die Kirche gelaufen. Da dachte ich, warum den Böhmen nicht gleich im Haus vom Hohenfelder ablegen?«

»Wie wolltet Ihr das anstellen?«, fragte Lorenz.

»Über die Stadtmauer, von Dach zu Dach. Ich hab ja Wachdienst gehabt und mir den Weg gut angesehen, es hat aber trotzdem nicht geklappt. Ich mach die Dachluke auf und die vermaledeiten Hunde haben angeschlagen. Da hab ich die Leiche in den Garten geworfen.«

»Und dann seid Ihr dennoch selbst zu mir gekommen?«, fragte Ilse entrüstet. Der Schmied wandte sich ihr zu. Der Herr Kaplan schnaubte wütend. Sie war sich nicht sicher, ob das ihr oder dem Meister Brandtner galt.

Der zuckte mit den Schultern. »Ich wollte abwarten. Dann ist der Bogner gekommen und hat gemeint, er will sich entschuldigen, der einfältige Tropf. Da hab ich ihn zu Euch gebracht.«

»Und das, nachdem Ihr seinen Sohn ermordet habt, Ihr widerwärtiges Scheusal«, schrie Ilse. Lorenz war still geworden und sah sie nicht mehr an. Sein Blick war auf den Ausgang gerichtet. Ilse sah keinen Weg, wie sie dorthin gelangen könnten.

»Es hat geklappt, nicht wahr? Ich hab den Bogner aus Eurem Haus geworfen und am Stadtplatz abgeliefert, da hat er ganz Wels zusammengerufen.« Er grinste. »Es hätte nicht besser laufen können.«

»Dafür werdet Ihr Eure gerechte Strafe bekommen«, sagte Lorenz laut. »Ihr seid ein Mörder, ein geständiger Mörder, und Gott wird Euch dafür richten.« Zu Ilses Überraschung rückte er dabei wieder auf sie zu.

Dann ging es schnell. Der Herr Kaplan warf sich auf sie. Ein Schmerzensschrei war zu hören. Ein plötzlicher Stoß, den sie durch den Körper auf sich spürte, und dann ein Gewicht, das ihr die Luft zum Atmen nahm. Etwas rann an ihrer Brust hinunter.

Das Gewicht verringerte sich mit einem Mal. Der Herr Kaplan rollte sich von ihr herunter. Oder fiel er? War er am Leben?

»Ilse? Bist du verletzt? Geht es dir gut?«

Sie sah sich um. Der Herr Kaplan lag neben ihr, benommen, aber lebendig. Der Meister Brandtner lag auf ihrer anderen Seite. Seine Augen starrten leblos ins Leere, seine Brust war blutgetränkt.

Ilse erhob den Blick. Schluchzend fiel sie in Christophs Arme.

16. Kapitel

Den Rest der Nacht war nicht an Schlaf zu denken. Christoph weckte die schlafende Torwache. Der Nachtwächter kam auf seiner Runde vorbei und lief so schnell der Regen es zuließ los, um den Stadtrichter zu wecken.

Der war wenig erfreut.

»Das klingt ja alles plausibel, aber es wäre einfacher gewesen, wenn Ihr nicht den Einzigen, der das bezeugen könnte, durchbohrt hättet«, sagte er unwirsch zu Christoph, der ihn über die Lage informiert hatte.

Der säuberte unbeirrt weiter sein Schwert mit dem in der Schmiede vorhandenen Werkzeug. »Es wird sich hier sicher ein Beweis für die Falschmünzerei, wenn nicht sogar für die Morde finden lassen.«

»Er ist nicht der einzige Zeuge«, protestierte Ilse, die auf einem Amboss saß und sich die Hüfte rieb. »Der Herr Kaplan und ich haben alles gehört.«

»Du bist eine Frau und der Herr Kaplan noch ein Fremder. Und der Meister Brandtner war ein anständiger Bürger der Stadt«, wandte Wolfgang ein.

»Und ich, bin ich niemand?«, sagte Christoph, der langsam die Geduld zu verlieren schien.

»Wir hätten die Leiche in den Stadtgraben werfen und den Rest den Böhmen anlasten sollen«, sagte der Herr Kaplan.

Ilse und Wolfgang sahen ihn entgeistert an. Christoph wirkte nachdenklich.

»Dazu ist es zu spät«, sagte er. »Außerdem ist das Tor verschlossen, Ihr und Ilse könnt kaum stehen und alleine hätte ich den Körper kaum auf die Stadtmauer bekommen.«

»Niemand vertuscht hier etwas«, sagte Wolfgang und wandte sich an Christoph. »Ich glaube Euch ja, das macht alles Sinn. Nicht auszudenken, wenn Ihr nicht rechtzeitig gekommen wärt.«

»Nicht, dass ich nicht auch froh wäre, aber wie habt ihr beide mich gefunden?«, fragte Ilse und sah den Herrn Kaplan und Christoph an.

»Ich hab Euch zufällig gefunden«, sagte Lorenz. »Der Herr von Hohenfeld hat mich beauftragt, mir die Sache mit dem Mord näher anzusehen.«

»Das hast du?«, unterbrach Ilse ihn überrascht und sah Christoph an.

Der nickte. »Der Herr Kaplan hat Erfahrung in solchen Dingen.«

»Wie dem auch sei«, fuhr Lorenz fort, ehe Ilse genauer nachfragen konnte. »Ich wollte die letzten offenen Fragen klären, bevor wir am Morgen den Herrn Tätzgern informieren, und das hat mich hierhergeführt. Zu meiner Überraschung bin ich auf Euch gestoßen.«

»Bei mir war es derselbe Zeitdruck, der mich noch in der Nacht und bei dem Wetter zum Aufbrechen zwang«, setzte Christoph fort. »Ich habe meine Korrespondenz bearbeitet, eine Nachricht des Grundherrn des ehemaligen Gesellen vom Meister Brandtner war dabei. Trotz fleißiger Arbeit und aufrechter Verträge war er weggejagt worden, er gab an, sich keiner Schuld bewusst zu sein. Arbeit würde mit einem fehlenden Lehrbuben wohl mehr als genug für den Gesellen da sein. Das stellte mich vor die Frage, warum der Meister Brandtner die Schmiede für sich alleine wollte.«

»Und natürlich habe ich das neue teure Gewand vom Meister Brandtner bemerkt«, fügte der Herr Kaplan grinsend hinzu. Ilse lächelte.

Die Ankunft von Meister Damian unterbrach die Unterhaltung, dicht gefolgt vom Totengräber, der den Toten abholte und dessen Anwesenheit die anderen aus der Schmiede in den Regen trieb. Der Herr Kaplan musste gestützt werden, Ilse spürte nur mehr ein leichtes Kribbeln im Bein. Ihr Tag endete wie viele in letzter Zeit, mit einer Untersuchung durch den Bader und Bettruhe.

Epilog

DER NÄCHSTE TAG BRACHTE das ersehnte Ende aller Sorgen. Gleich nach Tagesanbruch verkündete Wolfgang den wahren Täter hinter den beiden Morden, die Falschmünzerei erwähnte er nur kurz. Die Details dazu gab er später in der Braustube zum Besten und verschaffte Katharina trotz des schlechten Wetters Umsatz wie an einem Markttag.

Lorenz kam zum Frühmahl. Seine Schulter und sein Bein würden in den buntesten Farben schillern, aber nichts war ernsthaft beschädigt worden. Ein ähnliches Bild zeigte Ilses Hüfte. Sie waren schnell genug gewesen, um nur gestreift zu werden, ansonsten hätten ihnen die wuchtigen Hiebe wohl sämtliche Knochen gebrochen.

Gregors Vater kam noch einmal, um sich zu entschuldigen.

Der zweite Böhme war weiterhin flüchtig. Ilse bedauert ihn. Ein Diebstahl, der zu keiner Beute führte, und eine Erpressung, die ihm nur zu falschen Münzen verhalf, schienen ein hoher Preis für den Tod seines Kameraden. Sie hoffte, er würde beim Jahrmarkt, der in weniger als zwei Wochen begann, nicht für Unruhe sorgen.

Wenn Ilse gewusst hätte, was alles am Jahrmarkt passieren würde, wäre der Böhme ihre geringste Sorge gewesen.

Nachwort

WIR BEFINDEN UNS IN »Der böse Augustin« am Ende des Mittelalters. Kaiser Friedrich stirbt nach einer langen Regentschaft. Sein Sohn Maximilian, der als letzter Ritter in die Geschichte eingehen sollte, folgt ihm als Herr über die habsburgischen Erblande. Als römisch-deutscher König ist er der designierte Nachfolger seines Vaters als Kaiser des Heiligen Römischen Reiches, auf diesen Titel wird er jedoch noch bis 1508 warten müssen.

Den Streit zwischen aufsteigendem Bürgertum und dem regionalen Adel, der sich durch das Buch zieht, kann man als durchaus typisch für diese Zeit sehen. In Wels verschwimmen die Grenzen zwischen angesehen Bürgern und dem Landadel immer mehr, der Adel behält aber weiterhin seine rechtlichen und steuerlichen Privilegien. Kompliziert wird es auch dadurch, dass die Heiraten unter den beiden Bevölkerungsgruppen zunehmen, Ilses Geschichte ist hier durchaus exemplarisch.

Wenn man über Wels im Spätmittelalter schreibt, ist man in einer scheinbar komfortablen Situation. Die Stadt ist in dieser Zeit gut erforscht, vor allem die unermüdliche Arbeit des Welser Musealvereins ist hier zu nennen. Fast jedem Haus in Wels, vor allem am Stadtplatz, könnte man seine historischen Bewohner zuordnen.

Warum scheinbar komfortabel? Die Menschen im Mittelalter haben leider nicht daran gedacht, dass jemand viele Jahrhunderte später ihr Leben erforschen möchte. Und so haben sie dieselben Namen immer und immer wieder verwendet, selbst in einer Generation wurden Namen mehrmals vergeben. Dass Ilse ihre Ziehtochter nach ihrer verstorbenen Tochter benennt, kann man als typisch ansehen.

Dazu kommt, dass in einem Kriminalroman zwangsläufig auch Bösewichte auftreten. Einen historisch belegten Halunken wie Augustin Erdinger schlecht dastehen zu lassen, das mag noch annehmbar sein. Ansonsten haben es sich die braven Welser Bürger aber nicht verdient, ständig in Verbrechen verwickelt zu sein. Deshalb verwende ich sowohl historische als auch frei erfundene Personen.

Lorenz Mittenauer war tatsächlich der erste Hohenfelder-Kaplan. Allerdings kam er erst zehn Jahre später nach Wels, ich habe seine Zeit im Stift Kremsmünster drastisch verkürzt. Seine Vergangenheit als Student und Soldat, seine Bekanntschaft mit dem König, von dem er sehr geschätzt wurde, sein Bestreben, unter die Geschichtsschreiber zu gehen, seine Vorliebe für die Musik – das alles ist wahr. Nicht nur Ilse, auch die Leserinnen und Leser werden sich wohl fragen, wofür Lorenz einen Dispens benötigt haben könnte, um zum Priester geweiht werden zu können. Auch sein dunkles Geheimnis ist uns überliefert, ich rate aber von Recherchen dazu ab, wenn man sich die Spannung in den nächsten Büchern nicht verderben möchte. Nur so viel sei gesagt, die durch seine Kriegsverletzung entstandene Gehbehinderung war streng betrachtet zwar durchaus ein Grund, einen Dispens erbitten zu müssen, dieser wurde aber in der Regel gewährt, solange der Gottesdienst ohne Hilfsmittel bewältigt werden konnte.

Auch Christoph von Hohenfeld ist eine historische Figur. Sein Aufstieg von einem kleinen Landadeligen zum Freiherrn und Vertrauten des Kaisers wäre einen eigenen Roman wert. Zu der im Buch behandelten Zeit hatte er seine letzten Ämter aufgegeben (manchen Quellen zufolge als Burgvogt in Wels, andere sahen ihn in Wien) und war in das alte Haus seiner Familie in Wels gezogen. Seine Schwägerin Ilse habe ich ihm angedichtet, sein Bruder Hans ist tatsächlich jung und kinderlos verstorben.

Stifter des Benefiziums war nicht Christoph von Hohenfeld, sondern zehn Jahre später seine Verwandte Hedwig von Hohenfeld.

Christophs Haus in der Pfarrgasse 15 war zwar durchaus groß, aber nicht ganz so großzügig wie beschrieben und wie es sich heute darstellt. Erst im 17. Jahrhundert wurden die beiden an der Stadtmauer liegenden Häuser am Ende der Pfarrgasse zu einem vereint. Eines der beiden Häuser war im Besitz der Hohenfelder, das direkt an der Stadtmauer liegende wurde von Kaiser Friedrich III. als Lehen vergeben. Da ich Christoph eine große Familie angedichtet habe, ist es nur zu verständlich, dass er seine Liegenschaft schon damals vergrößern wollte.

Was die Familie Hohenfeld angeht, zeigt sich hier besonders deutlich das angesprochene Namensproblem: Mehrfach vergebene Vornamen und lückenhafte Informationen lassen die Verwandtschaftsbeziehungen unklar werden. So sind Christophs Söhne ungeklärt. Es gab wohl sicher einen Christoph, vermutlich auch einen Sebastian und einen Rudolf. Für unsere Geschichte wurden zwei erwachsene Söhne und der junge Sebastian daraus. Dass dieser studieren und einen Beruf ergreifen möchte, ist an der Schwelle von Mittelalter und früher Neuzeit eine kluge Wahl für den dritten Sohn eines Adeligen, der seine Burg schon lange hat verkaufen müssen.

Ilse ist frei erfunden, die Familie Tätzgern aber waren angesehene Welser Bürger. Wolfgang und Sigmund haben immer wieder hohe Ämter bekleidet. Dass Wolfgang zu dieser Zeit und unüblicherweise für mehrere Jahre Stadtrichter ist, habe ich entgegen der Quellenlage, die ihn um 1500 als Stadtrichter ausweist, geändert.

Auch Ilses beiden Schwägerinnen Kunigunde und Katharina, zwei Schwestern und Töchter des Eferdinger Stadtrichters, sind urkundlich erwähnt. Erfunden habe ich ihre Berufe als Bierbrauerin und Seifensiederin, die nicht überliefert sind. Berufstätige Bürgersfrauen sind im Spätmittelalter keine Ausnahme, sondern die Regel, sowohl als Teilhaberin am Familiengeschäft, wie Ilse, oder als selbstständige Unternehmerin. Katharina und Kunigunde sind typische Stadtbürgerinnen, die durch ihre Berufstätigkeit ihren Männern die Übernahme eines unbezahlten städtischen Ehrenamtes ermöglichen.

Als letzte historische Tatsache bleibt die tragische Geschichte des Augustin Erdinger. Warum der letzte Mannesspross einer angesehenen Welser Familie im Jahr 1477 gehängt wurde, ist nicht überliefert. Dass er aber ein sehr unangenehmer Zeitgenosse war und seine adelige Frau trotz ihres Status unter häuslicher Gewalt leiden musste, ist ebenso bekannt wie die seinem Tod folgenden Erbschaftsstreitereien. Durch diese wurden die unglückliche Ehe und der Charakter Augustins für die Nachwelt festgehalten.

Über Kinder des Paares ist nichts bekannt, Grete als Ilses Vorgängerin ist frei erfunden.

Nach diesen traurigen Nachrichten über die Erdinger gibt es doch noch Positives zu berichten: Die Witwe Pechrer, Gemahlin des letzten Nachkommens der Erdinger in der weiblichen Linie, musste mitnichten zu ihrer Schwester ziehen, sondern hat nach Zäsarius' Tod schnell eine neue Liebe und Ehe gefunden. Die habe ich ihr leider wegdichten müssen, um an ihren Hausrat zu kommen und die folgenschweren

Verwicklungen rund um Augustins Erbe in Gang zu setzen. Hoffen wir, dass sie glücklich geworden ist.

Vielen Dank ...

liebe Leserinnen und Leser, dass ihr mein Buch nicht nur gekauft, sondern auch bis zum Ende gelesen habt. Wenn es euch gefallen hat, würde ich mich sehr über eine Rezension freuen, damit auch andere auf Ilse, Lorenz und ihre Abenteuer in Wels aufmerksam werden.

Ihr habt Fragen oder Anmerkungen? Dann schreibt mir doch einfach eine Mail. Auch auf meiner Facebookseite bin ich gerne für euch erreichbar.

Auf der nächsten Seite findet ihr eine kleine Vorschau, wie es weitergeht. Wenn ihr über Neuerscheinungen informiert werden wollt, dann folgt mir auf Facebook oder abonniert meinen Newsletter. Als Bonus gibt es im Newsletterabo jährlich in der Adventszeit eine kostenlose Weihnachts-Kurzgeschichte. Auf meiner Website findet ihr alles dazu Nötige.

Bis zum nächsten Band!
Eure **Livia Keltis**

www.liviakeltis.at
livia@bildung-und-geschichten.at
www.facebook.com/LiviaKeltis

Über die Autorin

Die Historikerin Livia Keltis lebt zurückgezogen mit ihrem Mann, ihren Hunden und ihren Insekten in einem kleinen Dorf in Oberösterreich. Sie schreibt Historische Kriminalromane, weil sie von der Gegenwart wenig mitbekommt und diese erst recherchieren müsste. Ihre größte Angst ist es, beim Spazierengehen verhaftet zu werden, weil sie sich zu laut mit ihren Hunden über den nächsten Mord unterhalten hat.

Reihe Ilse Kramer

Der böse Augustin
Das Leid des Spielmanns
Das Leid der Spielfrau
Die Kräuter des Kramers
Die Bürgersänger von Wels
Der suchende Sieche

BONUS IM NEWSLETTER-ABO:
eine jährliche Weihnachts-Kurzgeschichte

Anmeldung unter www.liviakeltis.at

So geht es weiter …

Das Leid des Spielmanns

Wels, im Jahre 1493: Der Jahrmarkt steht vor der Türe, doch für Ilse ist dieses Mal alles anders. Statt guter Geschäfte bringt er schlimme Nachrichten aus der Ferne. Auch Lorenz, der sich an sein neues Leben als Hohenfelder-Kaplan gewöhnt, wird aus seinem Alltag gerissen, als der Jahrmarkt nicht nur alte Freunde, sondern auch alte Feinde nach Wels führt.

Wer ist der Unhold, der unschuldigen Mägden auflauert? Und besteht eine Verbindung zu den Briefen, von denen ehrbare Bürger der Stadt belästigt werden?

Das Leid der Spielfrau

Ihr wollt mehr darüber wissen, wie es Lorenz vor seiner Zeit als Hohenfelder-Kaplan ergangen ist? Dann seid gespannt auf die Abenteuer des jungen Lorenz in der Novelle »Das Leid der Spielfrau«.

FRANKFURT AM MAIN, IM FEBRUAR DES JAHRES 1486: Die Wahl des nächsten römisch-deutschen Königs läuft auf ihren Höhepunkt zu, und die Stadt ist zum Bersten gefüllt. Als Lorenz von seinem alten Freund Wolf von Pollheim fürstlich empfangen wird, ahnt er, dass wohl nicht nur ihre Freundschaft der Grund dafür sein kann. In den Diensten des Erzherzogs und baldigen Königs Maximilian begibt sich Lorenz auf eine Mörderjagd, die schnell persönlich werden sollte.